Il barone rampante

倪安宇　譯
伊塔羅·卡爾維諾

Italo Calvino

樹上的男爵

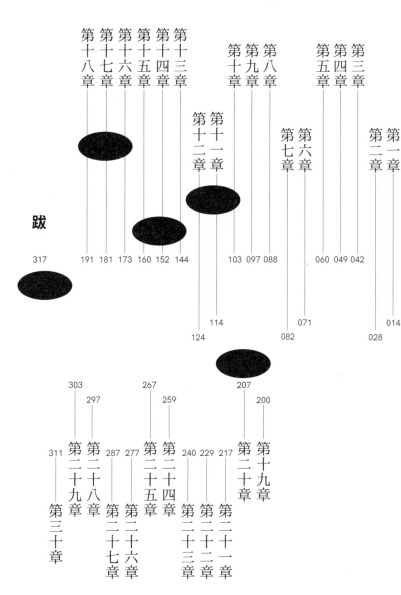

前言

《樹上的男爵》初版由艾伊瑙迪出版社於一九五七年六月發行。一九六五年，卡爾維諾以筆名托尼歐·卡維拉（Tonio Cavilla）編纂《樹上的男爵》中學讀本注解版，並撰寫一篇前言，現轉載於此（略去與該注解版內容有關的最後一段文字，因該版本較原版略為精簡）。

在前言之前，卡爾維諾加入這段編者按：「托尼歐·卡維拉是一位嚴謹的老師和教育家，以作者認為十分必要的客觀批判及嚴肅態度對這本書進行了評論分析。這是卡爾維諾希望他在作者和這本書之間扮演的角色。」

一個男孩爬上樹，在枝椏間攀爬，從這棵樹爬到另一棵樹，決定從此不再返回地面。此書作者僅僅從這個簡單畫面出發，便發展出各種匪夷所思的結果：主角一輩子都待在樹上，但他的人生並不單調無趣，反而充滿各種奇遇，與大家以為的隱士生活大相逕庭，但始終跟他的同類保持最小但無法跨越的距離。

於是有了這部在當代文學中獨樹一格的作品。《樹上的男爵》完成於一九五六、五七年間，當時作者三十三歲。這本書很難給予明確分類，就像書中主角從冬青櫟樹跳到長角豆樹上，比任何一種野生動物都更難以捉摸。

詼諧，奇幻，奇遇

所以閱讀這本書的最佳方式，是將它視為《愛麗絲夢遊仙境》、《小飛俠彼得潘》或《吹牛男爵》同類型作品，與按照慣例一定會出現在童書書架上的充滿詩意和奇幻色彩的詼諧經典作品，或為了好玩而寫的書，乃系出同門。也一定會出現在童書書架上、跟上述那些書並列的，還有適合多愁善感青少年閱讀的《堂吉訶德》和《格列佛遊記》等經典作品。所以，作者返回童年，展現自由奔放想像力的作品，跟那些意義深遠、知識淵博，彷彿集萬卷書於一身，但小讀者透過視覺上令人難忘的場景和影像自行創造出一個世界的作品之間，有意想不到的淵源關係。

《樹上的男爵》在文學樂趣背後，有對兒時讀物的記憶，或應該說是對書中有形形色色人物和弔詭矛盾情境的那些兒時讀物的鄉愁，這一點顯而易見。還可以找到屬於經典「奇遇記」的趣味：主角必須解決某種特定情況的困境，或是與大自然搏鬥（漂流到孤島上的魯賓遜），或是跟自己打賭必須通過某個考驗（得在八十天內完成環遊世界之旅的費萊斯．福格）。只不過《樹上的男爵》面臨的考驗和賭注更荒謬，也更不可思議，而且少了讓讀者感同身受的刻劃，這是奇遇記的首要準則，無論故事主角是被狼群扶養長大的森林小王子毛克利，或是他在非洲叢林中跟猩猩一起生活的遠親泰山。

以十八世紀為故事背景

《樹上的男爵》是一本為了好玩而寫的奇遇記，只不過後來似乎越來越複雜，變成另一回事。例如故事發生在十八世紀，最初只是背景設定，但隨後作者一頭栽進他虛構的世界裡，設想自己身處在十八世紀。因此《樹上的男爵》有時像是完成於十八世紀的一本書（如伏爾泰的《憨第德》〔*Candide*〕，或狄德羅的《宿命論者雅克和他的主人》〔*Jacques le fataliste et son maître*〕，是一種特殊的「哲學小說」），有時又像是探討十八世紀的歷史小說，主角浸淫在那個年代的文化氛圍中，還有法國大革命、拿破崙……。

但《樹上的男爵》並非「哲學小說」。伏爾泰和狄德羅是以奇幻虛構的詼諧之作來支撐他們立意鮮明的學術論點，而他們的論述邏輯支撐了那樣的敘事結構。《樹上的男爵》的作者卻是從一個圖像出發，而將後續其他圖像和奇幻虛構連結起來的邏輯催生了這個故事。

《樹上的男爵》也不是「歷史小說」。書中的貴族、「啟蒙主義者」、雅各賓黨人[1]、拿破崙派，只不過是一齣芭蕾舞劇中的戲偶。種種道德訴求（以意志為本的個人主義，讓阿弗耶利受到莫大鼓舞）回想起來彷彿哈哈鏡裡扭曲變形的滑稽樣貌。「歷史小說」最多是本書作者宣示愛意的對象，但是他知道自己不會採取行動，因為文學這棵大樹長不出過季的果實。

《樹上的男爵》和伊波利托．尼耶沃的《一個義大利人的自述》[2]（另一本應該在書架上的青少年讀物）的懷舊參照倒是多有重疊之處：科西莫．迪．隆多的人生時程與卡利諾．迪．法拉塔的大致相同，都有外省的古怪貴族仕紳，都有一個愛做土耳其人裝扮的親人（在尼耶沃筆下，是卡利諾久別重逢的父親），兩位主角各自愛慕的薇歐拉與皮薩娜好比姊妹，還有法國大革命的餘波盪漾，象徵革命的自由之樹，主角與拿破崙皇帝本人見面，都是這兩本書的共同元素。但尼耶沃回憶中對未來總是抱持溫暖、溫馨和熱情的期待，更凸顯出《樹上的男爵》怪誕、冷漠、嘲諷的風格，以及不按牌理出牌的跳躍節奏。

所以《樹上的男爵》是一本歷史小說的「仿作」？不盡然如此，作者努力避免刻意的時代錯置，太流於表面的嘲諷搞笑，以及仿作常見的校園歡樂風格。

為明確釐清這本書的背景，不能忘記近數十年來義大利歷史學家（特別是作者所屬的都靈艾伊瑙迪出版社）主要研究的正是在此之前那個年代，包括法國大革命及革命後時期，及其對義大利思想史和文學史的影響，還有「啟蒙主義者」和在歐洲每個國家都形成好鬥知識分子小圈圈的「雅各賓黨」。《樹上的男爵》也有這層意涵：是作者為了捉弄他的學術界友人而發動的入侵行動。

利古里亞風貌

以上是建構故事的知性素材來源，別忘了《樹上的男爵》靈感來自與童年記憶有關的一個畫面：爬樹的男孩，換言之，這是促使卡爾維諾進入在二十世紀敘事文學中占據重要位置的「記憶文學」感性面向的第一個助力。卡爾維諾難得拋開自持展現感性的時刻雖然罕見，但確實存在，若沒有那些感性時刻，大概也就不會有這本書。《樹上的男爵》書中彷彿潛藏著另一本書，緬懷追憶一處風景，或許應該說是作者透過記憶中零散元素的組合、放大和增生重新虛構了一處風景。而這些描述風景的感性文字在視覺上和語言上的掌握十分精準，精雕細琢的書寫優美和諧、豐富又不失縝密。

故事發生在一個虛構的鄉鎮歐布洛薩，但我們很快就會發現歐布洛薩其實位於利古里亞海岸某個地方。從作者個人介紹我們知道他是利古里亞省桑雷莫（San Remo）人，在這個鄉鎮度過兒時和青少年時光，直到大戰結束。其他文獻資料則顯示，他跟這個鄉鎮的淵源可上溯至更古老的記憶（卡爾維諾所屬的那個老家族成員都是當地的小地主），以及與大自然的共生關係（在作者許多短篇小說裡都有這樣一個角色：一位老父親，既是了不起的獵人，也是熱血的農耕者，以農業學家身分環遊世界之後返回自家農村）。卡爾維諾的家庭傳統無宗教信仰，信奉的是馬志尼[3]主張及十八、十九世紀的理性主義，書中許多元素未必來自作者的文化養成，有部分來自他的記憶（或許在閱讀當地歷史後進行過整合的記憶）。

但是這處風景，無論是真實存在或只在心中，都已成為往事。我們知道利古里亞海岸在戰後面目全非，塞滿都會型住宅區，變成連綿一片的混凝土；我們知道經濟的投機風氣和追求輕鬆的享樂主義主導了我們社會絕大部分的人際關係。我們只能在加總起來的所有這些元素裡挖掘這本書的感性根源，亦即詩藝想像的第一個助力。作者從一個不再存在的世界出發，回到一個從未存在過的世界，在這個世界裡有發生過的和可能會發生的核心故事，有過去和當下的隱喻，還有對自身體悟的質問。

尋找道德準則

如此說來，逃避當下進入追憶的童年世界裡，其實是扎根當下，讓人更清楚認知到自己在生活中學到了什麼。三十三歲，青春動力猶未減，但卡爾維諾以為自己已經成熟，有足夠經驗，或許這是《樹上的男爵》書中不時出現說教語氣的原因，似乎想要確立人生的道德準則。

不過這個方向也是點到為止，並未深入探討。那麼躲在樹上的這個男孩是想在以動盪不安的世界為背景的故事裡當一個不服從的英雄或頑童嗎？我們在《樹上的男爵》書中學到的第一堂課就是，唯有當不服從變成比它所反抗的道德紀律更嚴謹、更難以遵守的道德紀律時，不服從才有意義。然而這是一本試圖展現詼諧的小說，我們是不是太執著於要賦予它意義呢？

作者告訴我們很多事情，似乎每一件事都至關緊要，但是最後真正重要的只有他給我們的這個畫面：一個男人住在樹上。這是關於詩人、關於他以懸置方式存在於這個世界的一則寓言故事？還是「無關政治」的一則寓言故事？抑或正好相反，是「有政治意圖」的寓言故事？重新提起十八世紀的理性主義，是視其為當下典範，還是跟嘲弄騎士精神的阿里奧斯托[4]和塞萬提斯一樣對其嗤之以鼻？又或者是科西莫意在重新整合理性和非理性？作者對科西莫的態度是什麼？不是塞萬提斯對堂吉訶德那種帶有悲天憫人況味的疏離嘲諷態度，也不是司湯達對《帕爾馬修道院》主角法布里斯透過無情冷靜批判所展現的那種帶有浪漫色彩的感同身受。對於想在《樹上的男爵》書中找到道德準則的人而言，可供選擇的道路很多，但是沒有人能確保哪一條是對的。

我們可以提供的明確線索，是作者對道德態度、唯意志論的自我建構、人性考驗和生活風格的品味好惡。但這一切彷彿被虛空包圍的枝椏，立於脆弱支撐上搖擺不定。

譯注

1 雅各賓黨（jacobins），法國大革命時期最具影響力的團體，成功推翻帝制掌握政權，建立共和國。

2 伊波利托．尼耶沃（Ippolito Nievo, 1831-1861），義大利作家、愛國主義者。帶有作者自傳色彩的《一個義大利人的自述》（*Le confessioni d'un Italiano*）故事背景是一七七五年到一八五八年間的威尼斯，歷經拿破崙稱帝後佔領威尼斯共和國建立義大利共和國，到拿破崙下臺，義大利半島重新回到列強割據狀態，復興運動正式展開逐步實現義大利半島統一的歷史時期，透過主角卡利諾・迪・法拉塔的一生（出生時是威尼斯人，死亡時是義大利人），描述義大利人公民意識覺醒後，以抗爭和犧牲爭取獨立自由權利的過程。

3 馬志尼（Giuseppe Mazzini, 1805-1872），義大利統一運動的重要人物，主張恢復古羅馬榮光，認為義大利半島上諸國應統一為單一共和國。

4 阿里奧斯托（Ludovico Ariosto, 1474-1533），義大利文藝復興詩人，著有《瘋狂的奧蘭多》（*Orlando Furioso*）。

第一章

一七六七年六月十五日是我兄長，科西莫・皮歐瓦斯克・迪・隆多，最後一次與我們同桌。我至今記憶猶新。我們齊聚在歐布洛薩鎮上的莊園，由飯廳窗戶往外看是矗立庭園中一棵枝葉扶疏的高大冬青櫟樹。時值正午時分，雖然法國宮廷因晏起推遲至下午才用餐的習慣已蔚為風潮，貴族們紛紛跟進，但我們全家仍依古老傳統準時坐在餐桌前。我還記得，那天海風習習，樹影搖曳，科西莫開口道：「我說過我不要就是不要！」然後把盛著蝸牛的盤子推開。在此之前從未有人敢如此出言不遜。

坐在餐桌主位上的是我們的父親，阿米尼歐・皮歐瓦斯克・迪・隆多男爵，戴著一頂遮住耳朵的路易十四風格長假髮，跟他許多東西一樣落伍。傅歇拉夫勒神父坐在我和科西莫中間，他負責我們家族的賑濟事務，也是我們兄弟二人的家庭教師。坐在我們對面的是母親，科拉蒂娜・迪・隆多將軍，以及我們未出嫁的姊姊芭蒂絲塔。餐桌另一端，坐在我父親對面，一身土耳其人裝扮的，是艾內亞・西維歐・卡雷嘉騎士兼律師，他管理我們家所有農莊及農地灌溉系統，是我父親的弟弟，不過他是私生子，算是我們半個叔叔。

數個月前，科西莫年滿十二歲，我滿八歲，才獲得允許與父母同桌用餐。我是受惠於兄長才能提前上桌，因為不好讓我一人獨自用餐。但我說受惠只是說說而已，其實對科西莫和我而言是好日子結束，我們都很懷念在我們小房間裡，跟傅歇拉夫勒神父一起用餐的快樂時光。傅歇拉夫勒神父是個滿臉皺紋的乾癟小老頭，享有冉森教派[5]信徒之名，而他確實是為了躲避宗教裁判所的審判，才離開家鄉多菲內。眾人皆讚揚他個性嚴謹，嚴以律己亦嚴以待人，卻不敵他天性處世淡然隨遇而安，彷彿他長時間冥想凝望虛空最終只覺得百無聊賴和無所求，即便遇到最小的困難也覺得那是宿命不值得抗爭。跟神父一起用餐時，餐前會禱告許久，用湯匙的動作要端正，要有禮，要安靜，誰敢在喝湯的時候眼睛亂瞄或發出輕微的吸吮聲就完蛋。但神父喝完湯就累了，了無生趣，眼神放空，每喝一口酒就舔嘴咂舌，好像只有最膚淺短暫的感官刺激才能打動他。等主菜上桌索性直接用手抓著吃，用完餐後我們用梨核互丟，神父則不時懶洋洋地冒出幾句：

「……哦很好！……哎幹嘛！」

但是，現在全家一起坐在餐桌前，怨恨便開始累積，是童年的無奈。我們的父親和母親永遠坐在那裡，告訴你如何用刀叉切雞肉，不能彎腰駝背，手肘不能放在桌上，沒完沒了！而且還有我們那位討人厭的姊姊芭蒂絲塔。日復一日的斥罵、氣惱、懲罰、堅不退讓，直到那天科西莫拒絕吃蝸牛並決定從此與我們分道揚鑣。

我後來才意識到這股怨氣持續升高，畢竟我當時才八歲，在我看來一切都像是一場遊戲，而且對所有小孩而言，我們跟大人抗爭實數稀鬆平常，我不知道科西莫的固執背後有更深層的原因。

我們的男爵父親是個無趣的傢伙，這點無庸置疑，但他不是壞人。他無趣是因為他的人生受各種不明所以的思緒牽引，這在過渡時期常常發生。時代動盪不安讓許多人不免內心隨之騷動不安，只是方向錯亂，偏離正軌。所以當外界局勢暗潮洶湧時，我們父親還在奢望爭取歐布洛薩公爵的頭銜，滿腦子想著遠近權貴家族的血統、繼位、敵對或結盟關係。

因此我們家永遠像是在為受邀前往宮廷赴宴做彩排，我也不知道邀請會來自奧地利女大公、任何一位路易國王，或那些住在都靈山區的公爵。火雞端上桌後，父親就盯著我們看以確保我們切肉剔骨皆符合皇家禮儀，神父為了避免犯錯幾乎什麼都沒吃，還得在我父親斥罵的時候幫腔說幾句。我們發現卡雷嘉騎士律師的本質十分虛偽，他把整條雞腿藏到土耳其長袍下擺裡，再躲進葡萄園裡隨心所欲大快朵頤，我們真心覺得（他動作很快，始終沒被當場逮住）他上桌前口袋裡預先裝滿已經剔除雞肉的骨頭，好放在盤子裡替代被他藏起來的那四分之一份火雞。我們的將軍母親不管那一套，用餐時也不改軍人粗線條作風。「嗯！再多一點！很好！」沒有人敢嫌棄她。她不在乎我們的禮儀，但是很重視紀律，她會用指揮要塞駐軍的口吻全力支持男爵：「坐好！臉擦乾淨！」唯一在餐桌上泰然自若的人是老小姐芭蒂絲塔，以一板一眼的態度把骨頭上的肉剔得乾乾淨淨，她獨有的那幾把鋒利小刀很像手術刀，連一絲纖維都不放過。男爵原本想叫我們以她為榜樣，卻也不敢看她，因為戴著漿挺寬邊女帽的她瞪大眼睛、咬牙切齒的面黃肌瘦模樣，連他看了都害怕。由此可知餐桌是我們之間所有對抗與不合曝光的地方，我們的瘋狂與偽善展露無遺，因此科西莫的叛逆也是在餐桌上爆發。所以我才會鉅細靡遺詳加描述，因為我兄長這一生中再沒有坐上如此講究的餐桌，這點無庸置疑。

餐桌也是我們跟大人唯一有交集的地方。一天之中其他時間，母親都待在她的房間裡編織蕾絲、做刺繡和花邊，因為這位將軍其實只會做這些傳統女紅，而且也只有在這些工作上才能宣洩她對戰爭的狂熱。那些蕾絲和刺繡圖案通常是地圖，做成靠墊或掛毯後，她會在上面插大頭針和小旗子，將她熟稔於心的王位繼承戰爭沙場部署完美再現。

或是繡上大炮，還有炮彈從炮口發射出去的不同彈道軌跡、瞄準器和發射角度，她對彈道學很有研究，而且她的將軍父親有一座收藏兵法專書、大炮射程表和地圖集的圖書館供她使用。母親的閨名是科拉蒂娜·馮·庫爾特維茲，是康拉德·馮·庫爾特維茲將軍的女兒，他二十年前率領奧地利瑪麗亞·特蕾莎大公的軍隊佔領了我們這片土地。母親年幼喪母，將軍便帶著她上戰場。故事並不浪漫，他們旅行裝備齊全，住的都是豪華城堡，奴僕成群，她做靠墊刺繡打發時間，據傳她也騎馬上戰場，純屬無稽之談。她一如我們記憶中，始終是一名小婦人，嬌生慣養，自以為是，唯獨延續了父親對軍事的熱情，或許是因為對自己丈夫不滿。

在我們這一帶，父親是那場戰爭中少數支持皇家軍隊的貴族之一，不但張開雙臂歡迎馮·庫爾特維茲將軍來到他的領地，任憑將軍使喚他的下屬，為了表示他對帝國忠心不二，還娶了將軍女兒，這一切都是為了爭取公爵頭銜，但那一次，一如後來，希望落空，因為皇家軍隊不久後便離開，進駐的熱內亞軍隊讓他繳稅。不過他賺到一個好老婆，馮·庫爾特維茲將軍在出征普羅旺斯時過世，瑪麗亞·特蕾莎大公送給母親一條固定在大馬士革花紋靠墊上的金項鍊，從此大家都稱她「女將軍」。雖然在軍中長大的她一心嚮往軍隊和戰場，埋怨他是個倒楣的陰謀家，但父親與母親基本上相處融洽。

不過他們二人的心態一直停留在王位繼承戰爭那個年代，她只關心大炮，他在意的是家族系譜；她的夢想是我們能夠投身軍伍，哪個陣營都無妨，他則盼望我們能娶回有選舉皇帝權利的女諸侯……。儘管如此，他們依然是好父母，只是太過心不在焉，以至於我們兄弟二人幾乎是在無人照顧的情況下自己長大。是好是壞？誰能說分明？科西莫的人生不按牌理出牌，我的人生循規蹈矩且平凡，一起度過童年時光的我們，對大人們的怨天尤人不聞不問，試著尋找與他們口中所言不一樣的道路。

我們爬樹（現在想起早年童稚的我們玩的遊戲，彷彿天機顯現，早有徵兆，只是當時誰能想到？），踩著岸邊礁石蹦蹦跳跳溯溪而上，在海邊的洞穴探險，把莊園階梯的大理石扶手當成溜滑梯。正是其中一次溜滑梯讓科西莫跟父母起了極大衝突，他認為自己不該受罰，從那時起他便對我們家（或對社會？或對全世界？）心生怨懟，這在六月十五日做的那個決定中表露無遺。

把階梯的大理石扶手當溜滑梯，老實說，我們早就被警告過，不是因為擔心我們摔斷腿或手，我們父母對這一點從來不擔心，我想，那是因為我們從來沒有摔壞過任何東西的緣故。問題在於隨著我們長大體重增加，我們很可能會把父親讓人放在每個階梯扶手底端矮柱上的祖先雕像撞倒。科西莫的確有一次撞翻了那位當主教的高祖父雕像，連同主教冠等等一起遭殃。被懲罰的他從那時候起學會滑到扶手底端、撞到雕像前最後一刻煞車往下跳。我也學會了，因為我什麼都跟著他做，只不過我比較膽小又謹慎，才滑到一半就往下跳，或是一段一段滑，頻頻煞車。有一天科西莫從扶手俯衝而下，猜猜看碰巧遇到了誰上樓？傅歇拉夫勒神父。神父常常拿著翻開的祈禱書四處閒逛，跟母雞一樣走路時眼神放空。要是他跟平日一般恍恍惚惚就好了！偏偏那天是神父難得會有的清醒時刻，專注觀察周遭萬物。他看到科西莫，心想：扶手，雕像，萬一撞倒雕像，我就要挨罵了（我們每次調皮，他都會因為監督不周而挨罵），於是他撲上去阻攔科西莫，科西莫撞上神父，神父被他拖著一起往下滑（神父是個皮包骨的小老頭），煞不住車，衝撞力道加倍直奔曾參加十字軍聖戰的先祖逐戰．皮歐瓦斯克的雕像而去，全部一起摔落階梯下，除了神父和科西莫外，十字軍祖先的雕像摔得粉碎（石膏做的）。科西莫挨了一頓臭罵和鞭子，被罰寫悔過書，只准吃麵包和冷湯。他覺得自己很無辜，因為錯不在他而在神父，衝口而出頂撞道：「父親大人，您的祖先關我何事！」就此揭露他的叛逆本性。

其實，我們的姊姊也不遑多讓。雖然在發生德拉．梅拉小侯爵那件事之後，父親便強迫她過著與世隔絕的生活，但她本就是獨來獨往的反骨性格。究竟那次她跟小侯爵是怎麼回事，無人知曉。小侯爵家族向來與我們家水火不容，他如何偷溜進我們家？他為何要這麼做？事後我們家內部爭論不休，有人說他是為了誘拐，或侵犯姊姊。但是我們實在難以想像那個滿臉雀斑的蠢貨會對姊姊意圖不軌，畢竟她比他更孔武有力，還因為比腕力的對象包括馬夫而聲名大噪。再說，為何呼救的人是他？為何當父親帶著僕人趕到現場發現小侯爵的時候，他衣衫破爛，彷彿被老虎利爪蹂躪過？德拉．梅拉家族始終不肯承認他們的兒子企圖侮辱芭蒂絲塔的清白，也不同意二人成婚，因此姊姊只好隱居家中，穿上修女服，儘管她並未發誓願，因為此舉顯然不是出於自願。

芭蒂絲塔心情鬱結，只能靠廚房開解。她廚藝精湛，既勤快又有豐富想像力，這是每個好廚子必備的天賦，只不過我們永遠不知道她送上桌的料理會帶來哪些驚奇。有一次她準備了一道塗抹在烤麵包上的肉醬，老實說口感十分細緻，她等到我們吃下肚讚不絕口後，才告知那是用老鼠肝做的。更別說她曾用蚱蜢腿在蛋糕上拼接馬賽克圖案，而且用的是又硬又脆的後腿，也曾經把烤豬尾巴做成甜甜圈的形狀。有次她烹煮了一整隻豪豬，連刺都完整保留，不懂為什麼，應該只是為了能在掀開蓋子的時候讓我們驚豔，結果向來不管自己烹煮什麼食材都敢吃的她也拒絕嘗試，即使那是隻乳豬，粉紅的肉肯定鮮嫩多汁。事實上她研發的諸多恐怖料理純粹是為了視覺饗宴，而不是為了享受跟我們一起品嘗可怕味道的樂趣。出自芭蒂絲塔之手的佳餚，是用動物或植物完成的精雕細琢藝術之作：在野兔的頸部毛皮上排列青花椰菜搭配兔耳朵；豬頭口中吐出的不是舌頭，而是一隻紅色龍蝦，蝦螯上夾著彷彿是被龍蝦拔下來的豬舌。還有蝸牛，不知道她切下多少個蝸牛頭，然後我想她應該是用牙籤，再把那些軟綿綿的頭，一一插在小泡芙上，端上桌的時候，看起來像是一群迷你小天鵝。比起這些料理帶來的視覺衝擊，更讓人震驚的是想像芭蒂絲塔如何用她纖細的雙手肢解小動物，以及在準備料理過程中如何全心投入。

蝸牛激發了姊姊叫人嘆為觀止的想像力，逼得我們兄弟二人起而抗爭，加上對那些被肢解動物的同情心，對煮熟蝸牛味道的敬謝不敏，對所有人的所有一切都再也無法忍受，如果說科西莫那天及日後的反抗之舉是從這裡開始醞釀，並不讓人意外。

我們擬定一個計畫。每次卡雷嘉騎士律師帶回一籃食用蝸牛，會放在地窖的一個桶子裡，讓蝸牛禁食，只能吃秕糠，以便排空體內殘餘物。搬開封住桶子的木板後出現的景象宛如地獄，蝸牛以緩慢速度在桶子內壁爬行已經足以引發焦慮，加上秕糠殘渣、一條條凝結的不透明黏液和蝸牛的彩色糞便，讓人想起在戶外草地上嬉戲的美好時光。有的蝸牛已經脫殼而出，伸長腦袋和分叉觸角；有的蝸牛縮成一團，只露出試探的兩根天線；有的像長舌婦圍成一圈，有的則完全封閉沉沉入睡，還有一些蝸牛已經死亡肚皮朝天。為了拯救牠們免於死在那邪惡的廚子手中，為了拯救自己免於蝸牛大餐荼毒，我們在桶底挖了一個洞，用磨碎的青草混合蜂蜜為蝸牛鋪設一條盡可能低調的路，穿過地窖裡的瓶瓶罐罐和工具，誘惑蝸牛走上直達小窗的逃亡之路，爬向通往荒草蔓生的一處花壇。

第二天我們到地窖檢查計畫成果，點亮燭光檢視牆面和走廊。「這裡有一隻！……那裡還有一隻！」「你看這隻爬到這裡來了！」已經有一排蝸牛從桶子裡爬出來，行進間距適中地沿著我們規劃的路徑，從地板和牆面往小窗爬。「快點，小蝸牛！你們要加油，快逃命啊！」看著牠們慢吞吞前進，不時在粗糙牆壁上盲目打轉，或被雜物和黴菌和水垢吸引，偏偏黑漆漆的地窖堆滿東西，地面又凹凸崎嶇，實在忍不住要為牠們打氣，我們只希望不會被人發現，牠們有足夠時間全部逃亡成功。

我們那個靜不下來的姊姊芭蒂絲塔每天晚上手中舉著燭臺，腋下夾著步槍，在家裡抓老鼠。那一晚她經過地窖，燭光照到一隻脫隊的蝸牛爬到天花板上，身後拖著一條銀色黏液。她開了槍，所有人在床上驚跳起來，隨即躺回枕頭上，對這位老小姐半夜在家狩獵的行徑早就習以為常。但是芭蒂絲塔失去理智開槍殲滅那隻蝸牛並轟下一片天花板之後，開始放聲尖叫：「快來幫忙！牠們都跑光了！來幫忙啊！」趕來了衣衫不整的僕人，手中拿著軍刀的父親，沒來得及戴上假髮的神父，搞不清楚發生什麼事的卡雷嘉騎士律師怕麻煩上身，索性跑去田裡睡在稻草堆上。

所有人舉著火把在地窖裡獵捕蝸牛，其實無人在意，但已經被吵醒了，為了一己私心，沒有人願意承認被小事打擾感到不悅。他們發現了桶底的洞，立刻明白是我們兄弟幹的好事。父親拿著馬車伕的鞭子抽打躺在床上的我們，導致我們背部、臀部和大腿布滿紫色條狀瘀血，還把一個破舊小房間當牢房把我們關起來。

我們被關了三天，只有麵包、水、沙拉、硬邦邦的牛肉和冷湯果腹（我們反而更愛吃）。之後，彷彿什麼事都沒發生過，全家若無其事坐上餐桌，時間是六月十五日中午十二點。我們家的廚房總監芭蒂斯塔，為我們準備了什麼呢？蝸牛湯搭配蝸牛主菜。科西莫連碰都不想碰。「快吃，否則我立刻把你們關回小房間！」我屈服了，開始大口將那些軟體動物吞下肚。（當時的我有點懦弱，我兄長因此更顯孤單，他離開我們多少也是因為對我不滿，我讓他失望了。可是我當年只有八歲，我的意志力，或者應該說一個小男孩能做的，跟科西莫超乎常人的頑強如何能比？）

「你什麼意思？」父親對科西莫說。

「不吃，就是不吃！」科西莫說完把盤子推開。

「你給我滾！」

父親話還沒說完，科西莫已經背對我們走出飯廳。

「你去哪裡？」

我們看著他站在玻璃大門前，從衣帽間拿出他的三角帽和短劍。

「我自己知道！」他飛奔去庭園。

不一會兒，我們透過窗戶，看見他爬上了那棵冬青櫟樹。雖然科西莫才十二歲，但是應父親對餐桌禮儀的要求，他的衣著和頭髮都十分正式：頭髮上撲了粉再用緞帶綁成馬尾，頭戴三角帽，搭配蕾絲領巾、綠色燕尾服、淡紫色短褲，還有短劍，以及長度到大腿一半的白色皮革高幫鞋套。鞋套是考慮到我們在鄉間生活，於著裝上的唯一妥協。(只有八歲的我，除非遇到宴會場合，無須在頭髮上撲粉，也不用配劍，我倒希望能帶劍。）他踩著樹瘤，在枝椏間手腳並用往上爬，動作穩健敏捷，因為我們做過長時間練習。

我說我們兄弟花了很多時間待在樹上，跟其他男孩從功利角度出發不同，他們爬樹是為了摘果子或找鳥巢，我們爬樹是為了享受克服樹幹和樹杈重重阻礙後的成就感，努力往高處爬，找到舒服的位置後待在那裡俯瞰下方世界，對經過的人開開玩笑喊喊話。

所以科西莫覺得自己受到不當喝斥後第一個念頭是爬到冬青櫟樹上，我認為再自然不過，我們對那棵樹很熟悉，而且它開展的枝椏與飯廳窗戶同高，因此全家人都能看見科西莫一臉鄙夷又惱火的表情。

「當心！當心！他就要摔下來了，可憐的孩子！」我們的母親驚慌呼喊，她或許寧願看到我們身處槍林彈雨，也不願像每次看到我們玩遊戲那般提心吊膽。

科西莫爬到一根粗口枝椏可當座椅的分叉處，他坐下來，雙腿搖晃，雙臂在胸前交錯手夾在腋下，縮著脖子，三角帽低垂壓著前額。

我們父親從窗戶探出頭來。「等你在上面待累了，就會改變主意！」他對科西莫大喊。

「我不會改變主意。」樹上的科西莫如此回應。

「等你下來，看我怎麼處罰你！」

「我再也不會下去！」科西莫說到做到。

5 冉森教派（Jansenism）是十七、十八世紀流行於法國的基督教派，由荷蘭神學家康內留斯・冉森（Cornelius Jansenius, 1585-1638）創立，強調人性敗壞和天主恩典的重要性，認為人缺乏自由意志無法自我救贖，與教會產生教義上的衝突，被指責為新教的追隨者，因此被視為異端。

第二章

科西莫在冬青櫟樹上。枝椏伸展，像懸在空中的橋。徐風吹來，陽光灑落葉間，我們得用手遮光才能看見他。科西莫在樹上看著世界，世間萬物，從高處往下看，很不一樣，樂趣無窮。林蔭大道上的風景截然不同，包括花壇、繡球花、山茶花和花園裡的鐵製咖啡小桌。眺望遠處，林木漸疏，菜園遞次傾斜成靠石牆支撐的小塊梯田。高地上是墨綠色的橄欖園，後面是歐布洛薩民居用褪色磚塊和石板搭建的屋頂，還有一根根船桅豎立，因為再下去是港口。盡頭是一片汪洋，海平面頗高，有一艘帆船緩緩過。

喝過咖啡後，男爵和女將軍走到花園。他們看著玫瑰園，故意不理會科西莫。兩人原本手挽著手，但隨即放開一面比劃手勢一面討論。我來到冬青櫟樹下，假裝自己玩耍，事實上是想吸引科西莫的注意。但他似乎還在氣我，待在樹上望著遠方。我躲在一張長板凳後面，以便繼續觀察他但又不會被他發現。

科西莫彷彿在水手瞭望臺上，將一切看在眼裡，卻又好像什麼都沒看見。一名婦人提著籃子經過檸檬樹下，一個男人趕著騾子走在斜坡上，手中抓著騾子尾巴。他們並未看見彼此，婦人聽見騾子鐵蹄聲，轉身探頭看向小路，剛好錯過已經轉彎的趕騾人。她唱起歌，他豎起耳朵，舉起皮鞭揮向騾子，他說：「嗬！」一切結束。科西莫都看到了。

隨後傅歇拉夫勒神父拿著翻開的祈禱書經過林蔭大道。科西莫順手從樹枝上抓個東西往神父頭上扔，也不知道那是什麼，或許是小蜘蛛，或許是一塊樹皮，結果沒丟中。他將短劍伸進樹洞裡一陣敲打，飛出一隻生氣的黃蜂，他揮舞三角帽驅趕，看著黃蜂飛到一株南瓜藤蔓上躲了起來。卡雷嘉騎士律師跟平日一樣匆匆出門，走幾級臺階進入花園消失在葡萄藤架間。科西莫為了知道他去哪裡，爬上另一根枝椏。他聽到簇葉間有窸窣聲，然後一隻烏鶇衝上天。科西莫不大高興，因為他之前在烏鶇下面待了那麼久卻未曾察覺。他逆光仔細觀察周圍還有沒有其他烏鶇。沒有，沒有其他烏鶇了。

冬青櫟樹旁有一棵榆樹，兩棵樹的樹冠幾乎相連。榆樹一根枝椏橫亙在冬青櫟樹的一根枝椏上方半公尺處，我兄長輕輕鬆鬆就跨過去爬到榆樹樹梢上，我們從來沒爬過那棵榆樹，它太高，從地面往上攀爬太難。他到了榆樹上，就試著慢慢從這個枝椏移動到另一棵樹上去，先換去長角豆樹，之後又爬上一棵桑樹。我就這麼看著科西莫從這棵樹前進到另一棵樹上，在花園的空中漫步。

高大桑樹有幾根枝椏越過我們家莊園的圍牆，那一邊是翁達麗瓦家族的花園。我們兩家雖然比鄰而居，但我們家對翁達麗瓦侯爵和歐布洛薩當地其他貴族一無所知，他們享有封建制度中某些代代相傳的權利是父親夢寐以求，但我們兩家互看不順眼，不知道是父親或侯爵讓人在兩戶莊園中間築起一道堪比堡壘城垛的高牆。除此之外，翁達麗瓦家族對他們家花園還有一種獨佔心態，據說，花園裡種滿前所未見的奇花異草。侯爵一家的現任家長，是植物學家林奈[6]的弟子，他動員散布在法國和英國皇室的廣大親戚人脈，讓他們送來各殖民地最珍稀的植物，多年來用船載運了一袋袋種子、一綑綑插枝、一盆盆灌木，甚至還有樹根被土壤包覆的整棵大樹來此。後來那座花園成為印度、美洲和新荷蘭[7]的混種森林。

我們能看到的只有從圍牆上探出頭來的一種植物深色的葉子，那是剛從美洲殖民地運來的木蘭，黑色枝梗上開出飽滿的白色花朵。桑樹上的科西莫正好在牆頭的位置，他控制平衡走了幾步，手在牆上一撐，就跳到有木蘭花的那一邊去，消失在我的視線外。所以我接下來要說的，是他的人生故事，但有許多是他日後告訴我，或是我從零星的見證和線索推敲出來的。

科西莫爬上木蘭樹。樹的枝椏很密，對我兄長這樣熟悉各種樹木的男孩來說，更有利於通行。木蘭的枝椏能承重，但畢竟是軟木又還不夠粗壯，他的鞋尖刮過，黑色樹皮就被劃開露出白色傷口。樹葉清香在他身邊繚繞，葉子隨風翻飛，有時是暗綠色有時是亮綠色。

其實整座花園都香氣撲鼻。園中花木扶疏程度不一，科西莫還無法看清花園全貌，但嗅覺已展開探索，試圖分辨不同香氣。其實他對這些氣味很熟悉，因為風將所有香氣帶來我家花園，對我們而言，那些香氣是來自侯爵莊園的祕密。科西莫觀察枝葉，發現未曾見過的新葉，有一些又大又亮，彷彿上面有水流過，有一些很小，呈羽毛狀，有的樹幹很光滑，有的則覆蓋鱗片狀樹皮。

萬籟俱寂。只有一群小柳鶯吱吱喳喳飛上天。科西莫隱約聽到有人在唱歌：「噢啦啦啦！盪鞦韆……」他往下看。附近一棵大樹上掛著一個鞦韆，鞦韆上坐著一個年約十歲的小女孩。小女孩一頭金髮，梳成一個高高的髮髻，就她的年紀而言有點滑稽，她身上穿的淺藍色衣服也有些老氣，裙子隨著鞦韆擺盪而飛揚，露出裙擺的花邊。小女孩瞇著眼睛抬著頭，彷彿故作貴婦姿態，她邊盪邊吃蘋果，每次都得低下頭湊近同時握著蘋果和鞦韆繩索的手，每當鞦韆盪到離地面最近的位置她就用鞋尖點地給予推力，同時吐出咬下的那口蘋果皮渣，然後開口唱道：「噢啦啦啦！邊鞦韆……」看起來這個小女孩對什麼都不在意，無論是盪鞦韆、唱歌或蘋果（算是稍微有點在意），她另有心事。

坐在木蘭樹上的科西莫爬到最低矮的枝椏上，一腳這裡一腳那裡跨坐在樹杈上，手肘靠著前方枝椏彷彿那是一個窗臺。鞦韆飛來飛去，把小女孩送到與科西莫同高的位置。

原本她心不在焉沒有察覺，等突然看見戴著三角帽、腳上有高幫鞋套的科西莫站在樹上，她說：「啊！」

蘋果從她手中掉落滾到木蘭樹下。科西莫拔劍出鞘，從最低矮的那根枝椏俯身下去，用劍尖戳起蘋果，送到坐著鞦韆再度盪回來的小女孩面前。「拿去，沒有弄髒，只是另一面有點摔壞。」

金髮小女孩很懊惱剛才看到木蘭樹上突然出現那個陌生男孩，自己的反應那麼驚慌，恢復之前鼻孔朝天的傲慢態度開口說：「您是小偷？」

「小偷？」科西莫覺得自己被冒犯，但是轉念一想，這個說法滿不錯。「我是小偷。」他一邊說一邊將帽子往下壓。「不行嗎？」

「您來偷什麼？」

科西莫看著戳在劍尖上的蘋果，才意識到他其實餓了，之前在餐桌上什麼都沒吃。「偷這顆蘋果。」他說完，就用短劍削起了蘋果皮，他違背家庭禁令，讓劍刃始終維持鋒利。

「所以您是水果小偷？」女孩說。

我兄長想到歐布洛薩那群窮人家的小孩，他們會爬牆翻過圍籬打劫果園。大人都告訴他要鄙視並遠離那群野孩子，這是他第一次想那樣的生活是多麼自由令人羨慕。所以，說不定他從今以後可以跟他們一樣，過同樣的生活。「對。」科西莫說，他將蘋果切成小塊後送進嘴巴裡。

金髮小女孩哈哈大笑，鞦韆盪了一個來回。「騙人！偷水果的那些小孩我都認識！他們全都是我的朋友！他們都打赤腳，只穿襯衫沒有外套，頭髮亂七八糟，才不會穿高幫鞋套，更不會在頭髮上撲粉！」

我兄長臉紅得跟蘋果皮一樣。因為頭髮撲粉被嘲笑，他覺得無所謂，但是他很在乎他的鞋套，被認為外表不如水果小偷，不如他之前瞧不起的那群野小孩，還發現在翁達麗瓦家族花園裡頤指氣使的這個小小姐是所有水果小偷的朋友卻不是他的朋友，所有這一切加起來讓他覺得惱火、羞愧又嫉妒。

「噢啦啦啦！……高幫鞋套頭髮撲粉！」鞦韆上的小女孩哼哼唱唱。

驕傲的他存心報復。「我跟您認識的那些小偷不一樣！」他大聲說。「我不是小偷！我剛才這麼說是怕嚇到您，您要是知道我是誰，一定會嚇死。我是強盜！很可怕的強盜！」

小女孩繼續盪來盪去，看起來腳尖就快要觸碰到科西莫的鼻子。「騙人！那槍在哪裡？強盜都有槍！或是長筒獵槍！我見過槍！從城堡坐馬車來這裡的路上，我們遇過五次強盜攔路！」

「強盜頭目不帶槍！我是強盜頭目！頭目不帶槍，只帶劍！」他秀出短劍。

小女孩聳聳肩膀後說：「強盜頭目！強盜頭目是一個叫強・德伊・布魯格的傢伙，他每次聖誕節和復活節來，都會送我禮物！」

「蛤！」科西莫・迪・隆多想起兩家恩怨。「所以我父親是對的，他說翁達麗瓦侯爵是這一區所有盜匪跟走私黑幫的靠山！」

小女孩盪回地面，這一次她沒有再出力推，踩了急煞車跳下來。空蕩蕩的鞦韆隨繩索飛回空中。「您馬上下來！您未經允許闖入我們家的土地！」她氣急敗壞，用食指指著我兄長。

「我沒有闖入，我也不會下去，」科西莫以相同語氣回應。「我從未踏足你們家的土地，就算把全世界的黃金都送給我，我也不下去！」

小女孩冷靜地拿起放在藤椅上的扇子，天氣並不熱，但她一邊搧風一邊來回踱步。「現在，」她心平氣和地說。「我叫僕人來抓您，痛打一頓後，您就知道不能隨便闖入我們家的土地！」這個小女孩的語氣變幻莫測，每次科西莫聽完都不知所措。

「我踩的地方不是土地，更不是你們家的土地！」他原本還想追加一句：「我是歐布洛薩公爵，歐布洛薩所有土地都是我的領地！」但是他忍住了，因為他不想複誦父親老是掛在嘴邊說的話，更何況他才剛在餐桌上跟父親吵了一架離家出走。科西莫始終覺得父親對公爵頭銜的追求是一種執念，他很不喜歡，覺得毫無道理，如今，他科西莫難道也要吹噓自己是公爵嗎？但是他不能自打嘴巴，只好繼續瞎編。「這裡不屬於你們家，」他重申道。「你們家只擁有土地，我如果踩在土地上才算闖入，可是我在樹上不算，我想去哪裡就去哪裡。」

「所以，上面是你的……」

「沒錯！上面所有一切都歸我管轄，」他手一揮，指向陽光下的枝幹、樹葉和天空。「樹上這片枝椏全都是我的領地。你儘管叫人來抓我，他們最好抓得到！」

虛張聲勢半天，科西莫原以為小女孩會嘲笑他，沒想到她卻出乎意料興致高昂。

「是嗎？那你的領地範圍有多大？」

「只要是爬樹能到得了的地方，這裡，那裡，越過牆，包括那個橄欖園、那座山丘、山丘的另一邊、樹林，甚至主教的封地……」

「包括法國嗎？」

「包括波蘭和薩克森。」科西莫對地理的認識只限於我們母親談到王位繼承戰爭時提到的地名。「但我不像你這麼小氣。我會邀請你來我的領地。」他們現在不再用敬語「您」稱呼對方，是小女孩率先這麼做的。

「那鞦韆是誰的？」她拿著打開的扇子坐回鞦韆上。

「鞦韆是你的。」科西莫拍板定案。「可是鞦韆綁在這個枝椏上，而枝椏屬於我，所以，如果你同意的話，當你的腳碰地，你是在你的土地上，可是當你盪到空中的時候就在我的土地上。」

小女孩緊抓鞦韆繩索，用腳一推重新起飛。科西莫從木蘭樹跳到掛著鞦韆的那根粗大枝椏上，拉著繩索幫她推。鞦韆越盪越高。

「你會怕嗎？」

「我不怕。你叫什麼名字？」

「我叫科西莫……你呢？」

「薇歐朗特，但是大家都叫我薇歐拉。」

「大家也叫我小莫，因為科西莫這個名字很像老頭子。」

「我不喜歡。」

「不喜歡科西莫？」

「不是，不喜歡小莫。」

「噢……你可以叫我科西莫。」

「休想！喂，我們還沒把事情講清楚。」

「什麼事情？」科西莫又跟之前一樣摸不著頭緒。

「我的意思是，我可以爬上樹到你的領地去，你要奉我如上賓，對嗎？我想什麼時候去或離開都可以。你在樹上你的領地裡是神聖不可侵犯的，可是你一旦踩到我的花園土地上，你就是我的奴隸，要被套上鐵鍊。」

「我才不會踏進你家花園一步，我連我家花園也不去，對我而言那些都是敵人的領土。你可以到樹上來找我，你那些偷水果的朋友也可以來，或許我還可以讓我弟弟畢亞久加入，雖然他比較膽小，我們來組一支樹上的軍隊，給地面的居民一點顏色瞧瞧。」

「不對，不對，我不是這個意思。我再解釋一遍給你聽。你是樹上世界的領主，對嗎？但你只要有一隻腳碰到地面，就會失去你的統治權，變成最低賤的奴隸，聽懂了嗎？就算是你踩的枝椏斷裂，但只要你摔下來，就什麼都沒了！」

「我這輩子沒從樹上摔下去過！」

「好啦，如果你摔下來，你只要摔下來就會化為灰燼被風吹走。」

「胡說八道，我不會離開樹，因為我不要。」

「噢，你好煩喔。」

「好啦，我們來玩。我也可以盪鞦韆嗎？」

「只要你能不碰到地面坐上鞦韆就可以。」

薇歐拉的鞦韆旁有另一個鞦韆，掛在同一根枝椏上，為了避免相撞，另一個鞦韆的繩索打了結收起來。科西莫抓住繩索往下爬，這個運動他很拿手，因為母親常讓我們做很多體操動作。他解開繩索的結，雙腳站到鞦韆上，為了能夠擺盪起來，他先彎曲膝蓋再站直，靠身體重量移動讓鞦韆往前晃。就這樣他越盪越高。兩個鞦韆方向相反但高度相同，兩人會在中途交錯而過。

「你如果坐下來用腳推，可以盪更高。」薇歐拉暗示他。

科西莫對她做了一個鬼臉。

「你人最好了，下來幫我推嘛。」她溫柔地微笑對他說。

「我不要，剛剛才說我不能回到地面……」科西莫又搞不懂她是怎麼回事了。

「拜託啦。」

「不要。」

「哈！你差點上當。你只要一腳碰到地面你就會失去一切！」薇歐拉跳下她的鞦韆，開始輕推科西莫的鞦韆。「嘿！」她突然抓住科西莫腳下踩的鞦韆板凳往上一掀。

幸好我兄長緊緊抓著繩索，否則他就會像香腸一樣滾到地上！

「你作弊！」他大吼一聲，抓著鞦韆兩邊繩索往上爬，但是往上比往下困難許多，而且那個金髮小女孩很頑皮，以各種角度把繩子往下拉。

科西莫好不容易爬回掛鞦韆的枝椏上，他跨坐在上面，用蕾絲領巾擦拭臉上的汗。

「哈哈，你失敗了！」

「我差一點就成功！」

「我以為我們是朋友！」

「那是你以為！」她又開始搧扇子。

「薇歐朗特！」就在此時，一個高亢的女聲插進來。「你在跟誰說話？」屋前白色階梯上出現一名婦人，她高高瘦瘦，穿著寬大蓬裙，拿著一個單柄眼鏡看著他們。科西莫有些膽怯，縮回樹葉叢中。

「跟一個年輕人，姑姑。」小女孩說。「他出生在樹上，因為魔咒的緣故不能離開樹。」

科西莫滿臉通紅，他不知道小女孩這麼說是在她姑姑面前捉弄他，或是在他面前捉弄那位姑姑，她只是在繼續玩遊戲，或是根本不把他或姑姑或遊戲當一回事。科西莫發現那位婦人透過眼鏡觀察他，並走到樹下就近打量他，彷彿他是來自異國的鸚鵡。

「噢，這個年輕人應該是皮歐瓦斯克家族的人吧。薇歐朗特，進來。」

科西莫覺得很丟臉：她輕而易舉認出他，也沒有問他為什麼在樹上，隨即叫女孩回家，語氣雖然不嚴厲但也不容商榷。而薇歐拉頭也不回，就乖乖聽話跟著姑姑離開，這一切意味著他是個無關緊要的人，如同不存在。於是在那個原本愉快的下午，他因羞愧陷入愁雲慘霧之中。

小女孩對姑姑做了一個手勢，婦人低下頭，小女孩跟她說悄悄話，然後姑姑用眼鏡指著科西莫說：「小少爺，您可願進來喝杯熱巧克力？我們也可以認識一下。」她瞄了薇歐拉一眼。「既然您已經是我們家的朋友了。」

科西莫瞪大眼睛看著這位姑姑和她的姪女，心跳加速。這可是歐布洛薩最驕傲的翁達麗瓦家族對他發出的邀請，前一刻他還覺得自己被羞辱，現在不但雪恥，還得以讓他父親難堪，因為向來高高在上鄙視父親的敵人歡迎他，是薇歐拉幫他說情，讓他正式以薇歐拉朋友的身分被接受，可以在那個與眾不同的花園中跟她一起玩耍。但同時科西莫又有完全相反的感受，他覺得很困惑，那種心情摻雜了膽怯、自傲、孤單和不認輸。心中五味雜陳的他抓住頭上的枝椏往上爬，往枝葉更茂密的地方移動，到了另一棵樹上，然後消失無蹤。

6 林奈（Carl von Linné, 1707-1778），瑞典植物學家、動物學家，瑞典科學院創辦人之一。

7 新荷蘭（Nieuw-Holland）。荷蘭探險家塔斯曼（Abel Tasman, 1603-1659）於一六四四年遠航發現澳洲北部陸地時，以「新荷蘭」稱之，意指「未知的南方大陸」。

第三章

那天下午分外漫長。花園裡時不時傳來尋常可聞的撲通聲，或窸窣聲，我們以為是科西莫決定離開樹回家，便紛紛往外衝一探究竟。結果不然，我看見開著白色花朵的木蘭樹梢一陣搖晃，隨後科西莫出現在牆的另一邊，正翻牆過來。

我爬到桑樹上找他，他看見我，似乎不大樂意，還在生我的氣。他坐在我上方的枝椏上，用劍劈劈砍砍，看起來不想跟我說話。

「這棵桑樹滿容易爬的，」我沒話找話講。「我們之前沒爬過……」

他繼續拿劍在樹上劃來劃去，然後酸溜溜地說：「怎麼樣，蝸牛好吃嗎？」

我舉起手中的籃子：「小莫，我帶了一些無花果乾，還有蛋糕……」

「是他們派你來的？」他依然板著臉，但是看到籃子忍不住開始吞口水。

「不是，你想也知道，我是瞞著神父偷偷溜出來的！」我趕緊解釋。「他們讓我在家裡寫功課，不准我來找你，幸好那老先生睡著了！媽媽很擔心你從樹上掉下來想派人來找你，但爸爸看你不在冬青櫟樹上就說你已經下來了，不知道躲在哪個角落裡面壁思過所以不用害怕。」

「我沒有下來過！」我兄長說。

「你不是去了翁達麗瓦家的花園嗎？」

「對，但我是從這棵樹跳到那棵樹上過去的，沒有踩到地面！」

「為什麼？」我問他。這是我第一次聽他談到這個規矩，但他說起來彷彿是我們之間早已做好約定，他並未違規所以叫我放心。我便不敢再要求他多做解釋。

「我跟你說，」他沒有回答我的問題。「翁達麗瓦家的花園好大，需要好幾天才能逛完！他們家還有來自美洲森林的樹木，可惜你看不到！」然後他想起來他正在跟我吵架，不應該這麼開心地跟我分享他的新發現。於是他硬生生中斷話題：「反正我不會帶你去。你以後就跟芭蒂絲塔或卡雷嘉騎士律師去玩吧！」

「我才不要，小莫，你帶我去嘛！」我跟他說。「你不能因為蝸牛生我的氣，蝸牛真的很噁心，可是我受不了他們罵我！」

科西莫狼吞虎嚥吃著蛋糕。「你得通過測試，」他說。「你要證明你跟我一國，不是跟他們一國。」

「你說你要我做什麼。」

「你幫我找一些繩索，要夠長夠堅韌，因為有時候換樹我得用繩子綁住，我還要一個滑輪、幾個鉤子跟一些大釘子……」

「你要做什麼？吊車？」

「我們得搬好多東西到樹上，你看，我們需要木板、竹竿……」

「你要在樹上蓋一間小屋！蓋在哪裡？」

「如果有需要，我們再來選位置。現在我先以那個橡樹樹洞作為據點，我會用繩索垂吊籃子下去，你再把我需要的東西帶來放在裡面。」

「為什麼？你為什麼一副打算在樹上躲很久的樣子……你覺得他們不會原諒你嗎？」

他滿臉通紅。「我難道會在乎他們原不原諒我？而且我沒有躲，我誰都不怕！那你呢？你來幫我你會怕嗎？」

我現在不是不明白科西莫打算留在樹上不下去，但我故意裝作不明白，好讓他自己說出：「對，我要留在樹上，直到下午茶時間、黃昏時分、晚餐時間，或直到天黑」，明確表示他要抗議到什麼時候、什麼程度才結束。可是他完全不說，這讓我有點害怕。

樹下有人在叫喚。我們父親高聲喊著：「科西莫！科西莫！」他認定科西莫不會理他之後，轉而喊我的名字：「畢亞久！畢亞久！」

「我去看看他們要幹什麼，再跟你說。」我連忙說道。我之所以急於對他這樣說，我承認，多少是因為我想趕快溜走，擔心自己被人發現待在桑樹上跟他聊天，就得跟他一起受罰。科西莫似乎沒從我臉上看出我的懦弱，他聳聳肩讓我走，刻意擺出對父親想跟他說什麼毫不在意的樣子。

等我回頭找科西莫，他沒有離開，找到了一個可以坐著的好地方，他坐在枝葉都被鋸掉的光禿禿樹幹上，下巴靠著膝蓋，雙手環抱小腿。

「小莫！小莫！」我上氣不接下氣爬上樹。「他們原諒你了！大家都在等我們！餐桌上準備了下午茶，爸媽已經入座在幫我們切蛋糕了！有一個巧克力奶油蛋糕，不是芭蒂絲塔做的！她大概氣得半死，把自己關在房間裡！他們摸了摸我的頭，跟我說：『去告訴可憐的小莫，我們言歸於好，這件事到此為止！』快，我們回家！」

科西莫嘴裡叼著一片葉子，沒有反應。

「欸，」他開口道。「你去找一條毯子，別讓人發現，然後帶來給我。這裡入夜之後應該會很冷。」

「你該不會想在樹上過夜吧！」

科西莫沒有回答，下巴靠著膝蓋，嘴裡嚼著樹葉，眼睛看著前方。我順著他的視線看過去，那裡是翁達麗瓦家的花園圍牆，木蘭樹白色花朵從那裡探出頭來，再遠一點，有一隻老鷹在空中盤旋。

夜幕低垂。僕人來來去去準備餐具，飯廳裡的蠟燭已經點亮。在樹上的科西莫應該一覽無遺。父親阿米尼歐男爵對著窗外的樹影高聲說：「你如果留在上面，遲早會餓死！」

那天晚上是科西莫第一次缺席我們家的晚餐。他跨坐在冬青櫟樹高高的枝椏上，側對著我們，所以我們只能看到他兩條腿晃來晃去。其實，我們得站在窗臺前，在黑暗中仔細搜尋才能看到他，因為室內明亮而戶外漆黑一片。

就連卡雷嘉騎士律師也覺得自己應該出面說些什麼，但最後他依然未能就這件事表達任何意見。他說：「噢……好粗的樹……應該有一百年了……」接著說了幾句土耳其文，或許是「冬青櫟樹」的土耳其文，總而言之，他說話的對象比較像是樹，而不是科西莫。

我們的姊姊芭蒂絲塔出於某種嫉妒心，對科西莫的事不聞不問，她也許習慣了我們全家因為她的奇怪言行目瞪口呆，如今發現有人比她更厲害，一直咬指甲咬個不停（她咬指甲不是把手舉高送進嘴裡咬，而是反過來把手肘抬高，指尖朝下咬）。

女將軍母親則想起了我不記得是在斯拉沃尼亞或彭美拉尼亞的某個軍營，有些士兵會爬到樹上站崗，以及他們如何發現敵人蹤跡，成功避開了一次襲擊。這個突如其來的回憶，讓她從身為母親的不知所措轉而沉浸在她偏愛的軍事氛圍中，也好像終於明白了自己兒子的古怪行徑，不但冷靜下來，甚至還引以為傲。只不過沒有人理會她，除了傅歇拉夫勒神父。神父慎重表示認同我母親從那段戰爭往事得到的體悟，他會抓住能夠讓科西莫這件事合理化的任何論述，好撇清他的責任，也省得憂心。

晚餐後，我們通常很早就寢，那天晚上並沒有改變作息。我們的父親和母親決定放手不管不再縱容科西莫，等他耐不住疲倦、不適及入夜後的寒冷，自然就會回家。所有人上樓返回自己房間，點亮燭火後房屋立面每一扇分成四格的窗都彷彿是金色的眼睛，對於在外過夜的科西莫而言，這個他熟悉的、近在咫尺的家，應該會喚起他溫暖記憶，讓他想念。我在我們兄弟二人的房間裡探頭看向窗外，辨識出他裹著毯子、蜷縮在冬青櫟樹枝椏和樹幹間凹洞的身影，我想，他應該用繩索在自己身上捆了好幾圈以免掉落。

姍姍來遲的月亮在枝椏上空照耀。跟科西莫一樣蜷縮著身體的山雀，在巢中安睡。

那一晚，各種遙遠的窸窣聲和騷動打破花園靜謐，還有風呼嘯而過。遠方不時傳來咆哮聲，那是大海。我站在窗前豎起耳朵傾聽海水起起伏伏的吐息，試著想像那是來自不再躺在我背後小床上，身在僅僅數公尺外、被夜幕包圍、只能依靠自己的科西莫。唯一對他友善、他可以擁抱入懷的是那樹皮粗糙的樹幹，樹幹上那些看不到盡頭的細小蜿蜒通道是幼蟲入眠之所在。

我爬上床，但我不想吹熄蠟燭。或許從房間窗戶透出去的光能與他作伴。我跟科西莫共用一個房間，房間裡有兩張小床。我看看他原封不動的床，再看看窗外他藏身的那片漆黑，在被窩裡翻滾的我第一次感覺到脫掉衣服、打著赤腳、躺在潔白溫暖的床上，是多麼幸福，同時也感覺到綁在樹上的科西莫蓋著粗糙的毯子，腿上還綁著高幫鞋套，不能翻身又腰酸背痛，是多麼痛苦。從那一晚開始，我腦袋裡這個念頭再也揮之不去，我知道只要有一張床，有乾淨的床單和柔軟的床墊，便是莫大享受！我帶著這樣的心情，想著折騰我們好幾個鐘頭的那個傢伙，再想想我自己，就這樣睡著了。

第四章

我不知道書上寫的是真是假，據說很久很久以前有一隻猴子自羅馬出發，牠從一棵樹跳到另一棵樹，途中未曾下到地面，最終抵達西班牙。到了我們那個年代，只剩下歐布洛薩海灣有如此茂密的林木，從這一端到那一端，從山谷到山頂，連綿不絕，因此遠近馳名。

可惜今天歐布洛薩這一帶風貌丕變。法國人來了之後開始砍伐樹林，視其為每年都要修剪、之後會再長出來的草皮。結果樹沒有長出來。大家或許以為砍樹是因為戰爭，因為拿破崙，因為那個年代，其實砍樹從來沒有停止過。見過當年風景的我們，如今看著光禿禿的山脊，十分感慨。

當年不管走到哪裡，在我們和天空之間總有扶疏枝葉。唯一比較低矮的區域是檸檬果園，但園中高高矗立幾棵歪歪扭扭的無花果樹，一簇簇綠葉形成厚重樹冠，遮蔽果園上方的天空。也有葉子是褐色的櫻桃樹，或是需要呵護的榲桲樹、桃樹、扁桃樹、梨樹苗，有結實纍纍的李子樹，以及被山梨樹和長角豆樹取而代之的桑樹或胡桃老樹。果園的盡頭是橄欖園，銀灰色的橄欖園像開在半山腰上的一朵雲霧。後面是夾在下方港口和上方山巖之間層層疊疊的村落。櫛比鱗次的屋瓦間，持續冒出一叢叢綠意，有冬青櫟樹、法國梧桐和橡樹。橡樹是最與世無爭、高大挺拔的植物，在貴族建造莊園、把庭園用柵欄圍起來的地方（井然有序地）肆意生長。

橄欖園再過去是樹林。松樹曾經是歐布洛薩整個區域最主要的植物，後來在通往海灘的那片坡地上依然隨處可見松樹及落葉松的蹤跡。以前常見根深葉茂的橡樹，因為值錢，成為斧頭下最早一批受害者。再往高處去，栗樹取代了松樹，漫山遍野的樹林望不到盡頭。歐布洛薩居民生活在這樣一個林木世界裡，而我們卻幾乎渾然不覺。

對此第一個有想法的人是科西莫。他的發現是，由於林木茂密，他在枝椏間穿梭，無須返回地面，就能移動到很遠的地方。有時候遇到荒地，不得不繞一大圈，但他很快就摸清所有必經路線。他不再用我們的方式估算距離，腦袋裡隨時能勾勒出一條在樹上行進的蜿蜒路徑。遇到無論如何也跳不過去的枝椏時，他就另外想辦法，這部分我之後再解釋。現在我們先回到那個清晨。椋鳥喧鬧聲中，科西莫在冬青櫟樹樹梢醒來，全身被露水打濕，腰酸背痛，四肢僵直，手腳都爬滿螞蟻，滿心愉悅的他起身探索這個新世界。

他去到庭園最遠的那棵法國梧桐上，天空中白雲朵朵，漸次下沉的山谷可見縷縷輕煙從石板屋頂升起，隱藏在河岸後方的農舍像是一落落石堆。風吹過無花果樹和櫻桃樹，樹葉翻飛遮住天空，較矮的李子樹和桃樹向外伸展粗壯枝椏。美景一覽無遺，包括草地，纖毫皆見，但是看不到土壤的顏色，因為被苗床上懶洋洋的南瓜葉、一顆顆萵苣或包心菜擋住了。兩側風景大致相同的山谷，彷彿高處一個漏斗與海洋相接。

在這片美景中，陡然迸出一陣尖叫聲，如波浪般襲來，看不見，也幾不可聞，但若隱若顯便足以引發不安。隨後傳來撲通一聲，以及貌似枝椏斷裂的聲響，還有人高聲叫嚷，但這次不一樣，這次是暴怒咆哮，跟先前的尖叫聲來自同一處。之後歸於寂靜，彷彿什麼事都沒有發生，一閃而過，是原本就不該出現在那個地方的騷動。當那些人聲和噪音再次在山谷中這裡或那裡現蹤，同一處地方總是伴隨著櫻桃樹鋸齒狀小葉在風中搖曳的動靜。雖然科西莫有半個腦袋常常神遊太虛，但另外半個腦袋倒是頗能有先見之明，於是他得到這個結論：櫻桃樹在說話。

他開始往最近的櫻桃樹移動，實際上那裡有一整排蓊蓊鬱鬱的高大櫻桃樹，樹上結滿黑櫻桃，只是他無法立即分辨枝椏上有什麼或沒有什麼。科西莫待在那裡不動，先前聽到的聲響此刻都消失。他站在較矮的枝椏上，感覺所有櫻桃好像都集中在他頭頂上方，他也說不清原因，總之長在樹上的似乎不是櫻桃，而是眼睛。

科西莫抬起頭，一粒熟透的櫻桃掉下來啪一聲砸在額頭上。他瞇著眼睛逆光（陽光越來越強）往上看，發現有一群男孩趴在他那棵櫻桃樹和附近幾棵櫻桃樹上。

知道自己被發現後，男孩們不再噤聲，儘管壓低聲音但嗓音還是很尖銳：「你們看他穿得真漂亮！」紛紛撥開眼前的枝葉爬向下方那個戴著三角帽的男孩。有些男孩沒有戴帽子，有些戴著沒收邊的草帽，有些則在頭上套著麻布袋，穿著破破爛爛的襯衫和短褲，他們不是打赤腳，就是用碎布裹腳，還有幾個為了爬樹，脫下木屐掛在脖子上。他們是科西莫和我聽從父母訓示始終保持距離的水果小偷幫。然而那天早晨我兄長想要找的人應該就是他們，即便他也不知道自己期待什麼。

科西莫留在原地等大家往下爬，那些男孩對他指指點點，嘟囔著說些尖酸刻薄的話，例如「這傢伙是誰來這裡找什麼東西啊？」還對著他吐櫻桃籽，有人則挑出長蟲的或被烏鶇啄過的櫻桃，抓住枝梗先在空中轉幾圈，然後像投石器拋擲石頭那樣丟向他。

「哇！」大家突然驚呼一聲，因為看到科西莫掛在腰側的劍。「你們看他隨身攜帶什麼東西？」男孩們哄堂大笑。「打屁股的戒尺！」

隨後他們憋著笑，不再說話，因為接下來發生的事讓他們樂瘋了：其中兩個頑童不聲不響爬到科西莫正上方的枝椏上，打開一個麻布袋口朝下對準他的腦袋（那是他們用來放贓物的骯髒布袋，沒裝東西的時候就拿來當兜帽戴，讓袋口垂在肩膀上）。等下科西莫就會發現自己不知怎麼回事被麻布袋罩住，綑綁成一條香腸後被痛打一頓。

科西莫或許察覺苗頭不對，或許什麼也沒察覺，但是他的劍被嘲笑，為了捍衛榮譽，他決定拔劍出鞘。科西莫高高舉起劍，劍刃劃過了麻布袋。他發現麻布袋後，就從兩個小賊手中搶過來捲一捲騰空扔了出去。

那個動作乾淨俐落。其他人嚷嚷著「噢！」，是不高興也是因為驚艷。他們用方言羞辱那兩個任由麻布袋被搶走的同伴：「吃屎啦！你們太鳥了吧！」

科西莫還沒來得及為自己的勝利感到開心，地面的怒火已經爆發，有人咒罵，有人丟石頭，有人高聲喊道：「這次你們跑不掉了，該死的小偷！」同時舉起乾草叉。趴在樹上的小偷紛紛縮手縮腳，蜷曲身子。他們先前圍著科西莫嬉鬧，驚動了看守的果農。

果農這次出擊早有準備。山谷裡幾個小地主和佃農受夠了水果成熟就被偷摘，決定結盟合作。小偷採取的策略是集體行動，爬到某個果園的果樹上打劫完畢後，再一起奔向另一個果園，唯有採取類似策略才能防堵：所有果農都守在小偷遲早會去的某個農莊，等待甕中捉鱉。此刻一群放開牽繩、張著血盆大口狂吠的犬隻在櫻桃樹下環伺，半空中是一支支乾草叉。有三、四個男孩趁隙跳下樹，背後被叉尖刺穿，褲襠被被狗咬破，倉皇尖叫衝進葡萄園裡。於是再也沒人敢往下跳，包括科西莫在內，全都不知所措躲在樹上。果農架起梯子，開路先鋒是乾草叉的齒尖。

過了幾分鐘科西莫才想通，他不需要因為那群水果小偷害怕而跟著害怕，同樣不該覺得他們很厲害而自己一無是處。他們跟傻瓜一樣待在原地就足以證明這點，不趕快從旁邊的樹逃走是想坐以待斃嗎？科西莫之前怎麼來的，現在可以循原路離開。他戴好頭上的三角帽，尋找被他當作橋的那根枝椏。他從最底端那棵櫻桃樹爬到一棵長角豆樹上，再從長角豆樹垂吊到一棵李子樹上，漸漸遠離。其他人看到他在樹與樹之間攀爬行走如履平地，知道應該立刻跟上他，不然恐怕要受很多罪才能找出他的行進路線。大家不發一語跟在科西莫後面，在那條蜿蜒路徑上匍匐前進。於此同時，我兄長爬上一棵無花果樹，越過田地裡的籬笆，垂吊到一棵桃樹上，桃樹枝幹脆弱，一次只能讓一個人通過。從桃樹可以攀爬到那棵冒出牆頭的歪斜橄欖樹，從橄欖樹上可以跳到一棵橡樹，橡樹有一根粗壯枝椏橫亙溪流之上，能再銜接到其他樹木。

拿著乾草叉的果農以為這次捉水果小偷是手到擒來，結果眼睜睜看著他們像小鳥一樣從空中脫逃。果農跟吠叫的狗一起緊追不捨，但是他們得繞過籬笆，之後又遇到圍牆，而且溪流上沒有橋，花了好多時間才找到一處淺灘，那些頑童早就跑遠了。

頑童跟正常人一樣在地面上跑。留在樹上的只有科西莫一人。「那個腿上綁著高幫鞋套的傢伙到哪裡去了？」男孩們往前看不到科西莫的身影互相詢問，等抬起頭才發現他在橄欖樹上。「喂，你可以下來了，我們把果農甩掉了！」但科西莫繼續在枝葉間跳躍，從這棵橄欖樹到那棵橄欖樹，最後消失在茂密的銀葉中。

那些把麻布袋當帽子、手持竹竿的遊手好閒水果小偷，現在對山谷裡的櫻桃樹發動攻擊。他們有條不紊，清空這根枝椏後就換一根。在樹梢上，有一個人盤腿坐著，用兩根指頭折斷櫻桃梗後將果子放進擱在膝蓋上的三角帽裡。這個人是誰？那個腿上綁著高幫鞋套的男孩！「喂，你從哪邊過來的？」他們問話的語氣很不友善，因為他們真以為我兄長是飛過來的，心裡不大痛快。

科西莫將三角帽中的櫻桃一粒接一粒放進口中，像吃糖果，然後嘴巴一噘小心翼翼把籽吐出來，生怕弄髒衣服。

「這個吃冰淇淋的傢伙，」頑童中有人說。「有什麼了不起？他為什麼老是跟著我們？為什麼不去吃他自家庭園裡的櫻桃？」他們知道科西莫在樹上比他們任何人都厲害，態度不像之前那麼囂張。

「這些吃冰淇淋的傢伙之中，」另一個頑童說。「偶爾會出現一、兩個厲害的，像那個臭丫頭……」

聽到這個陌生的名詞，科西莫豎起耳朵，而且不知道為什麼，突然滿臉通紅。

「是那個臭丫頭背叛我們！」另一人這麼說。

「雖然她也是吃冰淇淋的人，可是她很厲害。今天早上如果是她負責把風，我們就不會被果農發現。」

「吃冰淇淋的如果想要加入我們，自然可以跟我們一起行動。」

（科西莫這才明白原來『吃冰淇淋的人』，是指住在莊園裡的人，或是貴族，或是有身分地位之人。）

「喂，」有人對他說。「我們先講好，如果你要跟我們混，就要和大家一起插科打諢，要把你知道的都教給我們。」

「還要放我們進你父親的果園！」另外一個頑童說。「上次有人對我開槍！」

科西莫耳朵聽他們說，但心不在焉。他開口問道：「你們可以告訴我臭丫頭是誰嗎？」

躲在枝葉間那些衣衫襤褸的頑童哈哈大笑，有人笑到差點從櫻桃樹上摔下去，有的用雙腿夾緊樹枝整個人往後倒，有的維持垂吊姿態在樹上搖來晃去，一邊放聲大笑一邊鬼吼鬼叫。

這陣吵鬧果然再度引來果農追捕。應該還是之前那批人，帶著狗追了過來，狗高聲吠叫，果農又舉起手中的三戟叉。吃過虧的他們這回有經驗，同時在附近幾棵樹都架了木梯往上爬，手中拿著乾草叉和耙子形成包圍。果農四散開來爬樹，留在地面上的狗一時之間不知如何是好，只能跑來跑去對著空中吠叫。那群小偷逮到這個機會往下跳，趁著狗無人指揮四散逃跑，有人小腿肚被咬了一口，有人被打了幾棍，或被石頭砸到腦袋，但大多數安全疏散。

只有科西莫留在樹上。「下來！」男孩們得救後對他大喊。「你在幹嘛？睡著了？趁地面沒人趕快跳啊！」科西莫用膝蓋緊夾枝椏，拔出他的短劍。旁邊幾棵樹上的農民用固定在長棍上的三戟叉攻擊他，科西莫揮舞著短劍將他們擋開。但是有一個人用叉尖抵住他的胸口，把他釘在樹幹上。

「住手！」有人叫嚷道。「他是皮歐瓦斯克男爵的公子！小少爺，您在樹上做什麼？怎麼會跟那群野孩子混在一起？」

科西莫認出說話的人是朱瓦・德拉・瓦斯卡，我們父親的佃農。

大家紛紛收起乾草叉，許多人脫下帽子行禮，我兄長也用兩根指頭抓起他的三角帽，鞠躬致意。

「下面的人，把狗綁起來！」瓦斯卡對樹下的果農喊話。「讓他下去！小少爺，您可以下去了，樹很高請小心！稍等，我們幫您架個梯子！等下我陪您回家！」

「不用，謝謝，謝謝。」我兄長說。「不麻煩你，我知道路，我知道我自己要走的路！」

他消失在樹幹後面，然後在另一根枝椏上出現，隨即再隱身樹幹後方，重新出現在更遠的枝椏上。等他再一次消失在樹幹後面，就只能看到他的腳踩在更高的枝椏上，上頭枝葉茂密，他兩腳一蹬，便不見人影。

「他去哪裡了？」果農面面相覷，不知道該往上或往下找人。

「他在那裡！」科西莫出現在有點距離的另一個樹梢上，轉眼消失不見。

「他在那裡！」他又爬上另一個樹梢，像被風吹過起伏晃蕩。他繼續跳。

「他掉下去了！噢不！他在那裡！」在搖曳的樹冠上，只看見他的三角帽和馬尾。

「你主人怎麼回事？」其他果農問朱瓦・德拉・瓦斯卡。「他是人，或野生動物？還是他被魔鬼附身了？」

朱瓦・德拉・瓦斯卡說不出話來，在胸前劃了一個十字。

只聽科西莫的歌聲傳來，像視唱練習那般高亢激昂。

「噢！臭丫頭……！」

第五章

科西莫從那群水果小偷閒談中漸漸拼湊出臭丫頭這號人物的諸多面向。他們口中的臭丫頭，是住在莊園裡的一個小女孩，她常騎著一匹白色侏儒馬四處打轉，跟衣衫襤褸的他們成為朋友後，有一段時間他們受她保護，由於她個性霸道，所以也聽從她指揮。她騎著小白馬四處巡視，只要看到無人看管的果園裡水果成熟了，就會通知他們，坐在馬背上像軍官那樣陪著他們四處襲擊。她在脖子上掛著一個號角，每當他們忙著偷摘扁桃或梨子的時候，她騎著馬在山坡上上下下，那個位置可以俯瞰田野，只要察覺果園主人或果農舉止異常，可能發現小偷準備衝過來的樣子，便會吹響號角，水果小偷聽到號角聲就跳下樹一哄而散。所以只要小女孩跟著一起行動，他們從來沒被抓到過。

至於後來發生了什麼事，不大容易說清楚：所謂「背叛」指的應該是臭丫頭讓他們蒙受了損失，一是大家被她帶進自家莊園後被奴僕追打；一是她偏愛他們之中一個名叫帥哥羅雷的男孩，那個人直到今天還被大家取笑，但她同時又對另一個名叫烏加索的男孩示好，導致他們二人反目成仇。而且被莊園奴僕追打那次，他們根本不是去偷摘水果，而是兩個寵臣兼情敵的一次出征行動，最後結局是他們兩個人結盟跟她翻臉。還有一說是她多次答應要為大家做一個蛋糕，等她終於做出來，卻在裡面加了蓖麻油，害大家腹痛如絞一個星期。其他類似插曲或同樣插曲，或所有這些事情全部加總起來，讓臭丫頭跟水果幫決裂，現在他們講到她還有怨氣，又同時覺得遺憾。

科西莫聽得很專心，所有細節重新組合後的畫面讓他感覺十分熟悉，最後他忍不住開口問：「這個臭丫頭住在哪個莊園？」

「蛤，難道你不認識她？你們是鄰居欸！我們說的是住翁達麗瓦莊園的那個臭丫頭！」

科西莫其實不需要跟這些頑童確認，就知道他們說的那個朋友是薇歐拉，邋遢的小女孩。我想，正是因為她跟科西莫說過她認識附近所有水果小偷，他才會立刻出發尋找這幫人。當時讓他採取行動的那股衝動，至今依舊難以名狀，甚至變得更強烈。他心想或許可以帶這些頑童去翁達麗瓦的果園大肆掠劫，又想著自己可以替薇歐拉好好修理他們一番，例如先慫恿他們去找她麻煩，然後自己再出面保護她，再不然就是做些會輾轉傳到她耳中的英勇事蹟。在這些紛亂念頭中，科西莫雖然跟著水果小偷四處跑，但越來越覺索然無味，每當他們返回地面，獨留他一人在樹上，他臉上總會流露出些許惆悵，就像烏雲遮蔽太陽的瞬間。

但他又突然跳起來，跟貓一樣動作敏捷在枝椏間攀爬，穿過果園和花園，低聲哼著不知道什麼曲子，調子曲折多變，幾不可聞，他盯著前方看卻彷彿什麼都看不見，如貓一般保持平衡皆出於本能。

我們看著執迷不悟的他多次經過我們花園裡的樹。「他在那裡！在那裡！」我們每次都大呼小叫，因為不管我們想做什麼，都是因為關心他，數著他在樹上過了多少天又多少鐘頭。我們的父親說：「他瘋了！他被魔鬼附身了！」然後怪罪傅歇拉夫勒神父：「你得給他驅魔！你還等什麼，神父，有沒有聽到我說的話，你袖手旁觀啊！我兒子被魔鬼附身了，你看不出來嗎，我的老天啊！」

神父似乎精神為之一振，「魔鬼」一詞彷彿喚醒了他腦海中環環相扣的思緒，從複雜的神學論述開始侃侃而談，到如何正確理解魔鬼現身一事，不知道他是想反駁我父親，抑或是單純發言。總而言之，他隻字不提魔鬼和我兄長之間是否存在任何可能的關係，或是可以先驗地排除此一關係。

父親男爵失去耐性，神父亂了思緒，我覺得無趣。而我們的母親身為人母的焦慮情緒波動原本凌駕於一切之上，但是她一如既往，在事後不久便讓情緒轉為穩定，擬出具體對策，並尋找合適工具，這是一名將軍解決問題該有的作為。她找出一個鄉下地方用的長筒望遠鏡，還有三腳支架。她用一隻眼睛盯著看，在莊園露臺上一待就是好幾個鐘頭，不斷調整鏡頭好對焦在藏身枝葉間的男孩身上，即便我們再三告訴她科西莫已經跑出視線範圍外。

「你還看得到他嗎？」我們父親在花園樹下來回踱步，始終看不見科西莫的身影，除非我兄長正好出現在他頭頂那棵樹上，所以他頻頻問我母親。我們家這位女將軍點點頭並做手勢讓大家安靜，不要打擾她，彷彿她正在監視某個山頭上敵軍的動靜。可想而知她有時候看不到他在哪裡，但不知為何，她心中認定科西莫會在某個地方冒出頭來，就把望遠鏡對準那個地方。有時她心裡也不得不承認自己錯了，將目光從鏡頭上移開，研究攤開放在膝上的地圖，一隻手捂著嘴巴做沉思狀，另一隻手則跟著地圖上的凌亂線條遊走，直到她確認她兒子應該抵達某處，計算好角度後，便將望遠鏡對準那一片樹海中任何一處樹梢，再慢慢調整焦距。當她嘴角出現淺淺微笑，我們就知道她看到科西莫了，他真的在那裡！

然後，她伸手拿起放在凳子旁的幾面彩色小旗幟，先揮舞一面，再揮舞另一面，動作俐落，節奏感十足，像是用某種約定好的符號語言傳遞訊息（我有點惱火，我不知道母親有那些小旗幟而且懂旗語，如果她教會我們跟她玩旗語該有多好，特別是我們兩個年幼的時候。但是她從來不跟我們玩耍，如今為時已晚。）

老實說，即使擁有再多戰鬥裝備，她依然是一個提心吊膽、將手帕揪成一團的母親。只不過她當女將軍比較放鬆，或者應該說扮演女將軍而非單純母親的角色讓她免於受折磨，因為她其實是一個纖細敏感的小女人，而繼承自馮．庫爾特維茲家族的軍人風格是她唯一的自我保護色。

她一邊揮舞小旗幟一邊看著望遠鏡，突然間眼睛有了光彩笑了起來。我們頓時明白是科西莫作出了回應。我不知道他如何回應，也許揮舞他的帽子，也許晃動樹枝。總之，自那一刻起，我們母親不再像之前那般焦慮，雖然她這位母親的命運跟其他任何一位母親的命運大不相同，她的兒子如此特立獨行，對情感世界一無所知，然而她是我們之中第一個接受科西莫古怪作為的人，像是對他從今以後不時突如其來向她送來問候，或母子交換無聲訊息的回報。

有趣的是，母親並未因為科西莫跟她打招呼，就誤以為他可能結束逃家回到我們身邊。我們父親反而一直糾結放不下，只要有一丁點兒與科西莫有關的消息，都會讓他不停追問：「啊？你們見到他了？他要回家了嗎？」而與科西莫關係最疏遠的母親，似乎是唯一接受他現況的人，或許是因為她從未期待任何解釋。

讓我們回到那一天。幾乎沒有再露面的芭蒂絲塔，也從母親身後探出頭來，語氣溫柔地送上一碗黏糊糊的濃湯，她舉著湯匙問：「科西莫……你要吃一點嗎？」父親甩了她一個耳光，她轉身返回屋內。天知道她準備了什麼可怕的東西。科西莫消失無蹤。

我巴不得跟他走，尤其是我現在知道他加入那群小乞丐的集體行動之後，彷彿新世界的大門在我面前敞開，我不再以異樣眼光看待，而是跟他們一樣懷抱憧憬。我頻繁往返於露臺和屋頂天窗之間，在這兩個地方可以眺望樹林，能聽見他們在不同果園大聲嬉鬧，看見櫻桃樹梢晃動，不時瞥見一隻手摸摸水果後摘下，一顆頭髮亂糟糟或戴著麻布袋的腦袋，在人聲中我能聽到科西莫說話，我問自己：「他怎麼會在下面？明明剛才還在我家庭園！他往下移動的速度比松鼠還快？」

我記得號角聲響起的時候，他們在水池上方的紅李子樹上。我也聽見號角聲了，但我不知道那是什麼，所以沒當一回事。但是他們不一樣！我兄長後來告訴我說，他們再次聽見號角聲太過意外，大家都呆立原地，忘記那是預警，忙著互相詢問有沒有聽到，會不會是臭丫頭重新騎著她的侏儒馬四處巡邏為大家把風。他們連忙從果園撤退拔腳就跑，但不是為了逃跑，而是為了跑去找她，追上她。

只有科西莫留在原處，一張臉如火焰般紅。等他看到那些頑童爭先恐後，明白他們是去找薇歐拉之後，就在枝椏間東奔西竄追趕，每一步都冒著摔斷脖子的生命危險。

薇歐拉在一條上坡路的拐彎處，動也不動，抓著韁繩的手放在小馬鬃毛上，另一隻手拿著小馬鞭。她抬頭看著那些男孩，把馬鞭一端送進嘴裡嚼著。她身上的衣服是天藍色的，用細鍊掛在脖子上的號角是金色的。那些男孩一起停下腳步，嘴裡吃著李子或手指，撕咬手上或手臂上的疤，或麻布袋一角。慢慢的，像是為了克服窘迫，他們從咀嚼的口中擠出了幾句話，不像是發自內心，更像是渴望被駁斥的幾句低語，幾不可聞，抑揚頓挫彷彿在唱歌：「你來……做什麼……臭丫頭……現在回來……你不再是……我們的夥伴……哈哈哈……哈，膽小鬼……」

枝椏一陣搖晃，高聳的無花果樹上出現科西莫的腦袋，被樹葉包圍的他氣喘吁吁。而她，嘴裡叼著馬鞭，由下往上看，一眼就能看見他和擠成一堆的他們。科西莫忍不住，吐著舌頭喘氣道：「你知道從上次我們見面我就沒再離開過樹上嗎？」

對於仰賴內在毅力完成的壯舉應該保持緘默和低調，只要訴諸於口或炫耀，就會讓人覺得輕浮，讓一切不再有意義，或失去價值。科西莫剛才說的那句話就是如此，他其實不該說出口，但是他已經完全不在乎，甚至還想爬下樹讓這一切結束。薇歐拉慢慢拿開口中的馬鞭，淡淡地說：

「噢，是嗎？……很好啊，笨蛋！」

那群髒兮兮的小孩哈哈大笑，在他們集體發出笑破肚子的嗷叫聲之前，科西莫氣憤起身，無花果樹木質軟難以承重，他腳下一根枝椏頓時斷裂。科西莫如石頭般往下墜落。

他墜落時雙臂張開，沒有掙扎。老實說，自從科西莫展開樹上生活之後，這是唯一一次他沒有在意志和本能主導下試圖抓住任何東西。然而他的燕尾服衣角勾到一根低矮枝椏，於是科西莫頭下腳上懸空倒掛，距離地面只有四掌寬。

他覺得丟臉而臉紅的同時血液也衝上腦門。上下顛倒的科西莫瞪大眼睛看見那些鬼吼鬼叫的小孩一個接一個玩起翻跟斗變成跟他方向相同，有如手抓地面腳踩深淵，以及坐在前腳騰空揚起的小馬背上彷彿在飛翔的金髮小女孩，這時他心中第一個和唯一一個念頭是，那是他第一次談起他待在樹上的事，也會是最後一次。

科西莫挺腰抓住枝椏重新跨坐樹上。薇歐拉讓小馬恢復平靜，看起來似乎對剛才發生的事毫不在意。科西莫瞬間忘記自己先前的慌亂。她舉起號角吹出低沉的警示音，那群頑童聽到之後（科西莫後來告訴我，薇歐拉出現讓人產生一種迷惘的亢奮感，一如野兔見到月光）四散逃跑。他們跑，是一種直覺反應，明知她吹響號角只是好玩，他們跑也是好玩，跟在騎著短腿小馬的她背後，邊往下跑邊模仿號角聲。

他們盲目地高速往下衝，發現原本在前方的薇歐拉不見人影。她突然轉向，離開路徑，把他們甩開。她去了哪裡？薇歐拉奔入順著山谷草地緩降的橄欖園裡，找到那一刻正費力攀爬在某棵橄欖樹上的科西莫，她騎馬繞樹轉一圈後飛奔離去。但之後她再度出現在另一棵橄欖樹下，卡在那枝葉間的正是我兄長。就這樣，他們二人循著一如橄欖樹枝椏蜿蜒曲折的路徑，一起下到山谷。

當那些水果小偷察覺並看見他們二人在樹上和馬背上進行祕密幽會時，全都吹起了口哨，充滿惡意和嘲諷，並在越來越響亮的口哨聲中，朝刺山柑城門方向走去。

留下小女孩和科西莫在橄欖園中互相追逐。但科西莫注意到，等那群吵吵鬧鬧的孩子走遠，薇歐拉對追逐遊戲就興致缺缺，似乎開始覺得無聊。科西莫忍不住懷疑她之前那麼做只是為了惹水果小偷幫生氣，但他同時又猜想她或許是故意退縮好惹他生氣。可以確認的是薇歐拉需要不斷惹某個人生氣好讓人更在乎她。（少年科西莫對所有這些感情懵懵懂懂，其實我想，在那些粗礪樹皮上爬來爬去的他，大概跟貓頭鷹一樣，根本反應遲鈍。）

突然有一陣碎石從某處高地射過來攻擊他們。薇歐拉縮頭躲在馬脖子後面匆匆逃跑，我兄長正好在枝椏彎折處暴露在外，成為主要目標。不過小石子往上飛的角度太偏，只有幾顆擦過他的額頭或耳朵，並未受傷。那群瘋子又吹口哨又狂笑，還大聲喊道：「臭……丫……頭……好……噁……心……」，然後一溜煙跑掉。

他們轉眼跑到刺山柑城門，城牆上一條條綠色刺山柑如瀑布般垂下。從附近陋屋傳出母親的叫嚷聲，只不過天黑後母親斥罵這些孩子不是為了讓他們回家，而是因為他們回家了，因為他們回家吃晚飯，沒有在外面自行想辦法覓食。在刺山柑城門一帶，歐布洛薩的赤貧階級以茅草屋、石板屋、破舊馬車和帳篷為家，他們太窮所以被拒於城門之外，遠離田地。因為各地飢荒和貧窮問題日益擴大，他們從遙遠的土地和鄉村成群結隊而來。落日時分，披頭散髮的女子懷中抱著嬰兒在冒煙的爐子前搧風，乞丐幕天席地而臥將包覆瘡口的布條解開，有些人玩骰子七嘴八舌喊叫。水果幫各自混入油炸食物的煙霧和各種口角之中，有人挨了母親幾個耳光，有人互毆在塵土中滾來滾去。於是他們身上的破爛衣衫跟其他人的破爛衣衫混染成同一個顏色，他們的雀躍心情在大人面前化為不知所云的蠢話。因此當那個騎在馬上的金髮小女孩和樹上的科西莫出現時，他們眼神膽怯僅瞄一眼就轉頭，望向塵土和爐子上的煙，彷彿在兩組人馬之間突然豎起了一道牆。

這一切對薇歐拉和科西莫而言是一瞬間，轉眼即逝。此刻薇歐拉已經把融入暮色中的陋屋炊煙和婦孺的尖叫聲拋在腦後，在海灘邊的松林中策馬馳騁。

另一側是大海。可聞海浪翻滾拍打礁石。天黑了。更響亮的是踏過卵石迸出火花的滾滾馬蹄聲。我兄長在一棵歪斜的低矮松樹上看著金髮小女孩的明亮身影穿過海灘。幽暗海面掀起一個小浪峰，高高捲起後白花花拍向岸邊，破碎浪花掠過疾馳的騎馬少女身影，鹹鹹的水花噴濺在科西莫臉上。

第六章

科西莫剛開始住在樹上那幾天沒有任何目標或計畫，只想認識並擁有他的新王國。他本想立刻展開探索全境直到最遙遠的邊界，研究這個新世界能給予他的所有可能性，走遍每一棵樹每一根枝椏去發掘它。我說「他本想」，因為實際上我們看到他反覆出現在我們頭頂上方，有一種野生動物忙碌不休來去匆匆的感覺，或看他蹲伏不動，又彷彿隨時準備跳走。

他為何回到我們家的庭園？看他在母親望遠鏡視野範圍內從梧桐樹飛躍到冬青櫟樹，有人會說促使他那麼做的動力及他的滿腔熱情，一定是因為跟我們發生那次爭執，是為了讓我們感到痛苦或氣憤（我之所以說「我們」，是因為我不清楚他對我的想法：當他需要某樣東西的時候，與我的兄弟情誼似乎不容置疑，但其餘時間他經過我頭上對我視若無睹）。

其實不然，他真的只是經過。吸引他的是木蘭樹旁那道牆，我們老是看他消失在牆的另一邊，即便那個時候金髮小女孩肯定還沒起床，或她應該已經被家庭教師或姑姑帶回家。翁達麗瓦家花園裡的枝椏像是某些奇珍異獸的覓食口器向外舒展，樹葉的鋸齒狀光影一朵朵落在彷彿爬蟲動物綠色皮膚的草地上，輕盈的青黃色竹子搖曳起伏發出紙張摩擦的聲音。科西莫待在最高的樹上，深深陶醉在那片不同的綠意和若隱若現的不同光影中，享受不同的靜謐，他放開手倒懸半空中，上下顛倒的花園變成森林，不屬於塵世的森林，是一個全新的世界。

然後薇歐拉出現了。科西莫突然間看見那個自己出力邊鞦韆的她，騎在侏儒馬背上的她，或聽見從花園另一頭傳來的低沉號角聲。

翁達麗瓦侯爵家從未替四處遊蕩的薇歐拉擔心過。她原先徒步行動，所有姑姑都跟在她後面；等她學會騎馬之後就跟風一樣自由，那些不會騎馬的貴婦不知道她去了哪裡。而且他們無論如何也想不到薇歐拉會跟那群小流浪漢廝混。可是他們立刻就發現了在樹上探頭探腦的小男爵，十分警戒，展現出某種嗤之以鼻的優越感。

因科西莫不聽話而苦惱的父親，原本就看翁達麗瓦家族不順眼，這下更是認定都是他們的錯，是他們誘騙兒子去隔壁花園，殷勤款待，慫恿他叛逆。所以父親突然決定圍捕科西莫，但是不在我們家的地盤上動手，要等科西莫人在翁達麗瓦家花園的時候才發動。他似乎擔心我們鄰居沒看出他的挑釁意圖，既不指揮圍捕行動，也不親自出面要求翁達麗瓦家族把他兒子還來（雖然這麼做很無理取鬧，但至少是貴族之間互動比較體面的做法），他派艾內亞．西維歐．卡雷嘉騎士兼律師帶著一群奴僕上門要人。

一行人帶著梯子和繩索來到翁達麗瓦莊園的大門。卡雷嘉騎士律師身穿土耳其長袍、頭戴圓筒氈帽，支吾其詞說了一堆藉口要求對方開門放他們進去。翁達麗瓦家族剛開始以為他們要修剪我家花園長到他們家花園裡的枝椏，隨後才在語焉不詳的卡雷嘉騎士律師口中聽到「抓捕……抓捕……」，又見他一邊歪著身子小跑步一邊抬頭往樹上看，他們開口問道：「逃家的到底是什麼？一隻鸚鵡？」

「是男爵的兒子，長子，家族繼承人。」騎士律師回答得極其匆忙，一等梯子在一棵歐洲七葉樹上架好，便親自往上爬。只見科西莫坐在樹上晃動雙腳若無其事。薇歐拉也一副若無其事的樣子，在花園小徑上滾鐵環玩耍。僕人將繩索遞給騎士律師，沒人知道該怎麼用它來抓住我兄長。科西莫在他爬梯子爬到一半的時候，已經換到另一棵樹的樹梢上。騎士律師讓人挪梯子，如此來回四五次，每次都踩壞一處花壇，而科西莫只要兩三步就跳到旁邊的樹上。一眨眼功夫薇歐拉被姑姑們包圍，帶她進屋不讓她外出以免見到那個混亂場面。科西莫折斷一根樹枝，握在手中揮舞，在空中發出咻咻聲。

「各位不能回到貴府寬敞的庭園中再繼續這場狩獵嗎？」站在莊園臺階上的翁達麗瓦侯爵神情嚴肅，他身穿晨袍頭戴小瓜帽，跟騎士律師莫名相似。「我在跟你們講話，皮歐瓦斯克・迪・隆多家族的人！」然後他用手在空中畫了一個大圓，把樹上的小男爵、私生子叔叔、奴僕和陽光下牆的另一邊屬於我們家莊園的一切都框在裡面。

這時候卡雷嘉騎士律師態度丕變。他小跑步湊到侯爵眼前，若無其事，嘟嘟囔囔地跟他說起前方那個水池的水舞噴泉，當初是如何想到讓其中一個水柱噴得比較高及其效果，而且只要改變噴嘴，就可以用來給草地灑水。由此證明我們那位私生子叔叔是多麼難以捉摸且不可靠，男爵派他前去執行明確任務，照理說與鄰居發生爭執不應退讓，他怎麼會跟侯爵相談甚歡，貌似想要討好對方？更何況卡雷嘉騎士律師向來只在對自己有利、別人以為他個性靦腆值得信賴時才會展現出健談的一面。有趣的是侯爵聽進他的話，問了他一些問題，還帶著他去檢查所有水池和噴頭，他們穿著相仿，都是寬大長袍，兩人個子差不多高很容易誤認，後面跟著一大群我們家和他們家的僕人，有些人肩上扛著梯子，不知如何是好。

這時候無人打擾的科西莫跳到靠近莊園窗戶的樹上，隔著窗簾試圖找出薇歐拉被關在哪個房間。好不容易找到人後，他摘下一顆漿果扔向窗戶。

窗戶打開，露出金髮小女孩的臉龐，她說：

「我被關在這裡都是你害的！」她關上窗，拉起窗簾。科西莫頓時傷心欲絕。

當我兄長怒火中燒，代表事情真的很麻煩。我們看著他狂奔（如果腳踩的不是地面，而是不規則且高度不一的支撐點，而且支撐點之間空無一物，還叫做狂奔的話），隨時有可能失足跌落，但幸好沒有發生。他跳躍，在傾斜的枝椏上快步移動，伸手攀住高處枝椏後猛地向上一跳，這般迂迴行進四、五次後便消失無蹤。

他去了哪裡？那一次他馬不停蹄，從冬青櫟樹跳到橄欖樹再跳到山毛櫸，最後跑進樹林裡。他喘著氣停下腳步，腳下是一望無際的草地。微風吹過掀起一波草浪，茂密草叢搖曳出深淺不一的綠意，有輕飄飄的羽絨從那些球狀蒲公英揚起飛舞。草地中央矗立一棵孤零零的松樹，科西莫過不去，樹上結著橢圓形的松果。停在密密松針間的小鳥褐色羽毛上有白色斑點，是動作敏捷的旋木雀，有的站得筆直，有的歪斜，有的尾巴朝上鳥喙朝下，啄食毛毛蟲和松子。

因為渴望進入難以擁有的世界，促使我兄長展開他在樹上的探索之旅，如今那份渴望依舊在，未獲得滿足，導致他執著於深入細微之處，想跟每一片葉子、鱗片、羽毛或每一次拍翅振翼都建立起某種連結關係。就像獵人熱愛所有生命，但他除了用獵槍瞄準生命之外不知如何表達這份愛。科西莫拼命探索，以抒發他還無法分辨的那份愛。

樹林十分茂密，他行進困難，只得用短劍劈砍開出一條路來。他漸漸將心中那份執著拋諸腦後，只想著如何應付面前的問題，又怕（但他不肯承認）自己離熟悉的地方太遠。就這樣在樹林裡慢慢推進，直到在某個地方發現有兩隻眼睛盯著他看，黃澄澄的眼睛，在樹葉遮掩下，擋在他正前方。科西莫用短劍撥開面前枝葉，再慢慢讓那叢枝葉回到原位，然後鬆了一口氣，笑自己剛才的驚慌反應。他看清了那對黃色眼睛的主人，是一隻貓。

雖然挪開枝葉只有匆匆一瞥，那隻貓的清晰模樣卻在科西莫腦中揮之不去，他再次害怕到發抖。因為那隻貓，雖然跟任何一隻貓並無不同，卻是一隻可怕的、嚇人的貓，光看到牠就忍不住要放聲尖叫。很難說清楚牠到底哪裡嚇人，那是一隻虎斑貓，比一般虎斑貓體型壯碩，但這不代表什麼，可怕的是牠的鬍鬚挺直有如豪豬的刺，牠呼吸時從鋒利堪比尖鉤的雙排牙齒間吐出的氣息不只聽得到甚至肉眼可見；牠的兩隻尖耳看起來像是覆蓋一層絨毛，實則好比兩團火焰；牠毛髮豎立，在頸部形成高高鼓起的金黃色項圈，條紋從那裡分散開來到腰腹處彷彿因為自己抓搔而產生了波紋，靜止不動的尾巴維持一個很不自然的角度貌似快要撐不住。這是科西莫撥開枝葉隨即讓枝葉歸位那一瞬間所見到的全貌，至於他來不及看到但在腦中自行想像的是：被濃密毛髮覆蓋的腳下藏著孔武有力的爪子，隨時可以撲向他。他還看到在枝葉間盯著他看的那雙環繞黃色虹膜的黑色瞳孔轉動。他還聽到牠的吼聲越來越密集低沉。所有這一切讓他明白眼前這隻貓是樹林裡最凶猛的野貓。

鳥鳴啾啾和拍翅顫動全都歸於沉寂。那隻野貓突然跳起來，不是撲向他，而是近乎垂直往上一躍，讓科西莫驚豔多於驚嚇。等發現牠是跳到自己頭頂正上方的那根枝椏，科西莫才嚇一跳。他全身緊繃，看著野貓腹部接近白色的長毛，腳掌張開爪子嵌進樹皮裡，弓著背，對他哈氣，顯然準備攻擊他。科西莫來不及思考，動作俐落地往低處的枝椏跳。「嘶哈……嘶哈……」野貓邊移動邊吼叫，忽左忽右，最後再度跳到科西莫頭頂上方。我兄長本想重施故技，卻發現自己已經跨坐在那棵山毛櫸樹最低的枝椏上。距離地面還是有一定高度，不過與其坐在那裡等野貓介於嘶哈和喵嗚之間的奇怪叫嚷結束後對他做什麼，還不如現在就往下跳。

科西莫抬起一條腿，看似準備跳下去的時候，彷彿內心出現了互相矛盾的兩個聲音，一個聲音當然是自保，另一個聲音則是寧願冒生命危險也要堅持絕不下樹，於是他用大腿和膝蓋夾緊枝椏。野貓蓄勢待發，科西莫舉棋不定。朝他飛撲而下的野貓毛髮豎直，利爪畢露，發出嘶吼，科西莫只能跟傻瓜一樣，閉上眼睛舉起短劍，那貓輕而易舉閃過劍跳到他頭上，以為可以用爪子逼他跟自己一起摔下樹。科西莫臉上被抓了一把，但是他沒有掉下去，用膝蓋緊緊夾住枝椏的他轉了半圈，肚皮朝天手腳並用緊緊抱住枝椏不放。這跟貓預期的結果完全相反，牠被拋開後往下墜落，本想用爪子插入樹皮止住跌勢，同時在空中轉身。就是那個須臾瞬間，足以讓科西莫取得勝利，他猛然出手，用短劍刺向野貓，在喵嗚聲中捅穿牠的腹部。

科西莫得救了。他渾身是血，釘在短劍上的野貓彷彿烤肉串，而他的臉頰從眼睛下方到下巴有一道三爪傷痕。科西莫因為疼痛，也因為勝利喜悅高聲呼喊，他其實搞不清楚發生了什麼事，依舊緊緊抱著枝椏、短劍和短劍上貓的屍體，他在絕望時刻取得人生第一次勝利，這才知道原來勝利如此折磨人，同時知道他必須在自己選擇的這條路上走下去，失敗者沒有活路。

我看著他從遠方的樹上爬過來，連背心上都是血，變形的三角帽下馬尾散了，手裡抓著現在看起來並無特殊之處的死掉野貓的尾巴。

我跑向站在露臺上的女將軍。「母親，」我大喊。「他受傷了！」

「什麼？傷得怎麼樣？」她連忙調整望遠鏡。

「看起來像受傷！」我回答道。她可能覺得我的形容很貼切，因為看著望遠鏡裡科西莫跳來跳去的速度比以往還快，她表示：「你說得沒錯。」

她馬上準備大量紗布、繃帶和藥膏，像是要為一整個軍營的救護站提供物資。她把東西全都交給我，讓我轉交給他，絲毫不指望我兄長會決定回家接受治療。我帶著一包繃帶跑進庭園，等在最靠近翁達麗瓦莊園那道牆的桑樹下，因為他剛才爬上木蘭樹後就不見了。

科西莫抓著被他殺死的野貓得意洋洋地出現在翁達麗瓦花園中。結果他在邸第前方空地看到什麼？一輛準備出發的馬車，僕人忙著把行李搬上車頂，在那群身穿黑衣、神情嚴肅的管家和姑姑簇擁下，薇歐拉穿著旅行的輕便服裝，與侯爵和侯爵夫人擁抱。

「薇歐拉！」科西莫高舉手中的野貓，對她大喊。「你去哪裡？」

馬車旁所有人抬起頭來看著樹上的他。科西莫狼狽不堪，渾身血汙，神情瘋狂，手上還抓著一隻死掉的動物，大家覺得毛骨悚然。「他又來了！看他那個邋遢的樣子！」所有姑姑似乎都被惹毛了，推著薇歐拉上馬車。

薇歐拉趾高氣昂轉過頭來，一臉鄙夷，鄙夷那些無趣傲慢的親戚，也或許是鄙夷科西莫。她開口說（顯然是回答科西莫的問題）：「他們送我去寄宿學校！」便回頭上車，對他和他的獵物都不屑一顧。

馬車車門關上，馬車伕就座，科西莫無法接受薇歐拉要離開，試圖吸引她的注意，好讓她知道那場血淋淋的勝利是獻給她的，但他不知從何說起，只好高聲喊道：「我打敗了一隻貓！」

馬鞭一抽，姑姑們揮舞著手絹，馬車起動，車裡傳出薇歐拉的聲音：「厲害！」聽不出是褒是貶。

他們就這樣道別了。科西莫的緊繃情緒、被抓傷的疼痛、完成獵殺壯舉卻未得到任何誇讚的失望、驟然與薇歐拉別離的傷心欲絕，全都悶在心裡，再以大哭大鬧、拉扯樹枝發洩出來。

「出去！出去！哪裡來的野孩子！快離開我們的花園！」姑姑們開口喝斥，翁達麗瓦家的僕人紛紛拿起長棍或石頭要把科西莫趕出去。

他邊哭邊喊，把死貓砸向爬上樹來抓他的人臉上。僕人們拎著尾巴將死貓丟去糞坑裡。

當我得知薇歐拉離開後，曾短暫希望科西莫會回家。不知為何，但我認為他留在樹上的決定，或多或少與她有關。

然而他絕口不提此事。我爬樹將繃帶和紗布帶給他，他自己處理了臉上和手臂上的抓傷。之後他要了一個帶鉤的釣竿，趴在一棵橄欖樹上用釣竿將那隻死貓從翁達麗瓦家的糞坑吊上來，剝了皮，想辦法鞣製完工後做成一頂帽子。他這一生中有過許多頂皮帽，那是我們看到他戴的第一頂。

第七章

最後一次試圖把科西莫抓回家的行動，是由我姊姊芭蒂絲塔執行。那是她個人行為，可想而知，她事前沒有諮詢過任何人，一切暗中進行，維持她一貫的行事風格。芭蒂絲塔半夜出門，帶著一桶膠和梯子，把一棵長角豆樹從樹梢到樹根都塗滿了膠。科西莫每天早晨都會在那棵樹上休息。

第二天早晨，長角豆樹上被黏住的有拍打翅膀的金翅雀、整隻裹在黏膠裡的鷦鷯、夜蛾、風吹來的落葉、一條松鼠尾巴，還有科西莫燕尾服的一片衣角。不知道是他坐下去之後掙脫留下來的，或是他故意放在那裡捉弄我們（這個可能性比較大，因為我有好一陣子沒看到他穿那件外套）。總之，那棵塗了膠的長角豆樹變得髒兮兮的，後來才慢慢乾掉。

我們開始說服自己科西莫不會回來了。包括我們的父親在內。自從科西莫在歐布洛薩鎮上的樹上跳來跳去，他就不敢在外頭露面，深怕有損未來歐布洛薩公爵的顏面。但他的臉越來越憔悴蒼白，我不知道有多少是因為他身為人父感到焦慮，又有多少是因為他對家族未來感到憂心。兩件事實為一體，因為科西莫是他的長子，是繼承人，如果男爵跟鷓鴣一樣在樹上跳來跳去有礙觀瞻，換成公爵只會更糟。儘管科西莫還小，但繼承人的行為顯然無法為這個具爭議性的頭銜提供任何幫助。

當然，憂心也沒用。歐布洛薩的居民都嘲笑我父親癡心妄想，在這附近擁有莊園的貴族們則覺得他瘋了。畢竟貴族紛紛捨棄領地城堡，選擇住在環境宜人的莊園已經行之有年，意味著大家傾向過普通百姓生活，摒棄繁文縟節，誰還在乎歐布洛薩公爵這個古老頭銜？歐布洛薩的優點在於這裡既是所有人的家園，又不屬於任何人。雖然要繳稅給熱內亞共和國，擁有幾乎所有土地的翁達麗瓦侯爵家族享有某些權利外，歐布洛薩早已是自由市。我們家生活無虞，除了繼承的土地，還有之前向債臺高築的自由市以極低價買下的土地。夫復何求？幾個貴族聚居在附近，莊園、庭園和果園連綿到海濱，生活安樂，不時互相拜訪或出門狩獵，花費有限，好處是比起待在宮廷裡的那些人少了許多麻煩事，也不用為了照顧身在皇室的家人、累積資本或籌謀政治出錢出力。但是我們的父親不以此為樂，覺得自己彷彿被罷黜的君主，跟比鄰而居的其他貴族斷絕了所有聯繫（我們的母親是外國人，跟他們從未有過互動）。這麼做當然也有好處，因為不跟人往來省下很多開銷，不會暴露我們家捉襟見肘的窘境。

我們跟歐布洛薩當地人的關係也不能說多好。你們要知道，他們畢竟是鄉下人，目光比較短淺，只顧自己做生意。那時候檸檬賣得很好，因為有錢人盛行喝加糖的檸檬水，因此他們四處種植檸檬樹，修復了多年前因海盜襲擊摧毀的港口，跟熱內亞共和國、薩丁尼亞國王領土、法蘭西王國和主教領地上所有人做生意，對其他事都不關心，唯獨必須繳稅給熱內亞這件事讓他們心煩。只要逼近繳稅日期就疲於奔命，因此每年都會發生對抗共和國稅吏的暴動。

每次爆發稅務抗爭，我們的父親隆多男爵就以為公爵頭銜在握。他會現身在廣場上，以歐布洛薩人的保護者自居，但很快就被爛掉的檸檬砸得落荒而逃。他總覺得有人陷害他，通常敵人是耶穌會。因為他認定耶穌會和他有深仇大恨，耶穌會一心想羅織罪名整他。雙方的確有爭執，我們家和耶穌會就一片果園的所有權歸屬意見分歧，爭吵不休。當時我們的男爵父親跟主教關係良好，成功將負責地區事務的神父趕出該主教管轄的教區。自那時候起，父親堅信耶穌會派人謀害他的性命企圖奪權，而他則召集了一批激進信徒以解救他認為被耶穌會囚禁的主教，向宣稱受到耶穌會迫害的人提供庇護和保護。也難怪他選了一個半吊子的冉森教派信徒當我們的心靈導師。

我們父親只相信一個人，那就是卡雷嘉騎士律師。他偏愛那個私生子弟弟，把他當成命運坎坷的獨生子照顧。現在回想起來，我不敢說當時我們就有意識到這一點，但我們肯定有些嫉妒這個叔叔，因為父親對五十多歲的弟弟比對我們更在意。而且，看卡雷嘉騎士律師不順眼的不是只有我們，將軍母親和芭蒂絲塔佯裝對他客客氣氣，其實也受不了他。卡雷嘉騎士律師看起來很溫馴，其實對所有人所有事都蠻不在乎，或許他恨每個人，包括他虧欠最多的男爵哥哥。卡雷嘉騎士律師沉默寡言，有時候會讓人以為他又聾又啞，或是聽不懂我們的語言。不知道他之前怎麼能夠當律師，不知道他在遇到土耳其人之前，是否就如此渾渾噩噩。或許他原本是個聰明人，否則不可能跟土耳其人學會那些水利工程運算，這是他現在唯一勝任的工作，我父親因此每每對他讚譽有加。我不清楚他的過去，不知道他的母親是誰，他年輕時跟我們祖父的關係如何（祖父應該很愛他，才會讓他讀書當律師，還讓他獲得騎士頭銜），也不知道他為何會去土耳其。沒有人知道他是否曾經長時間住在土耳其，還是在其他蠻荒之地，如突尼西亞、阿爾及利亞這些信奉回教的國家停留，聽說他是回教徒。傳言很多，有人說他在那裡位居要津，是蘇丹身邊的紅人，擔任水利大臣之類的職務，後來因為宮廷內鬥或女子爭風吃醋或欠下賭債讓他失寵，被賣為奴隸。聽說他被找到的時侯，身上綁著鐵鍊，跟其他奴隸一起在奧圖曼帝國一艘雙桅戰船上搖槳，被威尼斯軍隊俘虜後獲得釋放。他在威尼斯過得窮困潦倒，之後不知道他又惹了什麼禍，跟人打架後（這麼靦腆的人會跟誰打架，只有天知道）再次入獄。是我父親透過熱內亞共和國斡旋把他贖回來的，個子矮小、禿頭但留著一臉黑鬍子的他回到我們家，如驚弓之鳥，悶不吭聲（我當時年紀小，但那一晚讓我印象深刻），披掛在他身上的寬大衣物是別人的。我父親把他介紹給所有人，彷彿他是重要人士，還任命他負責莊園管理事務，給他一間書房，裡面永遠凌亂不堪堆滿文件。卡雷嘉騎士律師總是身穿長袍頭戴圓筒氈帽，當年許多貴族和中產階級人士在自家書房也做如此打扮。但是他很少待在書房，大家開始看到他出門或去田裡也穿那樣。後來他上桌吃飯也穿得像土耳其人，最奇怪的是，向來注重禮儀的我們父親對他百般容忍。

卡雷嘉騎士律師雖然管理莊園，但因他性格靦腆又不擅言詞，幾乎沒跟農場總管、佃農或果農說過話，於是所有實務工作、發號施令、督促進度實際上都是由我父親執行。卡雷嘉騎士律師負責管帳，不知道我們家生意每況愈下是因為他管帳方式不當，或他的帳一塌糊塗是因為我們家的生意經營不善。他還負責灌溉系統的計算和設計，他在一塊大黑板上填滿線條和數字，還有一些土耳其文字。我父親有時候會跟他關在書房裡好幾個鐘頭（這是卡雷嘉騎士律師待在書房最長的時間），不久後父親憤怒的聲音從緊閉的門後傳出，因爭吵語氣激動，但卡雷嘉騎士律師的聲音幾不可聞。之後門打開，騎士律師長袍下踏著小碎步，頭頂著氈帽，穿過一扇落地窗往庭園和田野方向走去。「艾內亞．西維歐！艾內亞．西維歐！」父親喊著他的名字追過去，但卡雷嘉騎士律師已經走到葡萄園裡或檸檬樹下，只見他的紅色氈帽在綠葉間勇往直前。父親一邊呼喚一邊追趕，過一會兒就看到他們兄弟二人折返。男爵父親依舊比手畫腳侃侃而談，瘦小的騎士叔叔走在他身旁，駝著背，緊握的拳頭收在長袍口袋中。

第八章

那幾天科西莫常常跟地面上的人比賽，比賽準度、靈活度，同時測試各種可能性，總之他在樹上能做的一切都要拿來比一比。他還比賽打彈珠，不過是用碎石取代彈珠，對象是住在刺山柑城門附近窮人和流浪漢棚屋裡的小孩。科西莫在一顆光禿禿的半枯冬青櫟樹上玩到一半，看見一個身材高大的男人騎馬靠近，那人身形痀僂，披著一襲黑色斗篷，他認出來者是他父親。那群野孩子做鳥獸散，幾名婦人站在茅草屋門口觀望。

男爵騎馬來到樹下。滿天晚霞。科西莫坐在蕭瑟樹上，兩個人對望。那是蝸牛午餐後，他們第一次面對面。已經過去好一段時間，很多事都不一樣了，他們都知道蝸牛已是過眼雲煙，跟兒子聽話與否或父親威望也無關。原本可以從理性客觀角度去談的事現在說顯得不合時宜，但他們總得說些什麼。

「您還真叫人大開眼界啊！」父親先開口，語帶挖苦。「確實很有紳士派頭！」（他以前大發雷霆罵人的時候也會用敬語「您」，但現在這麼說有冷淡疏遠的味道。）

「父親大人，紳士不會因為他離開地面待在樹上就不再是紳士。」科西莫說完，隨即又補了一句：「只要他行為端正。」

「說得沒錯。」父親神情嚴肅點頭表示贊同。「可惜光說不做，您偷了我家佃農的李子。」

是真的，科西莫被逮個正著。他該如何回答？他笑了，不是冷笑也不是嘲笑，而是害羞微笑，他臉紅了。

我父親也笑了，苦笑，不知道為什麼他也臉紅了，然後開口道：「您現在居然跟那些流氓乞丐廝混。」

「沒有，父親大人，我過我自己的，大家各過各的。」科西莫語氣堅定。

「我來請您返回地面，」父親的聲音很平靜，有點有氣無力。「善盡您的義務。」

「父親大人，恕難從命。」科西莫說。「很抱歉。」

他們兩個都彆扭，悶不吭聲。也都知道對方會說什麼。「那您的學業怎麼辦？您的基督教信仰呢？」父親說。「您打算過美洲土著那樣的生活？」

科西莫沒說話。這些問題他還沒問過自己，也不打算問。然後他開口道：「樹上不過比以前高了幾公尺，您認為我就沒機會受到良好教育了嗎？」

這個回應很得體，但多少削減了自己行為的意義，有示弱意味。

父親有所察覺開始緊迫盯人。他說：「叛逆無須丈量。即便只有幾掌高的差異，也可能一去不復返。」

我兄長原可以大方回應，也許說句拉丁文諺語，我現在一句都想不起來，但那時候我們背了好多諺語。但他懶得繼續裝正經，扯開嗓門叫嚷：「我在樹上可以尿比較遠！」這句話有些無厘頭，但是讓對話戛然而止。

刺山柑城門附近的頑童突然一陣歡呼，彷彿呼應科西莫那句話。隆多男爵的坐騎嚇一跳，他連忙拉扯韁繩，抓緊斗篷，像是準備離開。但他又回過身來，從斗篷下伸出手指著轉眼間烏雲密布的天空，高聲說：「孩子，你要當心，老天爺可以尿灑我們所有人！」然後策馬離去。

鄉間期待已久的雨水，終於稀稀疏疏大顆落下。那群頑童頭上頂著麻布袋在棚屋間四處逃竄，嘴裡唱著：「雲啊雲！有水才有蛋！」科西莫穿梭在水花隨時可能傾倒在他頭上的枝葉間匆匆離開。

我一發現下雨，就開始為他擔心。我想像渾身濕透的他即便緊貼著樹幹也無法躲開傾洩而下的大雨。我知道一場暴風雨不足以逼他回家。我跑去找母親：「下雨了！母親大人，科西莫怎麼辦？」

這位女將軍拉開窗簾看著雨勢，不慌不忙：「下雨最麻煩的是地面泥濘。他在樹上反而沒事。」

「那些樹有辦法為他擋雨嗎？」

「他應該會回到他的營地。」

「母親大人，什麼營地？」

「他應該早就想過，預做準備了吧。」

「我是不是該去找他，給他送把傘呢？」

似乎是「傘」這個字瞬間把她從備戰監視狀態拉出來，重新扮演起憂心忡忡的母親角色，她說：「是，當然要去！帶上一瓶蘋果糖漿，要熱的，用羊毛襪包起來保溫！再帶一塊油布，可以鋪在樹上防潮……。不知道他此刻在哪裡，可憐的孩子……。希望你能找到他……」

我撐著一把綠色大傘，帶著大包小包冒雨出門，腋下夾著另一把傘，是要給科西莫的。

我吹起我們約定的口哨暗號，只有雨水打在樹葉上的滴答聲回應我。天色昏暗，我走到花園後不知該往哪裡去，隨意邁出步伐，踏過濕滑的石頭、濕漉漉的草地和水坑，我繼續吹口哨，為了讓口哨聲傳出去，我把雨傘往後傾，雨水打在我臉上連口哨聲也一併沖刷走。我打算去幾處古木參天的國有地，我想科西莫有可能在那裡躲雨，但是我在黑暗中迷了路，緊緊抱著雨傘和包裹呆立原地，唯有包在羊毛襪裡的那瓶糖漿給我些許溫暖。

直到我在一片漆黑中抬頭，看到林木間有一絲光亮，不是月光也不是星光。而且似乎有人聽到我的口哨聲後做出了回應。

「科西莫……！」

「畢亞久……！」夾雜在雨聲中的那個聲音來自樹梢。

「你在哪裡？」

「這裡……！我來接你，動作要快，不然我會淋濕！」

我們終於找到對方。他裹著毯子，爬到一棵柳樹最低的枝椏上教我如何往上爬，穿過交錯複雜的分枝，爬到一棵高大的山毛櫸樹上，光是從這裡發出來的。我連忙把雨傘和一些包裹交給他，我們試著撐傘爬樹，實在不可行，照樣淋得一身濕。等我好不容易到達他帶我去的地方，我什麼都看不到，只見一抹光亮從布幔縫隙間透出來。

科西莫掀起布幔一角讓我進去，藉著燈籠的光，我發現自己身在用層層疊疊布幔和毯子搭起來的一個小房間裡，室內有山毛櫸的樹幹穿過，地板也是木頭，靠下面的粗大枝椏支撐。乍看之下宛如皇宮，但我隨即發現那個小天地很不牢固，我們才兩個人它就搖搖欲墜，科西莫連忙開始修補漏洞和坍塌處。他打開我帶來的兩把傘放在外面，以遮擋天花板上的兩個破洞，但是雨水從四面八方流進來，我們還是淋成落湯雞，待在裡面和外面一樣涼颼颼。幸好那裡有許多毛毯，可以整個人埋在毯子下只留腦袋在外面。燈籠的光很朦朧，忽明忽暗，在那個奇怪空間的天花板和牆壁上都是交錯的枝葉投影。科西莫一邊大口喝著蘋果糖漿，一邊說：「噁心！這味道真噁心！」

「這個家很棒。」我說。

「先臨時湊合一下，」科西莫連忙說。「我會改造得更好。」

「你一個人搭起來的？」

「不然誰會幫我？這是祕密基地。」

「我以後可以來嗎？」

「不行，你會告訴別人怎麼上來。」

「爸爸說他不會再派人找你。」
「反正這裡是祕密就對了。」
「你不想讓那些偷水果的小孩知道？他們不是你的朋友？」
「有時候是，有時候不是。」
「那個騎小馬的女孩呢？」
「關你什麼事？」
「我想說如果她是你朋友，以後我們可以一起玩。」
「她也有時候是，有時候不是。」
「為什麼有時候不是？」
「因為我不想，或她不想。」
「那麼，你會讓她上來這裡嗎？」
科西莫臉色一沉，試圖把糾結成一團的草蓆攤開鋪在一根枝椏上。「……如果她來找我，我會讓她上來。」他神情嚴肅。
「她不想來嗎？」
科西莫撲倒在他的床上。「她離開了。」

「喂，」我壓低聲音問他。「你們談戀愛了嗎？」

「沒有。」他說完就陷入沉默。

第二天天氣晴，科西莫恢復跟傅歇拉夫勒神父上課，但是沒有說如何上課。父親的做法有點粗暴，但很簡單，他請神父（「神父啊，與其您閒著在這裡發呆看蒼蠅……」）去找我兄長人在哪裡，讓科西莫翻譯幾首維吉爾[8]的詩。但父親又擔心神父覺得太難堪，試圖減輕任務負擔，便對我說：「你去告訴你兄長，半個鐘頭後到花園來上拉丁文課。」他努力以若無其事的語調說話，從此刻起他都是這副模樣，雖然科西莫待在樹上不肯下來，但一切必須如常。

他們是這樣上課的。科西莫跨坐在一棵榆樹枝椏上，雙腳晃來晃去，神父坐在樹下草地一張小凳子上，兩人齊聲吟誦古詩。我在旁邊玩耍，有時走遠了就看不到他們。等我回來的時候，發現神父也在樹上，他穿著黑色襪子的細長腿想要勾住一根樹杈，科西莫抓住他的手肘幫他。等他們在樹上為神父找到一個舒服的位置，便一起埋首書中，拼寫一句很難的詩句。我兄長看起來孜孜不倦。

後來不知怎麼回事，學生似乎溜掉了，或許是因為神父在樹上心不在焉，跟平常一樣凝望虛空發呆。只見年邁的黑衣神父蜷縮在枝椏間，書本放在膝頭，嘴巴張開開地看著一隻白色蝴蝶飛舞。等蝴蝶飛走後，神父才意識到自己坐在樹上，開始感到害怕。他緊抱樹幹放聲大喊：「救命啊！救命啊！」有人帶著梯子趕去，等他慢慢平復情緒後才爬下樹。

---

8 維吉爾（Publius Vergilius Maro, 西元前70-19），奧古斯都時期古羅馬詩人，著有被視為拉丁語文學典範的《牧歌集》（*Bucoliche*），描述農耕、畜牧、養蜂、植樹之事的《農事詩》（*Georgiche*）等。在但丁《神曲》中是作者的導師及保護者。

第九章

總而言之，科西莫離家出走成名後，與我們比鄰而居的生活跟之前相比沒有太大區別。他獨來獨往但並未離群索居，或許應該說他唯一在乎的只有人。他會去農民耕田、施肥、除草的地方，跟大家親切打招呼，那些人驚訝抬頭張望，科西莫會立刻現身讓他們知道他在哪裡。我們以前一起爬樹時，習慣跟經過樹下的人開玩笑，玩躲貓貓，但現在他已不再這樣惡作劇。剛開始農民見他跨越如此長的距離全靠爬樹，感到十分困惑，不知是應該像平日見到領主時脫帽致意，或是像看到頑童那般喝斥他。後來他們漸漸習慣，開始跟他聊工作，聊天氣，還表示他們很欣賞他不下樹這個遊戲，相較於他們見過其他領主各種胡鬧，這個遊戲不好也不壞。

科西莫看著農民工作，詢問他們肥料和播種的事，在樹上一待就是半個鐘頭。沒上樹之前他從未起心動念做這些事，因為個性靦腆的他從不跟農民和僕人說話。但樹上的科西莫不時會跟鋤地的農民說犁溝是歪的或直的，隔壁農田裡的番茄熟了沒有。有時候他會主動幫個小忙，跟正在收割的農民的妻子說準備磨刀石，或提醒大家別忘了澆灌一處菜園。他為農民跑腿執行這些小任務的過程中，若看見一群麻雀在某個麥田落腳，會高聲叫嚷並揮動他的帽子將牠們驅離。

他在樹林裡隻身來去，很少遇見人，但見過的便銘記在心，因為那些人是我們這種家族不會見到的人：燒炭工人、鍋爐工人和玻璃工匠。飢荒迫使他們遠離家鄉，靠打零工勉強維生。他們露天擺攤，用樹枝搭帳棚作為棲身處。剛開始每個人都很怕那個身披動物毛皮在樹上跳來跳去的男孩，婦女以為他是森林小精靈，後來大家成為朋友，科西莫白天看他們工作，晚上一群人圍坐在篝火旁，他就待在附近枝椏上聽他們說故事。

林中那片灰色空地上，燒炭工人人數最多。叫喊著「呼啦！侯塔！」的他們來自義大利北部貝嘉莫，說話無人能懂。他們身強力壯，關係緊密且封閉，這個群體四散在整座樹林，他們之間有親屬關係有交好也有交惡。科西莫有時候會穿梭其中，替他們傳遞消息，接受他們的委託。

「紅橡樹下的人要我跟你們說『漢法—拉—哈帕—侯塔爾—侯克！』」

「回覆他『賀尼—侯貝特—厚—德—侯特！』」

科西莫把那些充滿氣音的神祕聲音記在腦中，努力複誦出來，一如每天早晨他都會試著模仿喚醒他的鳥鳴啁啾。

儘管隆多男爵的兒子住在樹上幾個月都不下來的消息已經散播開來，但是我們父親對外地來的人依然守口如瓶。艾斯托馬克伯爵一家人在前往位於法國土倫灣的莊園途中，順道拜訪我們稍作停留。我不清楚他們此行背後是否有利益考量，例如追討某些資產，或為他們那位當上主教的兒子籌組主教公署，需要隆多男爵同意。至於我們的父親呢，自然對這個結盟寄予厚望，為實現他統御歐布洛薩的大夢擘劃了諸多藍圖。

拘泥於各種繁文縟節的那場午宴無聊透頂，伯爵夫婦和他們戴著假髮的紈褲兒子是座上賓。隆多男爵向對方介紹自己的兒子，只有我一人，然後他說：「可憐我的女兒啊，過著隱居生活，她十分虔誠，不知你們能否見到她。」結果那個笨蛋就出現了，她雖然頭戴修女帽，但帽上全是緞帶和蕾絲，臉上撲了粉，還戴了一副露指手套。其實不難理解她的心情，在發生德拉·梅拉小侯爵那件事之後，除了雜工或農民外，她再沒見過任何年輕男子。艾斯托馬克小伯爵對她鞠躬致意，她笑得花枝亂顫。男爵原本已經放棄這個女兒，見狀便開始在腦中琢磨新的可能性。

艾斯托馬克伯爵卻對此視而不見，開口問道：「阿米尼歐大人，您還有另一個兒子吧？」

「對，長子。」父親說。「但是不巧，他出門狩獵去了。」

他沒有說謊，因為那時候科西莫總是帶著獵槍在樹林裡追逐野兔和鶇。那把槍是我給他的，很輕，芭蒂絲塔用來打老鼠，但她已經好一段時間無心狩獵，用一根釘子把槍高掛在牆上。

伯爵詢問附近有哪些獵物。父親回答得很籠統，因為他沒有耐心關注周遭世界，也不懂打獵。雖然大人說話的時候我本不該發言，還是忍不住插嘴。

「你這麼小，懂什麼？」伯爵說。

「我會去撿我兄長打中的獵物，再把獵物送上……」我差點說溜嘴，被我父親打斷：

「誰允許你開口的？去旁邊玩！」

我們在花園裡，雖然是晚上，但時值夏季，天色依舊明亮。科西莫頭戴貓皮帽，一肩斜背著槍，另一肩斜背著長矛，腳上套著綁腿，踏著法國梧桐和榆樹走過來。

「喂！喂！」伯爵抬頭呼喚，眉開眼笑，腦袋擺來擺去想要看得更仔細。「那是誰？誰在樹上？」

「什麼東西？我不知道……您眼花了吧……」父親看的不是伯爵指的方向，而是伯爵的眼睛，似乎想確認他是否真能看清楚。

這時候科西莫恰好來到我們頭頂上方，雙腿一開跨坐在一根枝椏上。

「呵，沒錯，是我兒子，科西莫，小孩子嘛，老喜歡爬到樹上嚇人……」

「他是長子？」

「對，對，他是年長的那個，但也沒大多少，兩個男孩都還小，成天玩耍……」

「他在樹上來去自如很厲害，身上還背著槍……」

「呵，小孩子胡鬧……」因為得費力掩蓋心虛，父親滿臉通紅。「你在上面幹嘛？要不要下來？來跟伯爵大人問好！」

科西莫脫下他的貓皮帽，行禮道：「伯爵大人，向您致敬。」

「哈哈哈！」伯爵大笑。「厲害，厲害！您讓他留在上面，讓他留在上面吧，阿米尼歐大人！能在樹上行走，這男孩真厲害！」他笑個不停。

那個愚蠢的小伯爵說：「別出心裁！真是別出心裁！」他翻來覆去重複這一句。

科西莫坐在枝椏上。我們的父親轉移話題，滔滔不絕，試圖讓伯爵分心。但是伯爵時不時抬起頭來，發現我兄長始終在樹上，不是這棵樹就是那棵樹，或擦槍，或給長矛上油，或鋪開法藍絨墊，因為夜色已深。

「哈，您看！那個男孩在樹上無所不能！哎，我真喜歡那個孩子！等我進宮廷，就要跟大家說這件事！還要說給我那個當主教的兒子聽！更要說給我的公主姑媽聽！」

父親備受打擊。除此之外，讓他憂心的還有另一件事：他的女兒不見蹤影，同樣消失的還有小伯爵。

科西莫一如往常去四處巡視，氣喘吁吁趕回來。「她害他打嗝了！她害他打嗝了！」

伯爵有些擔心。「噢，真糟糕。我兒子最討厭打嗝了。好孩子，你去看看他好了沒有，讓他們回來。」

科西莫蹦蹦跳跳離開，再回來時喘得比先前更嚴重。「他們在你追我跑，她抓了一隻蜥蜴想放進他衣服裡讓他停止打嗝！但他不願意！」說完便一溜煙趕回去觀戰。

我們在莊園就這樣度過了那一晚，老實說跟平日並無不同，科西莫照樣在樹上偷偷參與我們的生活，只不過那一次多了幾位客人。我兄長的奇怪行徑傳遍歐洲各個宮廷，我們父親覺得很丟臉。其實沒什麼好丟臉的，艾斯托馬克伯爵對我們家的印象很好，姊姊巴蒂絲塔還跟小伯爵訂下婚約。

第十章

橄欖樹的枝幹蜿蜒曲折，對科西莫而言走起來平坦舒適，是堅韌且友善的樹，粗壯枝椏不多，姿態不夠多樣，但樹皮粗糙，可供攀爬也可駐足停留。若是無花果樹，要當心枝椏能否承重，但在樹上閒逛漫步不覺厭倦。科西莫在樹傘下方，看著陽光灑落枝葉間，綠色果實漸漸豐潤，嗅聞花序梗間萌發的乳膠香。無花果樹會讓你忘記自己，讓你沉浸在黏稠樹液和胡蜂嗡嗡聲中。不一會兒，科西莫覺得自己快要變成一棵無花果樹，心生警惕匆匆離去。待在屬於硬木的花楸樹或桑樹上，他覺得很快樂，只可惜這些樹不多。胡桃樹也是。就連我，有時候看著我兄長消失在看不到邊際的古老胡桃樹上，彷彿那是一座有無數房間的高聳宮殿，我欲仿效他待在樹上的嚮往不言而喻。一棵樹之所以成為樹，需要強大力量和穩固，堅守樹的沉重與剛硬，包括樹葉亦若是。

科西莫喜歡待在冬青櫟樹起伏的葉浪中（我都把家中庭院裡的冬青櫟樹叫做聖櫟，或許是受到父親咬文嚼字的影響），喜歡龜裂的樹皮，他沉思冥想時會用手指剝下一塊塊樹皮，不是一時衝動傷害樹，更像是幫助生命漫長艱辛的樹展開新生。他也會剝下法國梧桐的白色樹皮，露出下面發霉的古銅色。他也喜歡榆樹的古樸枝幹，嫩芽、鋸齒狀葉叢和薄翼狀翅果會從樹瘤處冒出來，但是在樹上移動不易，因為往上生長的枝椏細且茂密，通行困難。他偏愛樹林裡的山毛櫸和橡樹。松樹的結構太緊密，不夠堅固且松針密布，空間和支撐點不足。栗樹的葉子和堅果多刺，樹皮扎手，枝椏拔高，似乎存心讓人敬而遠之。

科西莫隨著時間慢慢釐清了這些遠近親疏關係，或應該說確認了自己對此有所認識，但其實早從一開始他就有區辨能力，彷彿本能使然。對他而言世界從此大不同，是懸在空中那些狹窄彎曲的樹橋，是讓樹皮粗糙不已的瘤和片屑和皺褶，是樹葉或密或疏，會在光線下呈現深淺不一的綠，也會隨風微微顫動，或跟著被風吹彎的枝椏像帆一般擺動。而我們的世界，從樹上看是一個扁平的背景，我們的身形變小了，我們對他在樹上認識的世界一無所知，他每晚聆聽樹幹內如何形成密密麻麻的細胞用一圈圈木材標示歲月，霉斑隨著山風漸漸擴散，一股寒風吹來，在窩裡熟睡的小鳥把頭塞進柔軟的羽翼下，毛毛蟲醒來，伯勞鳥蛋殼出現裂縫。鄉間原本一片靜謐，轉瞬間各種聲響湧入耳中：呱呱聲、吱吱聲，草叢間的窸窣聲，撲通水聲，地面和石頭間的蹦跳聲，還有高亢蟬鳴。這些聲響接踵而來，聽覺總能發現新的聲音，如同梳理毛線團的手指對那一個個用越來越細、幾乎摸不著的毛線纏繞而成的線團必能有所察覺。蛙鳴始終是背景音，川流不息的聲響不受它干擾，就像光不會因星星持續閃爍而有所不同。但是每次風起或風動，所有聲響就會改變，變成新的聲響。唯一停留在耳朵深處的只有隱隱約約的、來自大海的咆哮或低吟。

冬日來臨，科西莫為自己做了一件毛皮背心。他用捕獵到的不同動物毛皮一塊塊縫合而成，有野兔、狐狸、松貂和雪貂，頭上依然戴著那頂野貓毛皮帽。他還做了一條羊皮褲，膝蓋處加了兩片皮革。至於鞋子，科西莫後來發現爬樹最好穿拖鞋，他用不知道什麼皮做了一雙鞋，可能是獾皮。

這是他的禦寒裝備。老實說在那個年代，我們這一帶的冬天還算溫和，不像現在這般寒冷，據說酷寒被拿破崙從俄羅斯趕走後就尾隨他來到歐洲。儘管如此，當年冬夜露宿戶外也不是太容易的事。

科西莫還想到用皮睡袋解決過夜問題。他不再搭帳篷或棚子，把內襯是皮革的睡袋掛在枝椏上，整個人鑽進去，像小娃娃一樣蜷縮成一團睡覺。如果半夜有怪聲音傳來，睡袋口會依序出現貓皮帽、獵槍，最後是瞪大眼睛的他（他們說科西莫的眼睛在黑暗中會發光，跟貓和貓頭鷹一樣，但我從未見過）。

等到早晨樫鳥歡唱，先是兩個拳頭從睡袋口伸出來，等拳頭舉高後慢慢伸展開來的是他的雙臂，隨後出現的是他打著呵欠的臉、斜背著獵槍和火藥袋的上半身，以及伸不直的雙腿（他的腿開始輕微變形，因為無論移動或不動，他總是手腳並用或蹲伏著）。等他抬腿離開睡袋，便活動四肢，抖動背脊，手伸到背心下抓搔幾把後，如玫瑰甦醒般精神抖擻的科西莫展開他的一天。

他走向噴泉。科西莫自己發明了一座空中噴泉，應該說他是借助大自然力量完成的。一條小溪流經某處懸崖傾瀉而下，在這片瀑布旁有一棵參天橡樹，科西莫用一段長約兩公尺的楊樹樹皮做成渠水管，讓水沿著橡樹枝椏往下引流，供他飲用和盥洗。他真的會盥洗，這點我敢保證，因為我親眼見過，次數不算頻繁也不會天天做，但他會盥洗，而且他還有肥皂。既然有肥皂，科西莫有時心血來潮，會動手洗衣服，他特別帶了一個洗衣盆放在橡樹上。洗好的衣服就利用綁在枝椏間的繩索晾乾。

簡而言之，他在樹上什麼都能做，甚至不用下樹就能燒烤捕獲的野味。他是這麼做的：用打火石點燃一顆松果後，扔到地面上預先準備好的窯烤爐裡（我用平滑石頭幫他砌起來的爐子），再把枯枝丟下來當柴火，用固定在長竿上的鏟子和火鉗控制火勢大小，讓火舌能燒到懸掛在兩根枝椏間的烤肉串。做這些動作需要很小心，否則容易釀成森林火災。基於同樣顧慮，窯烤爐就設置在那棵橡樹下，靠近引水的瀑布，萬一有意外狀況，不怕沒水滅火。

於是乎，科西莫靠自己狩獵來的野味，加上跟農民換來的水果跟蔬菜，日子過得很愜意，不再需要我從家裡帶食物給他。有一天我們還發現他每天早上都有新鮮羊奶喝。他跟一頭會爬上橄欖樹的母羊結為好友，那樹最低矮的枝椏距離地面只有兩掌高，所以其實不能說母羊爬樹，牠只是抬起後腿蹬上橄欖樹，好讓他帶著桶子往下爬到那枝椏上擠奶。科西莫還跟一隻母雞達成協議，那是一隻紅色母雞，優良的帕多瓦品種。他為牠在樹洞裡準備了一個祕密巢穴，每隔一天他會發現一顆蛋，用針戳兩個洞就能吸食。

另外一個需要解決的是內急問題。剛開始他毫不在意，四處解放，反正世界很大，隨遇而安就好。後來他知道這樣做不妥，便在梅爾丹佐溪畔找到一棵赤楊樹，矗立在僻靜處，樹上有一根樹杈可以讓他穩穩坐著。梅爾丹佐溪位置隱密，周圍蘆葦蔓生，水流湍急，附近村鎮的汙水都排入溪中。科西莫·皮歐瓦斯克·迪·隆多因此得以維持他的文明生活，守護他自己和鄰居的體面。

不過科西莫的狩獵生涯還缺少一個必要搭檔：獵犬。反正有我。我穿梭在灌木叢和籬笆間，尋找他從空中射下來的鶇、田鷸和鵪鶉。還有狐狸。他曾通宵埋伏，抓到一隻長尾巴暴露在石楠叢外的狐狸。然而我溜去樹林裡找他的機會不多，跟神父上課、溫書、參加彌撒、與父母親用餐都得花時間。我必須分擔千百種家庭義務，畢竟我常聽到的那句話：「一個家庭裡，有一個逆子就夠」不是沒有道理，而且影響了我一輩子。

所以科西莫常常獨自狩獵，為了撿拾獵物（除非遇到黃鸝鳥的黃色翅膀卡在樹枝上這種好事），他用上釣魚工具：釣魚線和魚鉤，但不是每次都成功，有時候只能任憑掉落荊棘叢下方的田鷸爬滿黑色螞蟻。

我只描述獵犬啣回獵物這項任務，因為科西莫那時候都是埋伏狩獵，整日或整夜守在樹上，等待鶇在樹梢停留，或野兔出現在草地上。不然就是四處晃蕩，跟著鳥兒的歌聲走，或猜測毛茸茸野獸可能現蹤的路徑。當他聽見獵犬吠叫聲緊跟在野兔或狐狸身後，就知道自己必須迴避，那獵物不屬於他這個獨來獨往的業餘獵人。科西莫很尊重這些規則，即便他站在至高點可以即時發現被獵犬追逐的動物，而且百發百中，他也絕不開槍。等到小徑上出現氣喘吁吁的獵人身影，側耳傾聽眼神茫然的時候，再指點對方獵物逃竄的方向。

一天他見到一頭狐狸飛奔而來，像在綠草間起伏的一波紅浪，也像一陣疾風，鬍鬚豎立的牠穿過草地消失在石楠叢間，「汪汪汪！」犬吠聲緊追在後。

獵犬群趕到後，鼻子貼著地面四處嗅聞，來回兩次都沒發現狐狸的氣味，轉頭離去。

牠們走遠之後，草叢裡跳出一隻小狗嗚嗚哀鳴，與其說牠是獵犬不如說是魚，衝刺時鼻子抬得比海豚高，搖來晃去的耳朵也比一般獵犬大。牠的後半段更像魚，晃動的尾巴堪比尾鰭，或鴨子的蹼，看不到腳，體型很長。一無所獲的牠，原來是隻臘腸狗。

顯然牠是剛才那群獵犬的成員，但是落單了，看起來年紀很小，應該還是幼犬。現在獵犬「嗷嗷」的吠叫聲表示牠們十分懊惱，因為追丟了狐狸，原本狂奔的牠們在一片荒地上四散開來嗅聞搜索，急著找出一絲半縷消失的氣味，之前的亢奮不再，有幾隻獵犬抬腿對著石頭撒尿。

那隻臘腸狗氣喘吁吁，一邊莫名得意地抬頭挺胸踏著小碎步跟大家會合，一邊狡猾地發出「咿咿嗚嗚」哀號聲。

那群獵犬立刻對牠汪汪大叫，一時之間忘了獵捕狐狸，轉而對牠露齒發出低吼。但隨即對牠失去興趣，紛紛跑開。

科西莫跟在那隻沒有頭緒隨便亂轉的臘腸狗後頭，牠心不在焉東張西望，看見樹上有一個男孩便對他猛搖尾巴。科西莫認為狐狸還藏在附近，那群獵犬已經跑遠，不時可聽見對面山坡上傳來斷斷續續的不明吠叫聲，夾雜獵人沙啞的咆哮聲。科西莫對那隻臘腸狗說：「加油！加油！繼續找！」

那隻幼犬開始嗅聞，不時抬頭看看樹上的男孩。「加油！加油！」轉眼不見牠的影蹤，只聽矮樹叢中一陣騷動，隨後爆出「汪汪汪！」狂吠，小狗找到狐狸了！

科西莫看著狐狸在草地上奔竄。可以對別人家獵犬追逐的狐狸開槍嗎？科西莫放棄沒有開槍。臘腸狗抬頭看著他，露出牠們不懂、但不知道自己有權利不懂的表情，隨即轉過頭，追著狐狸跑。

「咿啊咿啊！」牠追著狐狸跑了一圈又轉回來。他到底可不可以開槍？科西莫沒有開槍。那隻臘腸狗抬頭看他的眼神充滿怨恨，不再吠叫，舌頭搖晃的幅度比耳朵大，牠累壞了，依然繼續追趕。

牠追得那些獵犬和獵人暈頭轉向。一名老人拿著沉重火槍在小徑上奔跑。「喂！」

科西莫對他高聲喊道。「那隻臘腸狗是你的？」

「我去你的，去你全家的！」老人應該心情不大好。「我們像是會帶臘腸狗出門打獵的人嗎？」

「那我要開槍射殺牠追趕的獵物嘍。」科西莫堅持不能犯規。

「你想對聖人開槍也不關我的事！」老人說完就跑走了。

臘腸狗把狐狸趕回科西莫面前，他開槍射殺獵物，同時收編了臘腸狗，給牠取名「了不起的馬西莫」。

了不起的馬西莫沒有主人，一時興起加入了獵犬群。牠是從哪裡來的呢？為了找到答案，科西莫讓小狗帶路。

幾乎貼著地面走的臘腸狗一邊穿過籬笆和溝渠，一邊回頭看樹上的男孩是否跟上牠的腳步。科西莫從未走過那條路線，沒有立刻發現他被帶到何處。等他反應過來頓時心跳加速，因為那是翁達麗瓦侯爵家的花園。

莊園門窗緊閉，百葉窗也一一拉下，只有一扇屋頂天窗的百葉隨風拍打。無人照顧的花園，看起來像是另一個世界的森林。小徑被淹沒在雜草中，花壇被枯枝佔據，了不起的馬西莫像回到自己家一樣開心自在，追著蝴蝶跑。

臘腸狗鑽進一處矮樹叢裡，叼了一條緞帶出來。科西莫的心更是撲通亂跳：「了不起的馬西莫，那是什麼？啊？是誰的？快說！」

了不起的馬西莫猛搖尾巴。

「來，了不起的馬西莫，拿來給我！」

科西莫爬到一根低矮枝椏上，從小狗口中拿到那條褪色的緞帶，顯然原本是薇歐拉的髮帶，那隻臘腸狗也肯定是薇歐拉的狗，舉家遷移的時候遺忘在這裡。現在科西莫想起來了，去年夏天，還是幼犬的牠從金髮小女孩懷中的籃子探出頭來，可能是別人送她的禮物。

「再找，了不起的馬西莫！」臘腸狗撲向竹林，帶回屬於小女孩的其他東西：跳繩、一個殘缺的風箏和一把扇子。

我兄長爬到花園最高的樹上，用短劍在樹幹上刻下薇歐拉和科西莫兩個名字，並在他們的名字下方刻寫：了不起的馬西莫臘腸狗。我想薇歐拉會很高興，即便她給牠取的應該是另一個名字。

從那天起，只要你看到樹上有一個男孩，低頭看他跟前，或附近，一定會看到了不起的馬西莫那隻臘腸狗肚皮貼著地面小跑步。科西莫教會牠搜尋、停止和啣回等所有獵犬該聽懂的指令後，一人一狗便形影不離在林中狩獵。為了把獵物帶給科西莫，了不起的馬西莫會抬起前腳盡可能往樹幹上攀爬，科西莫則會垂吊下來從牠口中取走野兔或山鶉，摸摸牠的頭表示讚許。那是他們之間的默契和快樂。雙方持續地面和樹上的隔空對話、心照不宣、單音節吠叫、彈舌頭或彈指頭示意。對狗而言最好的陪伴是人，對人而言最好的陪伴是狗，他們永遠不會背叛對方。雖然這一人一狗的關係跟世界上一般人與狗的關係不同，但是可以說他們相處起來很快樂。

第十一章

科西莫的青少年時期，有很長一段時間，狩獵就是他的全世界。釣魚也是，他拎著釣魚線在池塘邊和溪邊等待鰻魚和鱒魚上鉤。有時候我們忍不住想，他的感官和本能恐怕已經變得跟我們不一樣，他將皮革鞣製成衣服穿上身代表的正是他的性格徹底轉變。長久以來他觸摸的是樹皮，眼睛盯著移動的禽鳥、動物和魚，看著呈現這個世界樣貌的五顏六色，以及彷彿是另一個世界葉脈中循環血液的流動綠意。所有遠離人類世界的生命樣態，譬如植物的莖、鶇的喙、魚的鰓，以及他執意深入的這個野生國度，都可能重塑他的靈魂，讓他失去人的外表，然而，無論他與植物共生、與動物搏鬥時學到多少技能，我始終清楚知道他與我們同在，依然是我們的一分子。

但不知不覺，某些生活習慣越來越難堅持，也就放棄了。例如參加歐布洛薩大禮彌撒。最初幾個月，科西莫曾試圖出席。每逢週日，全家穿著禮服一起出門，就會看到在樹上的他也努力盛裝打扮，重新穿上那套舊的燕尾服，或用三角帽取代貓皮帽。我們朝教堂走去，他在樹上跟著前進，當我們走到教堂前廣場，歐布洛薩所有人都看著我們（但很快大家就習以為常，讓我們父親不致太過困窘）。我們步伐穩健，科西莫在空中跳來跳去，那個景象很奇怪，特別是冬天，樹上光禿禿的時候。

我們走進教堂後，坐在家族望彌撒的專屬座位上，科西莫在外面，趴在主殿外側一棵冬青櫟樹上，正好與一扇大窗同高。從我們的位置可以看見玻璃窗外的樹影，以及樹上科西莫摘下帽子放在胸前低著頭的身影。我父親跟聖器室管理人達成協議，每逢週日便讓那扇玻璃窗維持半開，以便我兄長在樹上望彌撒。但一段時間後科西莫沒再出現，因為有風，玻璃窗就被關上了。

許多科西莫原本很在乎的事，已不再重要。春天，我們的姊姊訂婚了。一年前誰能想到？艾斯托馬克伯爵夫婦和小伯爵再度造訪，舉辦了一場盛大宴會。我們莊園的每個房間都點了蠟燭，附近所有貴族皆受邀出席，翩翩起舞。還有誰會想起科西莫？嗯，其實不然，我們大家都想他。我不時望向窗外看他來了沒有，我們的父親心情低落，在那個闔家歡樂的氛圍中，他當然掛念被排除在外的科西莫。彷彿在廣場上指揮閱兵的女將軍主導宴會上的一切，其實是為了宣洩她對缺席那人的思念。換下修女服後讓人認不出來的芭蒂絲塔墊著腳尖原地轉圈，她頭戴看似杏仁糖的假髮，穿著不知哪位裁縫師為她縫製、用珊瑚裝飾的澎澎裙，我猜她也在想他。

其實科西莫來了，只是沒人看見（我後來才知道），他在寒風中，隱身在法國梧桐樹梢，看著燈火通明的窗，為宴會布置得美輪美奐的房間，和戴著假髮跳舞的那些人。他心裡閃過什麼念頭？他對我們這樣生活有沒有感到一點惋惜？他會不會想他若要回到我們這個世界只需要跨出一步，那一步很短也很容易？我不知道他那時候心裡想什麼，或想做什麼。我只知道他直到宴會結束，蠟燭一根根熄滅，再沒有一扇窗有光才離開。

所以，不論關係是好或壞，科西莫與家人的往來並未中斷。而且他跟其中一個家庭成員越走越近，開始真正認識那個人：艾內亞・西維歐・卡雷嘉騎士兼律師。這個人向來行蹤成謎，難以捉摸，永遠沒人知道他在哪裡，在做什麼。科西莫發現原來他是全家唯一一個身兼多職的人，而且他做的每件事都有意義。

卡雷嘉每每在下午最熱的時候出門，頭上戴著圓筒氈帽，身穿及地長袍拖著腳後跟走路，彷彿被地表裂縫或矮樹叢或石牆吸進去，轉眼消失無蹤。就連總是四處眺望且樂在其中的科西莫（或許不能說他樂在其中，那是他的生活常態，彷彿抬眼望向地平線的他能將一切盡收眼底），也常常找不到卡雷嘉。有時候科西莫會突然衝向卡雷嘉消失的地方，卻始終搞不清楚他究竟去了何處，不過附近總會出現一些蜜蜂，似乎是某種記號。科西莫認定卡雷嘉的行蹤跟蜜蜂有關，跟著蜜蜂就能找到他。該怎麼做呢？每株開花植物周圍都有蜜蜂圍繞，他緊盯蜂群看不見的空中軌跡，不被牠們零星或次要的飛行路徑混淆視聽，最後發現一朵黑雲從矮樹叢後方升起，彷彿一縷黑煙。原來那裡有數個蜂箱，排在一張桌子上，在蜜蜂環繞下專心檢查蜂箱的人，正是卡雷嘉騎士律師。

養蜂人，是我們這位私生子叔叔的祕密職務之一，也不算很祕密，因為他時不時會把剛從蜂箱取出、滴著蜂蜜的蜂蠟放上餐桌。他養蜂的地方在我們家領地之外，顯然不想讓家人知道。應該是出於謹慎，他希望這份私人產業的收益與深不見底的家族經營事業切割開來；但卡雷嘉不是貪得無厭之人，更何況那點蜂蜜和蜂蠟能有多少收入？或許他只是不想讓身為男爵的兄長插手，管東管西；抑或是不想讓自己喜歡的少許東西，例如養蜂，跟那許多他不喜歡的東西，例如管理，混為一談。

總之，我們父親確實不會允許他把蜜蜂養在宅第附近，因為男爵大人無來由地害怕被蜜蜂叮螫，如果在花園裡不巧遇到一隻蜜蜂或黃蜂，他會滿院子逃竄，把手藏在假髮裡，像是怕老鷹來啄他。有一次他這麼做，弄掉了假髮，多疑的蜜蜂受到驚嚇發動攻擊，他光禿禿的頭頂被叮得都是包，用手帕浸醋敷了三天腦袋瓜。他就是這樣一個人，遇到大事自負好強，若有一點刮傷或長癤子，能讓他跳腳。

總之，卡雷嘉的養蜂產業散布在整個歐布洛薩山谷，不同領主都同意他在自家某處農地放置一個、兩個或三個蜂箱，以換取些許蜂蜜。他常常四處巡視，在蜂箱附近忙碌，雙手動作看起來跟蜜蜂十分相似，因為他為了避免被叮螫，有時候會戴上黑色手套。又為了保護臉，會在氈帽上披掛頭巾，再蒙上黑色面紗，每次呼吸面紗就會黏到臉上，得用嘴巴吹開。他手上拿著一個會噴煙的工具，以便在取蜜的時候驅趕蜜蜂。蜜蜂飛來飛去、面紗加上黑煙，看在科西莫眼裡，像是那個男人施展魔法後原地消失、被抹去、消散在空中，然後在另一個時間，或另一個地方重生。不過卡雷嘉應該是新手巫師，因為他重新出現的樣子跟原來並無不同，差別大概是多了被蜜蜂叮到吸吮指頭這個動作。

春天來了。科西莫一天早晨看見天空出現異象，隨著從未聽過的聲響隱隱波動，嗡嗡聲由遠而近變成轟隆聲，半空中貌似一顆顆冰雹的東西沒有掉落而是水平移動，漸漸形成一個鬆散的漩渦，繞著一根密度較高的柱狀物打轉。那是一群蜜蜂，周圍有綠樹、花草和太陽。科西莫不明白那是怎麼回事，心中焦慮又亢奮：「蜜蜂逃跑了！卡雷嘉騎士律師！蜜蜂逃跑了！」他一邊放聲大喊，一邊在樹上狂奔尋找卡雷嘉。

「蜜蜂沒有逃跑，是分蜂。」卡雷嘉的聲音出現，科西莫發現他就在自己腳下，像蘑菇一樣突然冒出來，比手勢要科西莫別說話，隨即跑走消失無蹤。他去哪兒了？

到了分蜂季節，便會有一群蜜蜂跟著蜂后離開舊蜂巢。科西莫環顧四周，看見卡雷嘉出現在廚房後門，手中拿著一個湯鍋和一個平底鍋。他用平底鍋敲打湯鍋，發出巨大的噹！噹！聲響，傳向遠方，震耳欲聾，讓人只想摀住耳朵。跟在蜂群後面的卡雷嘉每走三步就敲打一下銅鍋，而他每敲一下，蜂群便彷彿受到驚嚇急速下墜，然後重新飛上來，嗡嗡聲漸漸變弱，飛行路線越來越飄忽不定。科西莫雖然看不清楚，但他覺得好像整群蜜蜂都聚集在某棵樹上，不再往前飛。但卡雷嘉繼續敲打不停。

「騎士律師大人，現在怎麼回事？您在做什麼？」我兄長靠近詢問。

「快，」卡雷嘉說話口齒不清。「你去蜂群聚集的那棵樹上，但是要小心別碰牠們，等我過去！」

蜜蜂紛紛停在一棵石榴樹上，科西莫剛爬上石榴樹的時候什麼都沒看到，但隨即發現一顆碩大果實，松果形狀的果實，懸掛在一根枝椏上，原來那是層層疊加形成的一個蜜蜂球體，不斷有新的蜜蜂加入，讓它變大。

科西莫在石榴樹梢摒住呼吸，下方是那個蜜蜂球體，它變得越大看起來就越輕盈，彷彿懸在一條線上，或是懸在比線更細的老蜂后觸角上，像是一個縝密的軟體組織，由拍打時窸窣作響的灰色透明翅膀和翅膀下面黑黃條紋的蟲腹組成。

卡雷嘉小跑步趕來，手上抱著一個蜂箱，舉高放在蜜蜂球體下方。「來，」他對科西莫小聲說。「輕輕搖一下樹。」

科西莫輕晃一下，那群上千隻蜜蜂彷彿落葉跌入蜂箱中，卡雷嘉用蓋子封起來。

「完工。」

於是科西莫和卡雷嘉騎士律師之間建立了一種默契，那種合作關係或許可以稱之為友誼，如果對兩個不合群的人而言，友誼這個詞不會太沉重的話。

就連在水利工程方面，科西莫和卡雷嘉也有了交集。這個說法好像有點怪，因為在樹上很難跟井或水道有任何關聯，但我說過科西莫之前想出了空中噴泉的點子，用楊樹樹皮將瀑布水引到橡樹上。卡雷嘉騎士律師儘管漫不經心，但是鄉間有任何水文異動都逃不過他的眼睛。他躲在瀑布上方一棵蠟樹後面，偷窺科西莫從橡樹枝椏間拿起渠水管（他不用的時候會放回去，把所有東西藏起來是野生動物的習慣，科西莫很快就學會了），一端架在橡樹樹杈上，另一端架在幾個斜撐的石頭上，開始喝水。

看到這一幕，不知卡雷嘉腦中閃過什麼念頭，他十分難得感到雀躍不已。從蠟樹後站出來的他拍了拍手，原地蹦了兩三下彷彿在跳繩，伸手撥水，差點栽進瀑布裡墜入懸崖。他對科西莫說出他的想法。想法尚且混沌，所以解釋得十分凌亂。他原想用方言解釋，這麼做是出於自謙，不是不懂官話，但是他一激動，開口說的是土耳其語竟渾然不覺。科西莫更是一個字都聽不懂。

簡而言之：卡雷嘉想到的是空中引水道，用樹的枝椏作為支撐點，就可以將水引到山谷另一側的荒地，進行灌溉。科西莫立刻表示贊同，並提出改善計畫，建議他在某些引水枝幹上鑿許多小洞，灑水澆灌秧苗。卡雷嘉聽了更是欣喜若狂。

他衝回書房，寫了一頁又一頁計畫。科西莫也忙碌起來，因為能在樹上做的事他都喜歡，覺得可以賦予他在樹上這件事全新的重要性和威信，他將卡雷嘉視為意外收穫的夥伴。他們相約在比較低矮的樹上見面，卡雷嘉架起三角梯，懷裡抱著一卷卷設計圖爬上樹，花好幾個鐘頭討論越來越複雜的水道工程。

但是引水道始終沒有進入施工階段。卡雷嘉累了，跟科西莫討論的次數越來越少，設計圖從未完稿，一個星期後就把這件事拋諸腦後。科西莫並不後悔，他早就發現這個計畫變成他生活中令人厭煩的負擔，毫無益處。

在水利工程方面，我們那位私生子叔叔顯然可以做更多事。他有熱情，也不乏研讀相關知識所需的獨特天分，但是他不知道如何實現，一而再再而三挫敗，直到所有企圖心都化為泡影，如同導引失敗的水流最後會被土壤吸收。或許是因為養蜂可以獨立作業，僅極少數人知情，也不用跟任何人打交道，只要不時主動送出蜂蜜和蜂蠟當禮物就好；引水道這類工程得考慮這個人或那個人的利益，得聽從男爵或任何委託他做事的業主所表達的意見和命令。卡雷嘉個性靦腆又優柔寡斷，從不反駁他人，很快就失去對這份工作的熱忱，進而放棄。

不管什麼時候都能在田裡看到卡雷嘉的身影，他身邊的人拿著木樁和鋤頭，他自己則拿著測量標桿和捲起來的一份地圖。他先發號施令讓人挖溝渠，再用步伐距離測量土地，由於他腿短，只得拼命邁大步。他讓人在這裡挖，之後換另一處挖，然後喊停，重新開始測量，天黑後暫時收工。第二天他難以決定是否從停工那處繼續，接下來一個星期大家都找不到他。

他對水利的熱情源自於抱負、衝動和渴望。那是深埋在他心中的一段記憶，在蘇丹那片灌溉無虞的美麗土地上，在果園和花園度過的快樂時光，是他人生中唯一真正享有快樂的時光。他一直拿北非和土耳其的花園跟歐布洛薩鄉間做比較，有意改良歐布洛薩，讓它符合記憶中那片土地。既然他的專長是水利，便將他尋求改變的渴望寄託在水利上，卻不斷受到現實打擊，失望收場。

卡雷嘉還會一種尋覓水源的祕法，但無人知曉，因為那些怪異行徑在當時很可能會被認定是巫術。有一次科西莫發現他拿著一根叉形木棍在草地上單腳踮著腳尖原地旋轉，應該是見過其他人這麼做，他試圖模仿但缺乏經驗，沒有看到任何結果。

對科西莫而言，了解卡雷嘉這個人之後，他深受啟發，想通了關於離群索居的許多事，獲益匪淺。我認為科西莫從未忘記卡雷嘉騎士律師茫然無措的模樣，以及將自身命運與他人命運切割開來會帶來怎樣的轉變，他以此自我警惕，避免重蹈覆轍。

第十二章

科西莫數次在半夜被喊叫聲吵醒。「救命啊！有強盜！別讓他們跑了！」在樹上的他匆匆往叫喊聲方向移動。地點是某個小地主的農舍，一家人衣衫凌亂站在外面雙手抱頭。

「天啊，天啊，強・德伊・布魯格把我們的收成都搶走了！」

人群漸漸聚集。

「強・德伊・布魯格？是他？你們看到的是他？」

「是他！就是他！他臉上戴了一個面具，手槍這麼長，後面還跟著另外兩個蒙面人，都聽他指揮！就是強・德伊・布魯格！」

「那他人在哪裡？他到哪裡去了？」

「呵，你厲害，你去抓他啊！誰知道這時候他跑哪裡去了！」

有時候喊叫的是被洗劫一空的過路客，馬匹、錢包、斗篷和行李都被搶了。「救命啊！搶劫！是強．德伊．布魯格！」

「你快說，事情怎麼發生的？」

「他從那裡跳出來，一身黑衣，落腮鬍，用槍指著我，我差點連命都沒了！」

「快！我們追！他從哪個方向離開的？」

「這裡！不對，好像是那裡！他跑得跟風一樣快！」

科西莫想見強．德伊．布魯格這個人。他跟著野兔和飛鳥走遍樹林每個角落，同時催促他的臘腸狗：「把他找出來，了不起的馬西莫！」科西莫想找到那個盜匪不是為了對他做什麼或說什麼，只是想親眼看看大家掛在嘴邊的那個人。但是即便科西莫徹夜未眠四處搜尋，也沒能見到他。「今晚他應該不會出來了。」科西莫這麼告訴自己。然而第二日早晨，山谷裡東一群西一群人聚集在某個住家門口，或某個路口，討論夜裡發生的搶案。科西莫連忙湊過去，豎起耳朵聽大家怎麼說。

「你整天都在樹上，」有人這麼問他。「從沒見過強．德伊．布魯格？」

科西莫覺得自己很丟臉。「呃……我好像沒見過……」

「他怎麼可能見過？」另一個人插嘴道。「強．德伊．布魯格有好幾個窩藏地點，沒人找得到，而且就算他走在路上，我們也認不出來啊！」

「懸賞捉拿強．德伊．布魯格的獎金那麼高，逮到他的人這輩子不愁吃穿！」

「對啊！但是知道他在哪裡的人，都跟他一樣要接受法律制裁，若是站出來通報，自己也會被送上絞刑臺！」

「強．德伊．布魯格！強．德伊．布魯格！難道所有搶案都是他幹的？」

「算了吧，他被告的案子那麼多，即便能洗脫十條搶劫罪名，也逃不過第十一個指控，照樣得被吊死！」

「他在沿岸所有樹林都犯過案！」

「他年輕時殺了自己土匪幫的老大！」

「他是被其他土匪趕走的！」

「才會跑來我們這裡犯案！」

「因為我們這些人太好欺負！」

科西莫每聽到一個新消息就去跟燒炭工人討論。棲身在樹林裡的人群中有各種形跡可疑的流動人口：燒炭工人、椅墊填充工人和撿破爛的人，這些人白天在住家附近打轉，研究晚上可以行竊的目標。與其說他們把樹林當作打零工的地方，不如說那是他們的祕密藏身處，也是存放贓物的地方。

「你們知道嗎？昨晚強．德伊．布魯格搶劫了一輛馬車！」

「啊，真的嗎？他什麼都做得出來……」

「他抓住韁繩，讓疾馳中的馬停下來！」

「呃，不可能是他吧？你說的不是馬，是蟋蟀吧……」

「你們說呢？你們也覺得那不是強．德伊．布魯格？」

「當然是他，你在胡說八道什麼？絕對是強．德伊．布魯格！」

「強．德伊．布魯格什麼事都幹得出來！」

「哈，哈，哈！」

科西莫聽他們這樣說強．德伊．布魯格，覺得一頭霧水，去找樹林裡另一批流民。

「你們覺得昨晚被搶的馬車，是強．德伊．布魯格幹的嗎？」

「所有得逞的壞事，都是強．德伊．布魯格幹的，你不知道嗎？」

「為什麼你說所有『得逞』的壞事？」

「因為如果沒有得逞，那就是強．德伊．布魯格本人幹的！」

「哈哈哈！那個沒用的傢伙！」

科西莫越聽越糊塗了。「強．德伊．布魯格是個沒用的傢伙？」

大家連忙改變語氣：「不是啦，不是啦，他可是人人聞之色變的大盜！」

「你們見過他嗎？」

「我們？哪有人見過他？」

「你們確定有這個人嗎？」

「天啊！當然有這個人！就算沒有……」

「就算沒有？」

「……也無所謂啦。哈哈哈！」

「可是大家都說……」

「欸，是得這樣說：燒殺擄掠都是強．德伊．布魯格那個可怕的盜匪幹的！我們就不信有人敢質疑這一點！」

「喂，小男孩，你敢質疑這個說法？」

總之，科西莫看出山谷居民對強．德伊．布魯格畏懼有加，但是樹林裡的人對強．德伊．布魯格抱持質疑態度，而且常常公然嘲笑他。

科西莫對這個人的好奇心淡了，因為他發現真正的行家根本瞧不起強．德伊．布魯格。就在這個時候他們見面了。

一日午後，科西莫坐在胡桃樹上看書。他那陣子重拾看書習慣，畢竟整天拿著獵槍等待蒼頭燕雀出現，實在很無聊。

他看的書是勒薩日的《吉爾．布拉斯》[9]，一手拿書，一手握槍。了不起的馬西莫不喜歡主人看書，在附近轉來轉去找機會吸引科西莫的注意，例如對蝴蝶吠叫，看主人會不會舉槍瞄準蝴蝶。

這時，小徑上出現一個上氣不接下氣的大鬍子男人往山上跑，他衣衫襤褸，手無寸鐵，兩個舉著配劍的警察緊追在後，高聲喊道：「攔住他！他是強．德伊．布魯格！我們終於破獲他的老巢了！」

大盜強．德伊．布魯格稍微拉開了跟警察之間的距離，不過他如果繼續瞻前顧後，像是害怕走錯路或掉入某個陷阱小心翼翼，遲早會被逮到。科西莫坐的那棵胡桃樹沒有讓人往上爬的支點，但他隨身攜帶以備不時之需的繩索就掛在樹枝上。他將繩索一端綁好，另一端往下扔。大盜看到鼻頭前方出現一根繩索，一時舉棋不定搓了搓手，隨即抓住繩索快速往上爬，顯然他是那種因為猶豫不決而衝動或因為容易衝動而猶豫不決的人，看似不懂得掌握時機，實際上每次歪打正著。

等警察追到樹下，繩索已經收起來，強・德伊・布魯格和科西莫並肩坐在枝葉扶疏的胡桃樹上。那是一個岔路口，警察決定一人走一邊，再碰頭的時候，已不知強・德伊・布魯格去向，倒是遇見了不起的馬西莫朝他們搖尾巴。

「喂，」其中一個警察對另一個說：「這不是男爵家住在樹上那個孩子的狗嗎？如果他在附近，說不定有所察覺。」

「我在這裡！」科西莫放聲大喊，不過他不在強・德伊・布魯格藏身的那棵胡桃樹上，早已身手矯捷地移動到對面的栗樹，讓警察聞聲抬頭的時候不會往周圍的樹上看。

「早，少爺，」警察說。「不知您是否碰巧看到大盜強・德伊・布魯格從這裡跑過？」

「我不知那人是誰，」科西莫回答道。「你們如果在找一個狂奔的小矮子，他往溪流那裡去了……」

「小矮子？他明明身材魁梧讓人看了就害怕……」

「從樹上看，人人都很矮小……」

「謝謝少爺！」他們轉頭往溪流方向奔去。

科西莫坐回胡桃樹上拿起《吉爾・布拉斯》。強・德伊・布魯格還抱著枝椏不放，他臉色發白，紅色頭髮和邋遢鬍子間夾雜枯葉、栗子毛刺和松針，像是一片石楠荒原。他那雙綠色眼睛瞪得大大地看著科西莫，驚魂未定。他長得很醜，真的很醜。

「他們走了？」強．德伊．布魯格終於開口。

「走了，走了，」科西莫語氣和善。「您是那個大盜強．德伊．布魯格？」

「您怎麼知道我？」

「嗯，久仰大名。」

「您是住在樹上那個男孩？」

「對，您怎麼知道？」

「我也久仰大名。」

他們像是兩個身分尊貴之人巧遇後客客氣氣地看著對方，很高興彼此並不陌生。

「您在看什麼書？」

「勒薩日的《吉爾．布拉斯》。」

「好看嗎？」

「好看。」

「還要很久才看完嗎？」

「您為何這麼問？還有二十頁結束。」

「等您看完，我想請您借給我。」強．德伊．布魯格有點不好意思，微笑道。「您看我每天東躲西藏，無事可做。我就想，要是手邊有本書多好。有次我搶了一輛馬車，車上東西不多，但有一本書，我就拿了。我藏在外套裡，貼身帶著，只要有那本書，其他戰利品我都可以放棄。那天晚上，我點了燈，準備看書……結果是拉丁文！我不懂拉丁文……」他搖搖頭。「沒辦法，拉丁文我一個字都看不懂……」

「天啊，拉丁文，真的很難懂。」科西莫意識到自己不由自主想要照顧對方。「這本是法文……」

「法文、托斯卡納方言、普羅旺斯方言、西班牙文，我全都懂。」強．德伊．布魯格說。「我還會一點加泰隆尼亞語：『早安！晚安！今天風浪很大』。」

半個鐘頭後科西莫看完書，把書借給強．德伊．布魯格。

我兄長和強．德伊．布魯格之間的互動是這樣開始的。強．德伊．布魯格一看完書，就跑去還給科西莫，再向他借另一本，然後躲回自己的祕密藏身處，埋首閱讀。

科西莫的書是我從家中書架上拿的，他看完後還給我。現在他借書的時間拉長了，因為還要轉借給強·德伊·布魯格，而且還來的書往往裝幀鬆脫，書頁上不是有霉印，就是有蝸牛爬過的痕跡，不知道大盜強·德伊·布魯格都把書藏在什麼地方。

因為警察持續在樹林裡巡查，科西莫和強·德伊·布魯格只能在約定的日子在某棵樹上碰面，交換看書心得等等。這件小事對他們而言其實有極大風險，我兄長很難解釋他為何跟罪犯交朋友。問題是強·德伊·布魯格沉迷於閱讀，小說一本接一本看，加上他成日躲著看書，一天就能看完我兄長一個星期的閱讀量。而且他每看完一本就得換一本，如果剛好那天不是他們約定的日子，他會滿山遍野四處尋找科西莫，嚇壞住在農舍裡的那些人，也驚動全歐布洛薩的警力循線追緝。

我提供的書不足以滿足強·德伊·布魯格的需求，科西莫只得再找其他管道。他認識一位猶太書商，名叫歐貝克，可以提供一套多冊的大部頭著作。科西莫在角豆樹上敲他的窗，把剛獵到的野兔、鶇和山鶉送給他，以交換圖書。

然而強·德伊·布魯格並非照單全收，你若隨便給他一本書，他有可能第二天就帶去給科西莫要求換書。我兄長那個年紀開始對論述嚴謹的書籍產生興趣，但他不得不再三斟酌。因為有一天強·德伊·布魯格把《忒勒馬科斯歷險記》[10]退回去，並警告科西莫若再給他那麼沉悶的書，他就要把我兄長待的那棵樹砍斷。

於是科西莫只好將書分類，一邊是他自己想慢慢看的書，一邊則是要借給大盜強・德伊・布魯格的書。結果他連借出去的那些書也得先看過，因為強・德伊・布魯格越來越挑剔，變得疑神疑鬼。他每拿到一本書，都要科西莫先告訴他故事大綱，萬一答不出來就麻煩了。我兄長也借過羅曼史小說給他，大盜強・德伊・布魯格氣沖沖跑來問科西莫是不是瞧不起他。你永遠猜不出他到底喜歡什麼。

總之，由於強・德伊・布魯格一天到晚找麻煩，原本只需半個鐘頭、屬於休閒娛樂活動的閱讀，變成了科西莫的首要大事和每日功課。他得整理書，評斷並比對書的優劣，還得學習更多新事物，才能滿足強・德伊・布魯格和他自己與日俱增的閱讀需求，科西莫對文學和所有人類知識產生了莫大熱情，從清晨閱讀到黃昏仍然不夠，他甚至在黑暗中舉燈夜讀。

最後，他發現了塞繆爾・理查森[11]的小說。強・德伊・布魯格很喜歡，看完一本接一本。歐貝克為他找來一疊書，足以讓他看一整個月。科西莫終於重拾平靜，可以心無旁騖閱讀希臘作家普魯塔克[12]的列傳著作。

強・德伊・布魯格窩在他的藏匿處，皺著眉頭，亂糟糟的紅髮裡夾著枯葉，綠色眼眸因為閱讀過度而泛紅，下顎隨著他反覆緩慢拼讀的過程抖動，同時舉起一根手指沾濕口水準備翻頁。閱讀理查森的小說，讓長時間潛伏在內心深處的渴望開始折磨他：他渴望擁有家庭生活日常，擁有親情，有家人關懷，渴望善良，唾棄惡意和惡習。他對周遭一切失去興趣，或覺得反感，除了找科西莫換書不再外出，如果他正在閱讀的小說是分成多冊的套書，更是足不出戶。他過著與世隔絕的生活，沒有意識到棲身在樹林裡的住民之間正在醞釀一場抵制他的風暴，那些人原本是他信賴的兄弟，如今厭倦了強・德伊・布魯格這個不再有任何作為、但警察鍥而不捨追捕的大盜。

以前，圍繞在他身邊的都是不見容於法律之人，有些人是小奸小惡，例如流浪漢或補鍋匠等小混混順手牽羊，有些人是真的作奸犯科，例如他土匪幫裡那些同夥。這些人犯下的每一樁竊盜或搶劫案，都佔了強・德伊・布魯格的名氣和經驗的便宜，或用他在眾人之間口耳相傳的惡名當作擋箭牌，自己則隱姓埋名。即便沒有犯罪的人也能以某種方式從中牟取好處，因為樹林裡有各種贓物和走私品需要處理或轉售，所有聚集在此之人都能交易買賣。有人在強・德伊・布魯格不知情的情況下，打著他的名號行搶恐嚇受害者，以獲得最大收益。人人惶惶不可終日，不管打劫的匪徒是誰都以為是強・德伊・布魯格或他的同夥，只能解開荷包予取予求。

如此美好時光持續了很久，強・德伊・布魯格發現自己靠分贓就能過活，漸漸放任不管。他原以為可以這樣繼續下去，殊不知人心思變，他的名字已不再讓人畏懼。強・德伊・布魯格還有什麼利用價值呢？躲起來的他成日眼眶泛淚沉迷於閱讀小說，不再打劫，不再搜刮物資，樹林裡的人難以為繼，因為警察每天來搜捕，只要看到某個倒楣傢伙形跡鬼祟就把人帶走。再加上捉拿強・德伊・布魯格的賞金是一大誘惑，可想而知他時日不多。

有兩個年輕匪徒，是強・德伊・布魯格拉拔長大的，不甘心就這樣失去他們英俊的老大，想給他機會重操舊業。這兩個年輕人，烏加索和貝洛雷，原本是水果小偷幫成員，長大後同時加入土匪幫。

他們到強・德伊・布魯格藏身的山洞找人，強・德伊・布魯格躺在茅草堆上。「有何貴幹？」他說話時，眼睛不曾離開書。

「強・德伊・布魯格，我們有事跟你商量。」

「哦……什麼事？」他繼續看書。

「你知道稅務官科斯坦佐的家在哪裡？」

「嗯，嗯……啊？什麼？稅務官是什麼？」

烏加索和貝洛雷交換了一個不以為然的眼神。如果不把大盜強・德伊・布魯格眼前那本書搶走，他根本聽不進一句話。「你先把書闔起來，強・德伊・布魯格，專心聽我們說。」

強・德伊・布魯格雙手拿書，起身跪坐，把攤開的書抱在胸前，但他實在太想繼續看下去，便把書越拿越高，直到跟鼻子對齊。

貝洛雷想到一個點子。那裡有一張蜘蛛網，上頭有一隻大蜘蛛，他用手輕輕抓起蜘蛛網，連帶蜘蛛一併丟向強・德伊・布魯格鼻子和書本之間的空隙。沒想到這個窮凶惡極之徒已經退步到連蜘蛛都害怕。強・德伊・布魯格感覺到鼻子上有毛茸茸的蜘蛛腳和黏糊糊的蛛網，還沒來得及搞清楚是什麼，就驚嚇尖叫，把書一丟，雙手在面前揮來揮去，瞪大眼睛，嘴巴呸個不停。

烏加索一個飛撲，趕在強・德伊・布魯格伸腳踩住書之前把書搶到手。

「把書還給我！」強・德伊・布魯格一隻手清理臉上的蜘蛛和蛛網，另一隻手去跟烏加索搶書。

「不行，你先聽我們說！」烏加索把書藏到背後。

「我正在看《克萊麗莎》[13]，把書還給我！我正好看到緊要關頭……」

「你聽好。我們今天晚上要送柴薪到稅務官家，但布袋裡裝的是你，不是柴薪。等天黑後，你再從布袋裡爬出來……」

「可是我想先看完《克萊麗莎》！」他終於清完臉上殘餘的蜘蛛網，跟兩個年輕人扭打起來。

「你聽我們說……。等天黑後，你從布袋裡爬出來，用你的槍讓稅務官把這個星期的稅收全都交給你，他把錢鎖在床頭保險箱裡……」

「你們至少讓我把那一章看完……拜託……」

兩個年輕人回想當年，誰要是敢出言不遜，強．德伊．布魯格的兩把槍就會抵在那人的肚子上。如今場景叫人不勝唏噓。「你要去搶錢，聽到沒有？」他們沮喪地堅持把話說完。「把錢帶來給我們，我們就把你的書還給你，你愛看多久就看多久。可以嗎？你去不去？」

「不。不可以。我不去！」

「你不去……你不去的話……，你給我走著瞧！」烏加索翻到小說後面，抓住其中一頁（「不要！」強．德伊．布魯格大喊）撕下來，（「不行！你別亂來！」）揉成一團丟進篝火裡。

「啊！畜牲！你不能這樣！這樣我就不知道故事結局了！」他緊跟在烏加索後面試圖把書搶回來。

「你到底去不去稅務官家？」

「我不去！」

烏加索再撕下兩頁。

「你住手！我還沒看到那裡！你不能燒！」

烏加索已經把那兩頁丟進篝火裡。

「畜牲！那是《克萊麗莎》！不要！」

「你去不去？」

「我……」

烏加索再撕下三頁丟進篝火裡。

強．德伊．布魯格雙手掩面癱坐在椅子上。「我去，」他說。「但是你們得答應我，帶著書在稅務官家外面接應我。」

大盜強．德伊．布魯格被塞進布袋裡，袋口用繩子綁起來。貝洛雷扛起布袋，烏加索帶著書跟在他後頭。每當布袋裡的強．德伊．布魯格踢腿或嘟囔抱怨，表示他有點後悔的時候，烏加索就撕一頁書，聽到聲音的強・德伊・布魯格立刻保持安靜。

他們偽裝成送柴薪的伐木工人，將強・德伊・布魯格運進稅務官家中，隨即躲在附近一棵橄欖樹後，等待強・德伊・布魯格得手，來跟他們會合。

然而強・德伊・布魯格太性急，沒等到天黑他就跑出來，稅務官家裡還有很多人。「把手舉起來！」但他已經不是以前的他，更像是置身事外的旁觀者，覺得這一切很荒謬。「我叫你們把手舉起來……所有人面向牆壁站好……」連他都對自己沒有信心，只能虛張聲勢。「沒有人偷跑吧？」他沒發現有一個小女孩溜走了。

總之，幹這種事得速戰速決，他卻拖拖拉拉。稅務官裝傻，說找不到鑰匙，強・德伊・布魯格知道這些人已經不把他當一回事，其實對此他內心竊喜。

他終於抱著一袋袋金幣離開，什麼都不顧地衝向約定會合的橄欖樹：「全部的錢都在這裡！快把《克萊麗莎》還給我！」

四……七……十隻手臂伸出來按住強・德伊・布魯格，他從肩膀到腳踝都不得動彈，隨後被一群警察抬起來用繩子捆成一條臘腸，送進監獄。「你到牢裡再慢慢看《克萊麗莎》吧！」

監獄是濱海的一座塔，附近有一小片海岸松林。在其中一棵海岸松樹梢上的科西莫與強．德伊．布魯格的牢房差不多同高，可以看到鐵窗後他的臉。

這位大盜不在乎訊問和審判，反正他一定會被判絞刑。他覺得遺憾的只有在牢裡虛擲光陰，不能閱讀，而《克萊麗莎》他只看了一半。科西莫想辦法找來另一本，帶上了松樹。

「你看到哪裡？」

「克萊麗莎從妓院逃走。」

科西莫翻了一會兒，然後說：「噢，找到了。好。」他朝著鐵窗高聲朗讀，只見強．德伊．布魯格的手緊握鐵窗。

審訊曠日廢時，昔日大盜經歷多次繩刑，為了讓他一一交代數不完的罪行，花了很多時間。每天審訊前後，他都在聽科西莫為他朗讀。讀完《克萊麗莎》，科西莫覺得強．德伊．布魯格情緒有些低落，心想理查森的小說對坐牢的人而言或許太過沉重，決定改讀英國小說家菲爾丁[14]的書，那些高潮迭起的故事應該多少可以填補他失去自由的空虛。因此在審訊期間，強．德伊．布魯格心中掛念的只有喬納森．魏爾德[15]的人生際遇。

新的小說還沒讀完，行刑日已經到來。囚車上的強・德伊・布魯格在一名神父陪同下，完成他人生中最後一趟旅程。歐布洛薩在廣場中央一棵高大橡樹上執行絞刑，讓所有民眾圍觀。

當強・德伊・布魯格的脖子被套上繩索，他聽到枝椏間傳來口哨聲。抬頭一看，是科西莫，手中拿著一本闔上的書。

「告訴我故事結局吧。」準備受刑的強・德伊・布魯格開口說。

「強，遺憾的是，」科西莫回答道。「喬納森最後被吊死了。」

「謝謝，我與他結局相同！永別了！」他自己踹開梯子，勒頸窒息而死。

等強・德伊・布魯格的軀體不再抽搐，群眾紛紛離去。科西莫跨坐在吊死他的橡樹上直到夜色降臨，揮動帽子驅趕每一隻企圖靠近啄食屍體眼睛或鼻子的烏鴉。

---

9 勒薩日（*Alain-René Lesage*, 1668-1747），法國小說家。《吉爾・布拉斯》（*Gil Blas*）描述貧苦家庭出身的西班牙青年吉爾・布拉斯歷經各種波折後，攀上人生高峰，擁有財富和權力，付出代價是良善初心不再。藉由布拉斯的人生經歷及馬德里的城市樣貌反映法國社會現實和巴黎的破敗。

10 《忒勒馬科斯歷險記》（*Les Aventures de Télémaque*），共十八卷。作者芬乃倫（François Fénelon, 1651-1715）是法國天主教總主教，借《奧塞羅》中尤利西斯之子忒勒馬科斯的歷險故事，批判法國國王路易十四的專制統治，讚揚自然權利，對十八世紀啟蒙運動的思想基礎有深遠影響。

11 塞繆爾·理查森（Samuel Richardson, 1689-1761），英國作家，以女性情感和婚姻問題為寫作主題，擅於描寫人物情感和心理層面變化。

12 普魯塔克（Plutarchus, 46-125），羅馬帝國時期希臘作家，著有《希臘羅馬英豪列傳》，現存版本共五十章，其中四十六章以比對方式記錄希臘人物和羅馬人物各一，著重其道德及性格差異，而非生平記述。

13 《克萊麗莎》（*Clarissa*），英國小說家理查森於一七四八年出版的書信體長篇小說，主要故事圍繞在克萊麗莎與浪子勒夫萊斯的情愛糾葛。克萊麗莎因家庭壓力被迫嫁給老男人，一心渴望爭取自由的她受勒夫萊斯花言巧語誘惑，決定與他私奔，因原本的道德觀不斷受到愛情和情慾挑戰而備感痛苦，勒夫萊斯也在滿足私慾和懊悔自責之間反覆。

14 菲爾丁（Henry Fielding, 1707-1754），英國小說家，代表作《湯姆·瓊斯》（*Tom Jones*）共十八卷，藉由描述棄兒湯姆·瓊斯的故事，及不同階級人物的生活，呈現英國社會面貌。

15 喬納森·魏爾德是《喬納森·魏爾德偉人傳》（*The Life and Death of the Late Jonathan Wild, the Great*）主人翁。作者菲爾丁以嘲諷角度記述倫敦黑社會老大喬納森·魏爾德的一生，有評論認為實際上影射的是十八世紀英國維新黨（Whig，或譯輝格黨）政治家羅伯特·沃波爾（Robert Walpole），該黨多依附地主和金融界等資產階級的支持，曾長期執政近半個世紀。

第十三章

與大盜強・德伊・布魯格結識後，科西莫對閱讀和學習展現了巨大熱情，終其一生未改其志。現在見到他，他的習慣姿勢是手上拿著一本攤開的書，舒適地跨坐在枝椏上，或是趴在樹杈上，彷彿那是教室課桌椅，木板桌上有白紙，樹洞裡有墨水瓶，他手中握著長長的鵝毛筆寫字。

現在變成是他主動找傅歇拉夫勒神父上課，要求神父講解塔西佗[16]和奧維德[17]的作品、天體運行和化學原理，但是年邁的神父除了能說一點文法和神學外，對其他領域的知識一問三不知，所以聽到這名學生問的問題，他只能雙手一攤抬頭望著天空。

「神父，在波斯可以娶幾個老婆？神父，薩伏伊助理司鐸[18]是誰？神父，可以告訴我林奈分類系統[19]是怎麼回事嗎？」

「那個……讓我看看……噢……」神父開口，吞吞吐吐，沒再多說。

科西莫照單全收不放過任何一本書，他花一半時間閱讀，另一半時間狩獵以支付書商歐貝克的帳單。他總有新故事可說，說盧梭在瑞士林中散步採集植物標本，說班傑明．富蘭克林如何放風箏引來閃電[20]，說拉宏坦男爵[21]在美洲跟印地安人一起生活很快樂。

年邁的傅歐拉夫勒神父豎起耳朵聽他說故事，全神貫注目瞪口呆，不知道是真的感興趣，或只是因為他不用授課鬆了一口氣。神父一邊表示贊許，一邊跟科西莫對話。當科西莫問他：「您知道怎麼回事……？」他說：「我不知道！你快說！」或是：「天啊！太不可思議了！」等科西莫回答後，他會說：「我的上帝！」可能是對那一刻上帝展現的全能表示欣喜，也可能是對以各種偽裝面貌主宰世界不留餘地的邪惡無所不能表示遺憾。

我當時年紀太小，科西莫的朋友都不識字，所以當他看書有了新發現需要發表議論時，只能用滔滔不絕的問答疲勞轟炸他的家庭教師。大家都知道，神父總是寬容隨和，因為在上位者看淡一切，而科西莫正好利用這一點。於是兩人的師生角色互換，科西莫是老師，傅歐拉夫勒神父當起了學生。我兄長立刻以老師的氣勢，把顫抖的老先生拉上樹跟他一起流浪，一整個下午坐在翁達麗瓦莊園裡的七葉樹上，晃著細瘦的腿，對著那些奇花異草和映照在荷花池中的夕陽，討論君主體制和共和體制、不同宗教的真偽與合理性，以及中國的禮教、里斯本的地震、萊登的酒和感覺主義[22]。

我要上希臘課但找不到老師，全家嚇一跳，漫山遍野找人，甚至去撈魚塘，擔心恍神的他掉進塘中溺斃。傅歇拉夫勒神父那天晚上回家，抱怨腰酸背痛，因為他在樹上那麼不舒適的地方坐了好幾個鐘頭。

但是別忘了，即便這位年邁的冉森教派信徒此刻被動接受一切，下一刻就可能恢復事事講求嚴謹的獨特熱情狀態。當他心不在焉無所求的時候，能毫不抗拒地接受新穎開放的觀念，例如法律面前人人平等，未開化民族更重誠信，或是迷信會帶來負面影響，但是一刻鐘之後，他變得嚴厲一絲不苟，認同自己剛才輕易接受的觀念，但是把他對一致性和道德操守的堅持都加諸其上。於是自由平等的公民義務、遵循自然宗教的人類美德，在他口中全都變成冷血的紀律規範，狂熱信仰的教義，除此之外他只看到黑暗腐敗，所有新哲學對惡的控訴都太過溫和並流於表面，通往完美的道路固然艱辛，也絕不允許妥協或半途而廢。

面對神父這些突如其來的轉變，科西莫不敢發言，擔心自己被指責缺乏條理或有失嚴謹，會讓他試圖在心中建構的繁華世界枯竭崩解成一座大理石墓園。幸好神父很快就對這些意志對抗感到厭倦，身心俱疲，彷彿刪去那些概念多餘血肉只保留純粹本質後，就任憑它們被難以捉摸的朦朧陰影籠罩。他眨眨眼，嘆口氣，從嘆氣變成打呵欠，然後進入超脫境界。

儘管每天心情起伏不定，神父依舊緊盯科西莫的學習，他往來穿梭於科西莫的樹林和歐貝克的書店之間，並透過阿姆斯特丹或巴黎的書商訂書，提領到貨的新書，為自己的不幸埋下伏筆。歐布洛薩有一位神父讀遍歐洲所有最大逆不道禁書的傳言，傳入了教會法庭。一天下午，警察出現在我家莊園搜查神父房間，除了每日祈禱書之外，還找到皮埃爾．貝爾[23]的書，雖然是書口未裁切、未曾閱讀的毛邊本，他們已有充分理由抓人帶走問訊。

那是一個陰天午後，我記得我從房間窗戶看出去，那一幕令人心碎，我不知所措，中斷了希臘文法不定過去式的學習，因為以後再也沒有這堂課。年邁的傅歇拉夫勒神父被荷槍實彈的警察帶走，走在林蔭大道上的他抬頭望向樹林，他突然身軀一挺似乎打算跑向某棵榆樹往上爬，但是雙腿無力。那天科西莫在林中狩獵對這一切毫無所悉，因此他們沒有告別。

神父的事，我們無能為力。父親把自己關在房間裡不肯進食，害怕會被耶穌會的人下毒。神父在監獄和修道院度過餘生，持續公開棄絕己罪，直到人生盡頭，終生奉獻給信仰的他不明白自己信奉的究竟是什麼，卻努力堅信不移到最後一刻。

神父被捕一事，並未讓科西莫停下學習求知的腳步。他正是從那時候開始跟歐洲重要的哲學家和科學家通信，或為解惑，或向他們提出異議，也或許只是為了享受跟更優秀的人交流的樂趣，同時練習不同外語。可惜這些書信存放在只有他知道的樹洞裡，從未被尋獲，顯然不是被松鼠吃掉，就是發霉腐爛，否則應該能找出本世紀最知名那幾位學者親手寫的信。

科西莫經多次嘗試，打造了一座空中圖書館以保存書，能防止風吹雨淋，還能避免囓齒動物啃咬。他根據不同時間的研究方向及興趣，更換書本擺放的位置，因為他認為書本好比飛鳥，若被關在籠裡或不能自由行動，會傷心難過。最結實的那個空中書架上排列著狄德羅[24]和達朗貝爾[25]編纂的百科全書，是他陸續從義大利西岸李沃諾一個書商那裡蒐羅來的。之前他埋首書堆中有點與世隔絕，對週遭事物越來越不感興趣，現在閱讀百科全書，那些美麗的詞條如「蜂」、「樹」、「木」、「園」讓他重新發現身邊萬物之美，彷彿初見。他讓人寄來的圖書中，開始出現與工藝和技術相關的主題，例如教人植樹的書，他迫不及待想實踐新知。

科西莫一直很喜歡觀察勞動者，但截至目前為止他待在樹上、居無定所、四處狩獵的生活像一隻小鳥，始終獨來獨往，毫無規律可言。但是他現在覺得自己應該做一些對他人有益的事。仔細想想，這應該是他跟大盜強・德伊・布魯格互動時學到的：讓自己成為有用的人，為他人提供不可或缺的服務，樂在其中。

他學會修剪樹木。冬天時節，當樹木枯枝圍成一個個不規則迷宮，需要被整理成有序狀態以便未來長出花、葉和果實的時候，他就向果農伸出援手。科西莫修剪手法佳，收費低廉，所有小地主和佃農都來找他幫忙。看他呼吸著早晨清新的空氣，叉開腿站在光禿禿的矮樹上，脖子上的圍巾往上拉遮住耳朵，舉起大剪刀，喀嚓！喀嚓！動作俐落地剪下雜亂的小樹枝。同樣技法可用在花園裡，手持短鋸修剪遮陽和觀賞性質的植物。至於樹林裡，伐木工人使用斧頭劈砍百年樹木的樹幹底部，將整棵樹斬斷，他則改用他的小斧頭，只修剪側枝和樹梢。

總之，他對樹木的愛，正如同所有真愛一樣，讓他體會到無情和煎熬，無論傷害或割捨都是為了讓樹長大和塑形。當然，他在修剪、砍伐樹木的時候，不僅得考慮雇主的利益，還有他自己的利益，畢竟他在樹上行走，需要讓道路更易於通行。所以他保留了在樹和樹之間擔任橋梁的枝椏，並透過修剪其他枝椏減輕橋梁的負荷。因此，原本科西莫就覺得宜人的歐布洛薩樹林，在他巧手修剪下變得更宜居，讓他人、大自然和自己都受惠。這次動手修剪樹林的好處，等到他晚年的時候尤其明顯，良好樹形提供體力不足的他許多便利。然而，當愚蠢的新世代出現，缺乏遠見，貪婪無厭，不關懷他人，也不關心自己，樹林裡的一切都改變後，再沒有第二個科西莫能在樹上行走。

---

16 塔西佗（Gaius Cornelius Tacitus, 55-117），羅馬帝國雄辯家、歷史學家，著有《歷史》（*Historiae*）、《編年史》（*Ab excessu divi Augusti*）等書。

17 奧維德（Publius Ovidius Naso, 西元前43-17），古羅馬詩人，最著名作品為《變形記》（*Metamorphoseon libri*），取材自希臘羅馬神話，敘述人因某種原因變成動物、植物等故事。

18 法國哲學家盧梭（Jean-Jacques Rousseau, 1712-1778）在經典作品《愛彌兒：論教育》（*Émile: ou De l'éducation*）第四卷《薩伏伊助理司鐸的信仰自白》一文中，藉薩伏伊助理司鐸之口闡述自然宗教，認為宇宙是被有智慧和力量的意志所統治，他稱之為「上帝」。而宇宙中唯有人具有自由意志，只要反省內心，便能發現與生俱來的良知，那便是人與上帝溝通的橋梁。

19 瑞典植物學及動物學家林奈身處大航海時代，許多航海歸來的博物學家從世界各地帶回動植物，命名模式混亂，林奈提出以植物生殖器官（雌蕊與雄蕊）的類型、大小、數量及排列等特徵作為綱目分類標準。

20 班傑明・富蘭克林（Benjamin Franklin, 1706-1790），美國科學家及政治家，藉由放風箏證明閃電是放電現象。富蘭克林是美國開國元勛，被尊為美國國父。

21 拉宏坦男爵（Baron de la Hontann, 1666-1716），法國探險家、作家。入伍法國軍隊駐守北美期間四處旅行，返回歐洲後寫下《北美遊記》（*Noveaux voyages dans l'Amérique septentrionale*）。

22 感覺主義（sensualism），認為感覺和知覺是認知最基礎及重要的形式。

23 皮埃爾・貝爾（Pierre Bayle, 1647-1706），法國哲學家、歷史學家，主張宗教寬容，包括接納無神論，認為道德獨立於信仰之外，無論是否承認上帝存在，任何人都能遵循理性，誠實善良。

24 狄德羅（Denis Diderot, 1713-1784），法國啟蒙思想家、文學家。一七五七年起與孟德斯鳩、伏爾泰、盧梭等啟蒙運動知名思想家形成一個學術團體，被稱為「百科全書派」，共同編纂《百科全書，或科學、藝術與工藝詳解詞典》（簡稱《百科全書》，*Encyclopédie, ou dictionnaire raisonné des sciences, des arts et des métiers*），狄德羅擔任主編。

25 達朗貝爾（Jean-Baptiste le Rond d'Alembert, 1717-1783），法國物理學家、數學家及天文學家。一七五九年起與狄德羅共同主編《百科全書》。

第十四章

科西莫的朋友固然變多，但敵人也變多。自從強・德伊・布魯格埋首閱讀，加上他後來落網，樹林裡的遊民處境越來越糟。一天晚上，我兄長睡在垂掛在一棵歐洲白蠟樹上的睡袋裡，被臘腸狗吠叫聲吵醒。他睜開眼睛看見一片火光，就在睡袋正下方。有人在樹下縱火，火舌已經燒上樹幹。

樹林失火了！是誰縱火？科西莫很確定自己當天晚上沒有動過打火石，所以是那些惡人幹的！他們想放火燒樹林，一方面可以獲得木材，同時可以把過錯推給科西莫，而且，還能活活燒死他。

科西莫在那一刻想的不是近在眼前的自身安危問題，而是處處都有獨屬於他的小徑和藏身地的這個遼闊樹林王國很可能毀於一旦，那才是他所擔心的。了不起的馬西莫害怕被火燒到拔腳就跑，時不時回頭發出絕望的嗷叫聲。火勢已經蔓延到灌木叢。

科西莫不慌不亂。他在藏身的這棵白蠟樹上，依照慣例運來了許多東西，包括一小桶麥茶，是夏日解渴飲料。他往放麥茶的枝椏爬去。松鼠在白蠟樹上逃竄，貓頭鷹驚覺張望，小鳥也飛離鳥巢。他抓住木桶準備拔開塞子澆熄樹幹上的火苗，但想到火勢已經波及草地上的枯葉和灌木叢，很可能會蔓延到周圍樹木。他決定冒險：「就讓白蠟樹燒掉吧！如果我能繞著樹幹一圈，用麥茶淋濕火還沒燒到的地方，就能阻止火災！」他拔掉木桶塞，繞著圈一次次像畫弧線那樣將麥茶潑灑出去，淋濕土壤，同時澆熄最外圍的火苗。燃燒的灌木叢被圍在一圈溼答答的草地和樹葉中間，火勢無法再擴大。

科西莫在千鈞一刻之際，從白蠟樹梢跳到旁邊一棵山毛櫸樹上。白蠟樹幹底部被火吞噬轟然倒塌，發出巨響，松鼠吱吱亂叫。

火勢真的止住了嗎？轉眼間火星和火苗已經擴散出去，濕樹葉建立的短暫屏障無法阻止火勢蔓延。「失火了！失火了！」科西莫用盡全力大喊。「失火了！」

「怎麼回事？是誰在喊？」有人回應。不遠處有一個儲煤站，來自貝嘉莫的燒炭工人都睡在旁邊的臨時工棚裡。「失火了！快救火！」

不一會兒，山上到處都是叫嚷聲。燒炭工人四散到樹林裡用別人聽不懂的方言大聲呼喊。大家從四面八方趕來救援，火勢被撲滅。

科西莫面對第一次人為縱火，第一次有人謀害他的性命，原本應該從此遠離樹林，但是他反而開始研究預防火災的方法。那一年夏天乾旱炎熱，普羅旺斯一帶的濱海樹林發生大火，已經燒了一個星期。夜晚可見山上熊熊火光，彷彿夕陽餘暉。空氣很乾燥，高溫下的植物和灌木叢就像是巨大火種。一陣陣風似乎將火勢吹向我們這邊，即使歐布洛薩之前沒有發生任何天然或人為火災，濱海沿線的樹林還是有可能整片陷入火海。歐布洛薩面對危險逼近，就像用茅草做屋頂的碉堡被敵軍火攻一樣手足無措。天空似乎也難以避免受到猛烈大火的影響，每天晚上都有流星劃破天穹，遲早有一天會落在我們頭上。

那幾天大家驚慌失措，科西莫讓人囤積了一些木桶，裝滿水之後吊在最高那幾棵樹的制高點上。「或許杯水車薪，但是多少有些用處。」他並不滿意，開始研究流經樹林那幾條目前是半乾涸狀態的湍流，以及只有涓涓細流的泉水分布情況。還去請教卡雷嘉騎士律師。

「噢，對！」卡雷嘉一邊拍打自己的腦門一邊說。「可以興建水池！可以築堤！我們得好好計劃計劃！」靈感泉湧的他開心地又叫又跳。

科西莫讓卡雷嘉負責工程的設計和計算，自己則去聯繫私人樹林的地主、公有樹林的承包工人、伐木工人和燒炭工人。大家聚集起來，聽卡雷嘉騎士律師指揮（或者可以說，是不能再混沌度日、被迫指揮大家的卡雷嘉騎士律師聽他們的指揮），科西莫則在高處監工，建造多個蓄水池，如此一來不管什麼地方發生火災，都知道可以去哪裡取水滅火。

這樣還不夠，必須組一支滅火小隊，一有警示就立刻排成一列將裝了水的木桶一個個傳遞出去以阻止火勢蔓延。還成立了類似民兵的組織，負責輪班站崗及夜間巡邏。這些人是科西莫從歐布洛薩的農民和工匠中招募來的。一如所有組織，隊員很快就凝聚出一股士氣，小隊之間則有一種不服輸的良性競爭心態，覺得自己準備好要大展身手。就連科西莫也感受到新的力量和自信，他發現自己有能力號召群眾，並擔任領導角色。幸運的是，他從未濫用這個能力，終其一生只有少數幾次，因為事關緊要才站出來，而且都成果斐然。

於是他明白，團隊能讓人更強大，而且能凸顯個人才幹，讓人體會獨自一人很難體會到的快樂，他發現原來有這麼多誠實、能幹的好人，他們應該追求更好的人生（反之如果一個人生活，往往會看到相反的結果，看到人的另外一面，需要你時時警惕準備拔劍出鞘）。

總之，火災頻傳的那個夏天很美好，雖然有一個讓大家掛心的共同問題需要解決，但每個人都把這個問題放在個人利益前面，發現自己能與他人和睦相處，跟許多優秀的人互相尊重，從而獲得極大的滿足感。

後來科西莫知道當那個共同問題不復存在，團隊就不像之前那麼好了，更適合獨自一人而非當領導。不過那個夏天他是領導者，跟平日一樣，每天晚上一個人待在樹上，守著樹林站崗。

他在樹梢上準備了一個鈴鐺，只要發現有火苗竄起，就搖鈴鐺向遠方示警。靠這個系統，發生了三、四次火災，他們都成功及時撲滅，拯救了樹林。因為涉及預謀縱火，最後抓出了罪魁禍首，是烏加索和貝洛雷那兩個匪徒，被判流放他鄉。八月底開始下大雨，火災危機宣告結束。

那時候在歐布洛薩說到我兄長，大家都交相稱讚。讚美之詞甚至傳到我們家：「沒想到他這麼厲害」，「至少，他這些事做得不錯」，像是要對不同宗教信仰、或不同立場的人做出客觀評論的語氣，同時想要展現自己很開放，能理解與自己背道而馳的理念和想法。

我母親聽到這些消息的反應很直接：「他們有武器嗎？」她問的是跟科西莫一起行

動的滅火小隊。「他們有操練嗎？」她想的是如果建立一支武裝民兵組織，遇到打仗的時候，可以加入正規軍一起作戰。

我們父親則默默聆聽，搖著頭，不清楚是聽到這個兒子的消息覺得心痛，或是表示認同，且深受這些恭維之詞觸動，想著可以再次對這個兒子寄予厚望。我想應該是後者吧。因為幾天後他騎馬出門去找科西莫。

他們相遇的地方十分空曠，周圍有一排小樹。男爵大人騎著馬上上下下繞了兩、三圈，始終沒有抬頭看兒子，但實際上他看到了。坐在最高那根枝椏上的男孩往下跳啊跳，離男爵越來越近。等他來到父親面前，便摘下草帽（夏天會換掉那頂貓毛帽）說：

「早，父親大人。」

「早，孩子。」

「您一切都好嗎？」

「年歲與遺憾同增。」

「很高興看到您依舊英姿勃發。」

「科西莫，我有話對你說。我聽說你近日忙於為公眾服務。」

「父親大人，我想守護我住的這片樹林。」

「你可知部分樹林是我們家的財產，是你已故的祖母伊麗莎白留下來的？」

「知道，父親大人，貝里歐區那片樹林，有三十棵栗樹、二十二棵山毛櫸、八棵松樹和一棵楓樹。我有歷年所有測量圖的副本。身為樹林所有人的家族成員，我希望能收集所有相關資料予以保存。」

「很好。」男爵大人對這個回答很滿意，接著說：「聽說你那個團隊裡面有麵包師傅、菜農和打鐵匠。」

「父親大人，不只有他們，包括各行各業人士，重在誠信。」

「你知道如果你有公爵頭銜，可以指揮所有下屬的貴族嗎？」

「我知道當我比別人有想法，把這些想法告訴別人，而他們願意接受的時候，我就是指揮。」

「既然今天身為指揮，還需要待在樹上嗎？」這是男爵沒有說出口的話。再爭執這一點有何用？他嘆一口氣，陷入沉思，之後他解下掛在腰間的劍。「你年滿十八歲……已經是成年人了……我沒有多久好活……」他用雙手握住那把扁平的劍。「你可記得你是多隆男爵？」

「記得，父親大人，我記得我的名。」

「你能否配得上你的名和頭銜？」

「我會盡力不辱其名，德配其位。」

「這是我的劍，你拿去。」男爵踩著馬蹬站起來，在樹上的科西莫彎下腰，父親將劍配戴在兒子身上。

「謝謝，父親大人……我保證不會辜負這把劍。」

「再見了，孩子。」男爵調轉馬頭，輕輕一抖轡繩，緩緩離去。

科西莫猶豫了一會兒，不知道該不該拔劍致意，又想父親給他這把劍是讓他自衛，不是為了炫耀，決定讓劍留在劍鞘裡。

第十五章

那段時間，科西莫跟卡雷嘉騎士律師往來頻繁，發現這個叔叔的行為有些怪異，跟以往不同，至於是變得更怪或更正常見仁見智。他旁若無人的狀態似乎不再是因為心不在焉，而是因為滿腦子只有一個念頭。他比以往健談，以前孤僻的他從來不進城，現在卻一天到晚待在碼頭，不是混在人群中，就是坐在堤岸邊跟年老的船東和水手閒聊船隻進出，或是海盜惡行。

歐布洛薩沿海一帶仍有北非海盜船出沒，擾亂我們的海上交通。不過近來海盜不像以前那麼囂張，以前海盜會把人擄走當作奴隸賣去突尼西亞或阿爾及利亞，或削掉人家的鼻子和耳朵。現在那些回教徒一旦追上歐布洛薩的單桅三角帆船，只會搶走貨物，例如一桶桶鱈魚乾、荷蘭乳酪和一包包棉花等等。有時候我們的船比較快，不但能逃過一劫，還能發射火炮攻擊海盜船船桅。海盜會回敬吐口水、不雅手勢和髒話連篇。

總而言之，這樣的海盜行為還算客氣，之所以持續不斷搶劫是因為某些北非國家官員認為我們的商人和船東有幾次交易讓他們覺得沒有獲得應有的尊重，甚或被騙，必須討回公道。因此他們想辦法透過暴力搶劫慢慢彌補損失，但同時間繼續與我們進行貿易協定談判，有爭執也有協商。所以雙方都無意撕破臉，航海固然充滿重重風險和危機，但不會再有悲劇發生。

我接下來要說的故事是從科西莫那裡聽來的，有很多不同版本，我選擇了細節最多、最不合邏輯的那一個，儘管我兄長敘述他的冒險故事時，肯定會加油添醋，但我沒有其他故事來源，只能盡量忠實轉述他說的內容。

科西莫為了守望樹林火災，養成習慣半夜不睡，一天晚上他看到有燈光從山谷往下移動。他不出聲，在樹上悄悄跟在後面，發現那個人是艾內亞・西維歐・卡雷嘉，他頭戴氈帽身穿長袍，提著一盞燈籠疾速前進。

通常跟母雞一樣很早就寢的騎士律師三更半夜不睡覺在外面做什麼？科西莫跟著他，小心翼翼避免發出聲音，雖然我兄長知道當卡雷嘉走得那麼急，就對外界充耳不聞，目視範圍只有眼前數寸。

卡雷嘉從騾道和捷徑走到海邊卵石灘上，拿起燈籠搖晃。那晚沒有月亮，海面一片漆黑，只見近處幾朵浪花拍打激起的泡沫。科西莫在一棵松樹上，跟岸邊有點距離，因為那裡樹木稀少，想要藉由枝椏移動難度高。但他在高處能清楚看見那個戴著圓筒氈帽的小老頭站在荒涼海灘上，朝大海搖晃燈籠，漆黑海面上突然出現另一盞光回應他，而且距離不遠，彷彿剛剛才點亮，隨即就出現一艘搖槳的黑色方帆小船，跟歐布洛薩的船長得不一樣，準備靠岸。

隨海面起伏的燈光下，科西莫看見那些男人頭上綁著穆斯林頭巾。幾個人留在船上划動船槳以免小船隨波漂走，其他人下了船，他們身穿寬大的紅色燈籠褲，腰間掛著閃亮的彎刀。科西莫瞪大眼睛豎起耳朵，叔叔和那些北非人低聲交談，他不知道那是什麼語言，但又好像能聽懂幾個字，顯然那是著名的通用語[26]。科西莫時不時聽見卡雷嘉用我們母語說的單字出現，只不過混雜在其他聽不懂的單字之間。聽得懂的單字是我們的船隻名稱，屬於歐布洛薩船東的單桅三角帆船或雙桅帆船，或是經常往返於歐布洛薩和其他港口之間的船隻名稱

不難猜到卡雷嘉說了什麼！他將歐布洛薩船隻的出發和抵達時間、船上載運的貨物、航線及配備哪些武器告訴海盜後，隨即轉身快步離去，顯然已把他知道的全都交代完畢，那些海盜則重新登上小船駛入漆黑大海。從他們碰面匆匆結束來看，這樣交換訊

息應是常態。不知道海盜從什麼時候開始根據我們叔叔提供的消息埋伏作案！

科西莫在松樹上發呆，無法離開，離開那空無一人的海灘。起風了，海浪拍打岸邊，松樹枝葉搖曳發出嗚咽聲。我兄長牙齒打顫，不是因為寒冷，而是因為這個沮喪發現叫他心寒。

我們小時候總覺得那個靦腆的神祕小老頭鬼鬼祟祟，後來科西莫以為自己漸漸學會欣賞卡雷嘉的優點並對他心生同情，豈料他是個不可原諒的叛徒，忘恩負義。家鄉接納了一生中犯錯無數、一事無成的他，而他卻恩將仇報……為什麼？他太懷念自己去過的那些國家和相處過的那些人，懷念他人生中曾經擁有過的快樂時光，所以選擇這麼做？還是他對自己家鄉充滿怨恨，任何一點小事都讓他覺得委屈？科西莫內心掙扎，想跑去告發卡雷嘉從事間諜活動好讓歐布洛薩的商人免於財物損失，但又想到我們父親會多麼心痛，因為他對這個同父異母弟弟畢竟有手足情誼。科西莫忍不住想像卡雷嘉被警察包圍戴上手銬，走在分立兩側的歐布洛薩居民中間被人辱罵，最後被帶去廣場，用繩索套住他的脖子，將他吊死……。在為死去的強・德伊・布魯格守夜後，科西莫向自己發誓他再也不去執法現場。結果這次他卻得決定自己親人的生與死！

科西莫整晚憂思忡忡飽受折磨，第二天瘋狂地在枝椏間走跳，在樹上吊單槓，抱住樹幹滑行，每當他心裡有事的時候都這樣。最後他做出決定，選擇折衷之道：嚇阻海盜和叔叔，讓他們中止不當往來，但不訴諸法律。他夜裡會守在同一棵松樹上，帶著三、四把上了膛的長槍（為因應各種狩獵需要，他擁有的武器數量堪稱軍火庫），等卡雷嘉跟海盜碰面，他就連續開槍讓子彈呼嘯飛過他們腦袋上方。聽到槍響，海盜和卡雷嘉應該會各自逃跑。卡雷嘉向來膽小，懷疑自己被認出來，加上確認那片海灘遭人監視，就不會再輕易跟那群海盜接觸。

說到做到。科西莫帶著槍在松樹上等了兩晚，結果不見任何動靜。第三晚，戴著圓筒氈帽的小老頭跌跌撞撞小跑步出現在海岸邊，舉起燈籠打信號，小船載著綁頭巾的水手靠岸。

科西莫的手指扣住扳機，沒有開槍，因為這次情況不同。他們短暫交談後，其中兩個海盜下船上岸對小船比劃手勢，其他人開始從船上卸貨，有木桶、木箱、包裹、麻布袋、玻璃罈和裝滿乳酪的板車。來的不止一艘船，而是很多艘船，全都載滿貨物，還有一排戴著頭巾的搬運工在海灘上蜿蜒前進，前面領隊的是我們叔叔，他搖搖晃晃小跑步來到礁石間一個洞穴前，那群海盜將顯然是最近幾次搶劫得來的所有戰利品搬進去。

為什麼要載來這裡呢？釐清來龍去脈不難：由於北非船隻在我國港口下錨停靠（雙

方的互動除了海上搶劫之外，也有合法生意往來），必須接受海關盤查，所以得將搶來的貨物藏在安全的地方，返航時再取出，如此便能證明自家船隻與最近的海盜搶劫無關，穩固雙方正常的貿易關係。

這個背景自然是後來才查明的，當時科西莫沒想那麼多。海盜將寶藏藏在洞穴裡，之後上船離去，把寶藏留在那裡，得想辦法儘快占為己有。我兄長原本想去叫醒歐布洛薩的商人，因為他們應該是這些貨物的合法所有人。但是他隨即想起樹林裡跟家人一起挨餓的那些燒炭工人。科西莫毫不猶豫朝著貝嘉莫人蓋在灰色空地上的那些簡陋棚屋狂奔而去。

「起來！快跟我來！我發現了海盜的寶藏！」

靠樹枝和布幔撐起來的棚屋裡先傳出嘆氣聲，然後是咳痰聲，再來是咒罵聲，最後才有人驚呼一聲，開口問道：「是黃金？還是白銀？」

「我沒看清楚……」科西莫說。「但是聞味道，我覺得應該有很多鱈魚乾和羊奶乳酪！」

聽他這麼說，樹林裡所有人都爬起床。有槍的帶槍，其他人有的帶斧頭、烤肉叉、鐵鍬或鋤頭，最多人帶的是可以裝東西的容器，包括快散掉的煤炭簍子和黑漆漆的麻布袋。大家列隊前進。「喃！哈！」婦女頭上頂著空籃子，小孩頭上套著麻布袋，一起舉著火把下山。科西莫從林間松樹跳到橄欖樹，再從橄欖樹跳到海濱松樹。

他們走到岬角，轉彎就會看到洞穴，一棵歪斜無花果樹梢上突然出現一個身穿白衣的海盜，他舉起彎刀高聲喊叫示警。科西莫一個箭步跳到強盜上方的枝椏，拔劍刺向那人腰間，直到他墜入懸崖。

幾個海盜首領在洞穴裡開會。（科西莫之前只顧著看他們卸貨，沒注意有人留在裡面。）聽到把風的強盜叫嚷，走出來發現自己被一群男男女女包圍，他們臉上都是煤灰，頭上套著麻布袋，手中握著鐵鍬。海盜高舉彎刀往前衝企圖殺出一條生路。「喃！哈！」「阿拉保佑！」雙方開打。

燒炭工人人數多，但是海盜武器精良。儘管如此，殊不知彎刀的剋星就是鐵鍬。噹！噹！摩洛哥打造的刀刃紛紛捲曲缺角。槍呢，槍會發出巨響和濃煙，但一無所獲。有幾個海盜（應該是軍官）手中的槍十分美麗，全都雕鏤精緻花紋，但是火藥在洞穴裡受潮無法點燃。反應快的燒炭工人用鐵鍬敲擊海盜首領的腦袋出手奪槍，但是那些北非人戴著頭巾，鐵鍬彷彿敲在枕頭上，還不如用膝蓋頂對方的肚子，因為海盜的肚臍眼裸露在外面。

眼見手邊最不虞匱乏的武器是石頭，燒炭工人開始朝海盜丟石頭，北非人同樣回丟石頭。有了石頭，這場對峙看起來變得比較井然有序。而且燒炭工人被洞穴裡的鱈魚乾味道吸引，越來越急著衝進去，而那些北非人則想要逃向停靠在岸邊的小船，雙方其實都沒有強烈意願繼續打下去。

打到一半，貝嘉莫人發動猛攻終於打開進入洞穴的路，北非人原本還在抵擋如冰雹般落下的石頭，突然間看到通往海邊的路暢通無阻。何苦繼續應戰？不如趕快揚帆離去。

實際上是貴族軍官的三個海盜首領登上小船後，連忙解開風帆。科西莫從岸上最近的那棵松樹縱身一躍跳上船桅，伸手抱住橫帆，用膝蓋緊緊夾住桅桿倒掛著拔出他的劍。那三個海盜高舉彎刀，我兄長左劈右砍讓他們手忙腳亂。還停靠在岸邊的小船一下往這邊倒一下往那邊傾斜。月亮在那一刻升起，照亮男爵送給兒子的劍和北非人手中的彎刀。我兄長從桅桿往下滑一劍刺入其中一名海盜胸口，對方落海。他跟蜥蜴一樣敏捷邊往上爬邊揮劍擋開另外二人的攻擊，之後再往下滑刺穿第二人，重新往上爬時跟第三人激烈交戰，當他第三次下滑，對手被他一劍穿心。

那三名軍官漂在水面上，大鬍子跟海藻糾纏不清。其他海盜在洞穴口被石頭和鐵鍬圍攻不知所措。科西莫還在小船桅桿上，得意洋洋環顧四周，這時卡雷嘉像尾巴著了火的貓從洞穴裡衝出來，原來他一直躲在裡面。他低著頭跑向海灘，用力一推讓小船離開岸邊，他再跳上去抓起船槳奮力往海中划。

「騎士大人！您在做什麼？您瘋了？」科西莫緊抓著桅桿。「快划回去！我們要去哪裡？」

艾內亞．西維歐．卡雷嘉置若罔聞。他顯然想划去海盜主船以求自保。勾結外患罪行已經瞞不住，他若留下來肯定會被送上絞刑臺，所以只能奮力划船。科西莫雖然手中握著劍，但是面對手無寸鐵、身體虛弱的卡雷嘉，不知道該怎麼辦。他心裡並不想對長輩動手，更何況要接近卡雷嘉就得離開桅桿下到船身，如此一來是否形同離開樹，還是當他從松樹跳到桅桿上的時候就已經違背了他心裡訂定的法則？這個問題在那一刻對他而言太複雜，他索性什麼都不做，跨坐在桅桿上，隨波逐浪，任憑微風將船帆吹得鼓起來，任憑小老頭繼續划船。

這時科西莫聽見一陣吠叫，欣喜若狂。在先前的混戰中，他沒看到了不起的馬西莫，現在牠趴在船底對他搖尾巴，彷彿什麼事都沒發生過。科西莫心想，其實無須憂慮，他跟家人在一起，有叔叔，還有他的小狗，一起乘船出遊，在樹上住了那麼多年，換個環境倒也有趣。

月光照著海面。卡雷嘉累了，划槳划得很吃力，哭了起來。他開口說：「啊，賽伊拉……啊，阿拉真主，阿拉真主，賽伊拉……啊，賽伊拉，阿拉保佑……」他莫名其妙說起了土耳其語，一邊哭一邊重複科西莫沒聽過的女子名字。

「騎士大人，您說什麼？你怎麼了？我們到底要去哪裡？」科西莫問他。

「賽伊拉……啊賽伊拉……阿拉真主，阿拉真主……」小老頭繼續念念叨叨。

「賽伊拉是誰，騎士大人？您要渡海去找賽伊拉？」

艾內亞．西維歐．卡雷嘉點點頭，淚眼婆娑說著土耳其語，還對著月亮大喊「賽伊拉」。

科西莫在腦袋裡開始琢磨「賽伊拉」這個名字。或許靦腆神祕的卡雷嘉內心深處的祕密即將揭曉。如果他要去海盜船上的目的是為了跟賽伊拉相聚，這名女子應該身在奧圖曼帝國某個地方。或許卡雷嘉這輩子都對她念念不忘，或許她是他失而不復得的幸福，所以他才會那麼投入養蜂事業和引水道設計。或許她是他的情人，是他之前在土耳其的新娘，隱居在海外某處花園裡。又或許她是他的女兒，分別時她還是個小女孩。說不定為了尋找賽伊拉的蹤跡，卡雷嘉多年來一直試圖跟停泊在歐布洛薩港口的土耳其船隻或摩爾人船隻建立關係，而他們終於向他提供了她的消息。或許卡雷嘉得知她淪為女奴，為了替她贖身，只好接受對方提議洩漏歐布洛薩的船隻航海訊息，或對方以此作為讓他登船駛向賽伊拉所在國度的條件。

如今卡雷嘉的陰謀被揭穿，被迫逃離歐布洛薩，那些北非人沒辦法拒絕帶他走，送他去見她。他焦慮且凌亂的言談間有希望，有懇求，也有害怕，害怕這次期待又落空，害怕厄運再度讓他和他所愛的人分隔兩地。

他划不動船槳了，這時有陰影逼近，是另一艘海盜接駁船，或許他們在主船上聽見岸上的打鬥聲，所以派人來巡視。

科西莫往下滑到桅桿中央，躲在船帆後面。卡雷嘉以通用語放聲大喊，還張開雙臂要對方接他過去帶他回主船。他的要求得到回應。兩名戴著頭巾的嘍囉在離卡雷嘉夠近的時候一把抓住他的肩膀，把瘦小的他整個人拉起來拖到他們的小船上。而科西莫所在的那艘小船因為反作用力被推開，船帆被風一吹，原以為死到臨頭的他逃過一劫。

被風吹遠的科西莫聽見從海盜小船上傳來爭執聲。那兩個北非人罵了一句話，聽起來像是「叛徒！」而小老頭只會跟笨蛋一樣不斷重複：「啊，賽伊拉！」不難想像卡雷嘉並未被善待。他們顯然認為卡雷嘉要為洞穴遭到埋伏負責，也要為戰利品的損失和他們同伴的死負責，指控他背叛了他們……。只聽一聲慘叫，隨即撲通一聲，之後一片死寂。科西莫想起他父親叫喚叔叔的聲音，彷彿此刻就在耳邊：「艾內亞．西維歐！艾內亞．西維歐！」男爵一邊喊一邊在田裡追著自己同父異母的弟弟。科西莫把臉埋進船帆裡。

他重新爬回桅桿頂端，好觀察那艘小船往哪個方向去。他看到一個東西在海上載浮載沉，被水流帶著走，不知道是什麼東西，像是浮標，但是浮標長了尾巴……。當月光灑落其上，科西莫才看清那不是東西而是一顆頭顱，頭上戴著繫有蝴蝶結的圓筒氈帽，仰面朝天，嘴巴大開，他認出了卡雷嘉騎士律師不管看什麼總是表情驚愕的那張臉，鬍子以下泡在水裡看不見。科西莫大喊：「騎士大人！騎士大人！您怎麼了？您怎麼不上船？快抓住船舷啊！我現在就拉您上來！」

叔叔沒有反應，在水中漂過來，漂過去，瞪大眼睛看著天空眼神空洞。科西莫說：「快，了不起的馬西莫！你游過去咬住騎士大人的後頸！去救他！快去救他！」

小狗聽命跳進海裡，想辦法用牙齒咬住小老頭的後頸，屢次失敗後改咬他的鬍子。

「了不起的馬西莫，我叫你咬後頸！」科西莫很堅持。但是等小狗咬著卡雷嘉的鬍子把頭顱推到小船邊，他才發現叔叔頸部以下是空的，沒有身體，什麼都沒有，只剩那顆頭顱，艾內亞．西維歐．卡雷嘉被彎刀一刀切下來的頭顱。

26 通用語（lingua franca），中世紀時期在地中海地區，來自不同語言背景的商人和外交人員為溝通因應而生的一種混合語言，融合了義大利語、西班牙語、阿拉伯語等。

第十六章

卡雷嘉騎士律師的故事在科西莫口中變成另一個版本。風將科西莫躲藏的那艘小船吹向岸邊，了不起的科西莫拖著那顆頭顱跟在後面。他靠繩索快速移動回原先那棵松樹後，俯視著應他呼喚而來的燒炭工人，說了一個相當簡單的故事：騎士大人被海盜綁架後遭到殺害。這個版本可以說是揣摩父親心聲後的結果，得知同父異母弟弟死去的消息，再見到令人心碎的遺骸，可以想見父親有多難過。科西莫自然不忍心告訴他叔叔背叛一事加劇他的痛苦。後來聽說父親陷入低潮走不出來，科西莫甚至還為叔叔捏造事實，說他為了打擊海盜私底下絞盡腦汁，長期戮力以赴，明知自己一旦被發現必死無疑。但是這個說法充滿矛盾破綻百出，因為科西莫還有另一件事得隱瞞，那就是海盜將搶來的戰利品藏在洞穴裡，而燒炭工人打算趁機占便宜。事情要是瞞不住，全歐布洛薩的人都會湧入樹林將被貝嘉莫人占為己有的那些貨物拿回來，並且視他們為盜賊。

等到一個星期後，科西莫確認燒炭工人已把所有東西都處理好，他才將洞穴那件事說出來。有人想去搬些貨物回來結果空手而返，燒炭工人早把一切均分完畢，臘腸、乳酪，就連鱈魚乾也切成一片片，他們用剩下的食材在樹林裡煮了一頓大餐，吃了整整一天。

我們父親老了許多，失去卡雷嘉的傷痛讓他的性格出現奇怪變化。他堅持不能讓這個同父異母弟弟的事業無疾而終，決定親自接手養蜂事業，他對自己很有信心，即便在此之前他從未近距離看過蜂箱。他向學過一點養蜂的科西莫討教，但他不是直接發問，而是把話題帶到養蜂然後聽科西莫怎麼說，之後再以自負不耐煩的語氣向農民複述，發號施令，彷彿那是大家本來就該知道的事。他避免太靠近蜂箱，害怕自己被叮螫，但又想讓大家知道他能夠克服恐懼，天知道他有多掙扎。他用同樣方式處理引水道，以完成可憐的卡雷嘉啟動但未完工的工程。如果能落實這項計畫是大功一件，因為那可憐的靈魂這輩子一事無成。

只可惜，男爵對這些實務工作遲來的熱情沒有持續太久。有一天他緊張兮兮地為蜂箱和水道事務兩頭忙，不小心動作太粗魯，導致幾隻蜜蜂朝他飛來。他一慌張，開始揮手驅趕，結果把一個蜂箱打翻，飛出一大群蜜蜂追著他跑。他慌不擇路，跌入正在引水的一條渠道中，大家把他拉出來時，他已經全身溼透。

父親生病臥床，他發燒一方面是因為被蜜蜂叮螫，一方面是因為泡水著涼，躺了一個星期，後來雖然算是痊癒，但是他灰心喪志一蹶不振。

他總是賴在床上，對人生不再有任何依戀。不管他想做什麼都失敗，沒有人再提起公爵的事，他的長子已經成年依然住在樹上，他同父異母的弟弟被人殺害，女兒遠嫁，女婿一家比女兒更不討人喜歡，我年紀太小跟他無話可說，他妻子做事太果斷且說一不二。男爵開始胡言亂語，說耶穌會士佔據了他的家，所以他沒辦法離開房間，一如以往活得既痛苦又偏執，最後撒手人寰。

科西莫從這棵樹到那棵樹，跟著送葬隊伍一起前進，但是沒能進入墓園，因為柏樹枝葉太過茂密，攀爬屢試不成。他只能在牆外遙望，當我們所有人將握在手中的泥土丟向棺木時，他拋擲了一小段枝葉。我心想，每個人都跟父親始終隔著一段距離，就如同在樹上的科西莫。

現在科西莫是多隆男爵，但他的生活沒有改變。他會關心我們的資產權益，但是偶一為之。每當管家和佃農有事，永遠不知該去哪裡找他；當他們不想被科西莫看見的時候，他偏偏就在頭頂那棵樹上。

為了家族事業，科西莫比較常出現在城裡，待在廣場那棵巨大胡桃樹上，或靠近港口的那棵橡樹上。大家很尊敬他，稱呼他「男爵大人」，他有時會像年輕人那樣，故意擺出老成姿態，跟圍在樹下的歐布洛薩百姓閒聊。

科西莫依然會說叔叔的故事，每次版本都不同，他陸陸續續透漏叔叔與海盜勾結一事，但是為了避免引起公憤，他會補上賽伊拉的故事，彷彿卡雷嘉臨死前向他吐露一切，如此反而讓大家為那個小老頭的悲慘命運掬一把同情淚。

我想，因為科西莫逐次加入一些真相，讓原本全然虛構的這個故事越來越趨近於事實。有那麼兩、三次，他做得很成功，然而歐布洛薩百姓百聽不膩，而且不斷有新聽眾加入，大家都追問故事細節，他只好繼續增補內容、加長篇幅、誇大情節，加入新的人物和插曲，於是叔叔的故事完全走樣，變得比最初捏造的版本更虛假。

科西莫擁有一批聽眾，不管他說什麼都聽得目瞪口呆。他愛上了說故事，說他在樹上的生活，狩獵、大盜強．德伊．布魯格和小狗了不起的馬西莫都變成他說不完的故事主角。（這個科西莫人生回憶錄中許多插曲，都來自他當年應聽眾要求所說的故事，如果我所寫的看起來貌似杜撰或有違追求和諧的人性觀點和事實，還請大家見諒。）

舉例來說，一個遊手好閒的傢伙問他：「男爵大人，您真的從未離開過樹上嗎？」

科西莫回答道：「有過一次，我不小心爬到鹿角上。我以為我爬上一棵楓樹，沒想到那是一頭鹿，牠從皇家狩獵保留地逃出來，站在樹旁動也不動。鹿察覺我的重量壓在牠頭上，就衝進樹林裡。真的很慘！各種東西從四面八方刺向趴在鹿角上的我，有鹿角尖、荊棘，還有樹枝打在我臉上……那頭鹿一直掙扎，試圖把我甩開，但被我緊緊抱住……」

故事在這裡中斷，那個人追問：「大人，後來您怎麼解決的？」

科西莫每次說的結局都不一樣：「那頭鹿跑啊跑，跑去跟鹿群會合，看到牠頭上有一個人，有些鹿連忙逃走，有些鹿則好奇靠近。我舉起隨身攜帶的獵槍，朝我看到的每一隻鹿開槍，一共殺了五十隻……」

「我們這一帶怎麼會有五十隻鹿？」聽故事的其中一個遊民開口問。

「現在絕種了。因為被我射殺的五十隻都是母鹿，懂了嗎？每次我騎的那頭公鹿想要靠近一頭母鹿，我就開槍，母鹿應聲倒地不起。公鹿不明白原因，十分絕望。然後……牠決定自殺，跑到高處一塊岩石上往下跳。我及時抓住長在岩壁上的一棵松樹，今天才會在這裡！」

另外一個版本是，兩頭公鹿糾纏決鬥，用鹿角互相撞擊，每撞一次他就從這個鹿角跳到另一個鹿角上，直到有一次撞擊力道太大，他竟被彈到一棵橡樹上……

總而言之，他陷入一種說書人的執念，不知道是自己真實經歷過的故事比較美，還是虛構的故事比較美。前者會喚醒往日記憶，再次徜徉在曾經度過的時光汪洋中，充滿細微的情感、疲憊、快樂、不安、虛榮和自厭，後者可以大刀闊斧刪減，讓一切看起來都很容易，但是會漸漸發現故事說得越天花亂墜，就越接近真正發生過的事，或在現實生活中才會發生的事。

那個年紀的科西莫因為想說故事所以渴望體驗生活，他覺得自己經歷不足以拿來說故事，於是他去狩獵，離開數週後回到廣場大樹上，抓著貂、獾和狐狸的尾巴，對歐布洛薩的百姓說新故事，那些真實故事說著說著就變成虛構的，而虛構的故事說著說著，也就成真了。

但在這個執念背後，其實有更深層的不滿足和缺憾，他在尋找願意傾聽他的人，那是不一樣的追求。科西莫不識愛情滋味，人生體驗中少了愛情，算什麼人生？若還不知道生命是什麼，冒生命危險又有何意義？

歐布洛薩廣場上有農家女和漁婦走過，仕女們坐著馬車經過，科西莫在樹上看著她們，不明白為何她們都有他正在尋找的某些東西，但始終少了點什麼。天黑後家家戶戶點亮燈，科西莫孤身一人在樹上瞪著貓頭鷹般的黃色眼睛，開始幻想愛情。他對那些在籬笆後面和樹林間幽會的男男女女既羨慕又嫉妒，目不轉睛盯著看直到他們消失在黑暗中，但如果他們躺在他藏身的樹下，他會害羞逃走。

為了克服害羞問題，他決定先觀察動物的愛情。樹上世界到了春天時節便處處成雙成對：松鼠相愛的種種動作和吱吱叫聲跟人類神似，小鳥拍打著翅膀交配，蜥蜴的尾巴交纏連體奔跑。豪豬身上的刺彷彿也變柔軟，擁抱時更甜蜜。了不起的馬西莫並不因為自己是全歐布洛薩唯一一隻臘腸狗而氣餒，追著體型高大的牧羊犬或狼狗示愛，自負且大膽，相信自己天生就討人喜歡。有時候牠被咬得遍體鱗傷回來，但只要成功一次就足以彌補所有挫折。

科西莫跟了不起的馬西莫一樣，在同類中特立獨行。在科西莫的白日夢裡，有好幾個美少女愛他，問題是他人在樹上，要如何遇見愛情呢？他胡思亂想時，不再想著那些事情會在哪裡發生，是在地上或是在樹上，在他想像中那是一個無境之境，是得往上而非往下才能到達的世界。或許那裡也有一棵這麼高的樹，再往上爬就能觸碰到另一個世界，觸碰月亮。

在廣場上跟大家閒聊成為習慣，但是科西莫對自己越來越不滿意。一天在市集上出現一個人，來自鄰近城鎮歐利瓦巴薩。這個人說：「噢，你們這裡也有西班牙人啊！」有人問他什麼意思，他回答道：「在歐利瓦巴薩有一群西班牙人也住在樹上！」科西莫坐立難安，決定穿越樹林趕往歐利瓦巴薩。

第十七章

歐利瓦巴薩是一個內陸城鎮，科西莫歷盡艱辛穿過幾處罕見植物區域，花了兩天時間抵達。途中遇到從未見過他的居民，有人驚呼，有人在他背後朝他扔石頭，因此他行進間盡可能不讓人看見。不過科西莫快到歐利瓦巴薩的時候，發現有樵夫或犁田農夫或採橄欖的婦人看到他，非但未流露出絲毫驚訝，男人還會脫帽向他致意，好像大家都認識他。他們開口說的不是當地方言，腔調很奇怪，是西班牙文：「先生！早安，先生！」

那時候是冬天，有些樹木只剩枯枝，歐利瓦巴薩鎮上有兩排梧桐樹和榆樹，我兄長走近後看見光禿禿的枝椏上有人，每棵樹上有一至三個人，或坐或站，神情嚴肅。他跳了幾步去到他們面前。

樹上的男子衣著華貴，頭戴綴有羽飾的三角帽，身披寬大斗篷；女子擺出貴婦姿態，頭戴面紗，三三兩兩坐在枝椏上，有幾個在刺繡，手臂靠著樹枝，偶爾傾斜上半身往下張望後，彷彿坐在窗臺旁。

幾名男子向科西莫打招呼，帶著會心苦笑：「早安，先生！」科西莫也脫帽彎腰行禮。

他們之中看起來最有威嚴的那人大腹便便，整個人卡在梧桐樹一處樹杈裡，看起來難以脫身，像得了肝病臉色蠟黃，雖然年事已高但剃完鬍子殘留的鬍渣是黑色，未染風霜，他似乎正在詢問身旁那個面容削瘦憔悴、同樣一臉黑色鬍渣的黑衣男子，在樹上朝他們走來的那個陌生人是誰。

科西莫心想，這時候他應該自我介紹。

他站上大腹便便男子所在的那棵梧桐樹，彎腰行禮後說：「在下科西莫・皮歐瓦斯克・迪・隆多男爵。」

「隆多斯？隆多斯？」那人說。「您來自亞拉岡？還是加利西亞？」

「不是。」

「那是加泰隆尼亞？」

「也不是，我是本地人。」

「您也遭到流放？」

那個瘦高個男人覺得有必要出面翻譯，浮誇地說：「瓜塔穆拉及托巴斯科的菲雷德里克・阿隆索・桑切斯殿下問的是，閣下是否同為流放者，因為您也在樹上不下地。」

「不是，應該說我不是被他人下令流放的。」

「所以您在樹上旅行是因為好玩？」

翻譯說：「菲雷德里克・阿隆索殿下屈尊下問，您選擇樹上行走僅是為了個人樂趣？」

科西莫想了想，回答道：「因為我適合在樹上生活，沒有人強迫我。」

「您樂在其中！」菲雷德里克・阿隆索・桑切斯說。「我們苦不堪言，苦不堪言啊！」

黑衣男子越說越浮誇：「殿下大人脫口而出說，跟我們受到的限制相比，您何其幸運能享有如此自由，我們卻只能遵從上帝旨意任由祂安排。」說完，他在胸前畫了一個十字。

於是，在桑切斯王子的感嘆和黑衣男子的鉅細靡遺說明中，科西莫釐清了這群人住在樹上的緣由。他們是西班牙貴族，為了封地權益問題與國王卡洛斯三世抗爭，因此全家遭到流放。他們來到歐利瓦巴薩後，被禁止繼續前進，原來根據早年與西班牙國王簽訂的一紙協議，此地不得收容遭西班牙流放之人，也不能讓他們經過。那些貴族家庭面臨的困境難解，歐利瓦巴薩地方官不想跟外國使節交惡，也無意刁難那些富裕的旅人，有鑑於協議中載明被流放者不得「踏上歐利瓦巴薩的土地」，雙方妥協的結果是只要他們待在樹上，就算符合規定。於是地方政府提供木梯，等這些貴族爬上梧桐樹和榆樹後再撤掉。他們已經在樹上住了幾個月，一心期盼著宜人氣候、卡洛斯三世頒布特赦令和天意。他們花以前在西班牙的雙倍金額購買食物，帶動整個城鎮的貿易。為了把盤子搬上樹，他們裝設了幾個升降臺，在其他幾棵樹上則搭起頂蓬，好在下面睡覺。總之，他們把樹上布置得很舒適，或者應該說是歐利瓦巴薩的居民讓他們應有盡有，反正可以從中獲益。這群被流放的貴族整天無所事事，連根手指頭都不用動。

科西莫第一次遇到其他人住在樹上，提出許多實務上的問題。

「下雨的時候怎麼辦？」

「我們一直備受折磨啊！」

負責翻譯的是耶穌會蘇比丘・德・瓜達雷特神父，他的教會被西班牙驅逐出境，因此他也流亡至此。神父說：「有頂蓬保護，我們心中有主，感謝主的恩賜，使我們不虞匱乏……」

「你們會狩獵嗎？」

「有時候會用槲寄生黏液。」

「我們有人閒來無事，會在枝椏上塗抹槲寄生黏液。」

科西莫不厭其煩一再詢問他自己曾經遇到的問題，想知道他們如何解決。

「洗滌呢？你們如何洗滌？」

「洗衣服？交給洗衣女工！」菲雷德里克王子聳聳肩膀。

「我們會將衣服交給鎮上的洗衣女工。」蘇比丘神父說。「每週一把裝髒衣服的籃子垂吊下去。」

「不是，我是問如何洗臉洗澡。」

菲雷德里克王子嘟囔了幾句，聳聳肩膀，好像他從來沒想過這個問題。

蘇比丘神父覺得自己有必要說明：「殿下覺得這是個人隱私問題。」

「那，冒昧請問，你們如何解決內急問題？」

「鍋碗瓢盆。」

蘇比丘神父維持一貫謙遜語氣說：「是利用了一些小容器。」

科西莫向菲雷德里克王子告辭後，由蘇比丘神父帶著他到其他成員各自居住的樹上拜訪。儘管居住環境諸多不便，但這些貴族和仕女依舊維持著原本姿態和規矩。為了跨坐在枝椏上，幾名男子把馬鞍架在樹上，科西莫很喜歡這個主意，這些年來他從沒想過這個做法（他立刻發現馬鐙尤其有用，不然雙腳懸空時間久了會發麻）。還有人架起了海軍用的望遠鏡（他們其中一人曾是海軍司令），或許只是用來觀察其他樹上的人，因為好奇，或找些八卦話題。仕女和小姐都坐在他們親手刺繡的軟墊上，或做女紅（只有她們勤奮工作），或逗弄大貓咪。樹上有的貓很多，鳥也很多，不過鳥都關在籠子裡（應該是槲寄生黏液的受害者），有幾隻自由的鴿子會飛來停在少女手中，神情憂鬱接受撫摸。

在這個樹上沙龍裡，科西莫被奉為上賓。他們請他喝咖啡，然後聊起他們在塞維亞和格拉納達的宮殿，他們的領地、穀倉和馬廄，等他們有朝一日榮歸故里，會邀請科西莫去作客。這些人談起將他們流放的國王，既反感又敬仰崇拜，有時候會把他們家族對抗的那個人跟王權賦予他君主頭銜的那個人分開來。但有時候又會一時衝動把這兩個截然不同的思考角度刻意混為一談，所以每次話題談及他們的國王，科西莫都不知該如何是好。

這些流亡者的言行舉止都籠罩著悲傷和哀戚，多少跟他們的天性有關，也出於有意識的選擇，就像有些人為了未必能說服自己的信念奮鬥時，會故作姿態自欺欺人。

科西莫第一眼覺得毛髮過於茂密、皮膚有些暗沉的那些女孩流露的青春氣息，總是及時遭到壓抑。各自待在不同梧桐樹上的其中兩個女孩打起了羽毛球。嘀、嗒、嘀、嗒，然後輕輕驚呼一聲，原來是羽毛球掉落地面。一個當地小孩把球撿起來，要求兩個比塞塔金幣才願意把球丟上來。

最遠的一棵樹，是一棵榆樹，樹上的老人被稱為「伯爵」，他沒戴假髮，服裝樸實。蘇比丘神父往那棵榆樹前進時便壓低聲音說話，科西莫有樣學樣。伯爵不時用手臂撥開一根樹枝，望向丘陵斜坡和草地、荒地交錯一望無際的平原。

蘇比丘神父低聲跟科西莫說伯爵的兒子被卡洛斯國王關在牢裡，備受折磨。科西莫這才明白其他那些所謂被流放的貴族，必須三不五時提醒自己、反覆告訴自己究竟為何及如何淪落至此，而真正痛苦的只有那個老人。把樹枝撥開的動作或許是期待看見另一片土地出現在眼前，慢慢望向高低起伏的遼闊平原應該是希望永遠看不到盡頭，但能看見那個遙遠的國度。科西莫第一次知道真正的流亡者是什麼模樣，明白伯爵對那些貴族有多重要。是伯爵讓他們不致於離散，讓他們有存在的意義。他，或許在西班牙時是他們之中最沒有地位的，如今是最貧苦的，但也是他告訴他們應該承受怎樣的痛苦，應該盼望什麼。

拜訪結束後，科西莫在回程途中一棵赤楊樹上看見一位之前沒見過的少女。他兩、三步便跳過去那棵樹上。

那女孩有一雙極美的淡紫色眼眸，全身散發芬芳。她手中拿著一個水桶。

「我剛才見了所有人，怎麼沒見到你？」

「我去取井水了。」她微笑回答，手中的桶子微傾，水灑了一些出去，科西莫接過水桶。

「你可以離開樹嗎？」

「沒有，水井旁有一棵歪斜的櫻桃樹，我們把桶子垂吊下去取水。跟我來。」

他們走過一段枝椏，爬過一道院牆，她帶著他爬上櫻桃樹，來到水井上方。

「男爵大人，看到了嗎？」

「你怎麼知道我是男爵？」

「我無所不知，」她微笑道。「我妹妹立刻就把你去拜訪的事告訴我了。」

「你是說打羽毛球的那兩個嗎？」

「對，伊蕾娜和萊慕達。」

「她們是菲雷德里克殿下的女兒？」

「對。」

「那你叫什麼名字？」

「烏蘇拉。」

「你爬樹比其他人厲害。」

「我從小就爬樹，在格拉納達家中院子裡有很多大樹。」

「你有辦法摘下那朵玫瑰嗎？」樹梢上開了一朵爬藤玫瑰。

「沒辦法。」

「那我去摘給你。」科西莫將玫瑰花摘回來。

烏蘇拉笑著伸出雙手。

「我幫你別上。你想別哪裡？」

「頭上，謝謝。」她拉著他的手給自己戴上那朵花。

「你有辦法，」科西莫問她：「爬到那棵扁桃樹上嗎？」

「怎麼可能？」烏蘇拉笑了。「我又不會飛。」

「你等著看，」科西莫拋出一個繩套。「我用這根繩子綁在你身上，就能把你盪過去。」

「不要……我害怕。」但她還是掛著微笑。

「這些年我用這個方法四處旅行，全都一個人完成。」

「我的媽啊！」

科西莫把她送去扁桃樹上後，自己也跟過去。那棵扁桃樹不大，枝椏不茂密，他們兩個靠得很近。剛盪過去的烏蘇拉心有餘悸。

「嚇到了？」

「沒有。」其實她心跳很快。

「玫瑰歪了。」他幫她把花戴好。

兩人互相依偎，時不時彼此擁抱。

「嗯！」她輕聲說，然後，他主動，兩人接吻。

他們開始談戀愛，科西莫又驚又喜，烏蘇拉歡喜但鎮靜自若（對女孩兒言發生任何事都不是出自偶然）。科西莫期待已久的愛情就這麼突然降臨，甜蜜美好遠遠超出他之前所能想像。他對這樁好事的最新發現是原來愛情如此簡單，那一刻的他以為愛情永遠皆如是。

第十八章

桃樹、扁桃樹和櫻桃樹都開花了。科西莫和烏蘇拉整天待在繁花盛開的樹上消磨時間。就連他們旁邊那些愁眉苦臉的人，也被春光感染喜悅拋開鬱塞。

科西莫立刻受到那群流亡者的倚重，他教他們從這棵樹到另一棵樹上的各種方法，鼓勵所有貴族家庭成員擺脫端莊儀態開始動起來。他還搭了幾座繩橋，好讓年邁的流亡者也可以互相拜訪。總之，他在這群西班牙人身邊停留將近一年時間裡，貢獻了許多自己發明的設備，例如引水道、窯烤爐和毛皮製成的睡袋。熱衷於發明新東西的科西莫開始關注這些貴族的習俗，即便他們不認同他喜歡的那幾個作家的理念。他發現這群人信仰虔誠，渴望能定期告解，他便在樹幹上挖鑿一間告解室，讓削瘦的蘇比丘神父坐進去，隔著一扇裝上布簾的格子窗聆聽他們告解。

科西莫雖然著迷於工藝技術革新，但不足以讓他跳脫現行常規，他需要吸收新知。科西莫寫信給書商歐貝克，要求將最近寄到歐布洛薩的書轉寄到歐利瓦巴薩，這樣他就可以朗讀《保羅和維珍妮》[27]和《新埃洛伊斯》[28]給烏蘇拉聽。

這些流亡者常常在一棵參天橡樹上集會，起草寫給國王的信。這些信原本目的是憤怒抗議加上出言威脅，接近最後通牒。但討論到一半，其中某個成員提議應該溫順恭敬一點，結果最後變成苦苦哀求。他們謙卑地趴伏在尊貴的陛下腳邊祈求他原諒。

這時伯爵站起身，大家立刻安靜。伯爵仰望天空，開口說話，他聲音低沉顫抖，把心中所有話都說出來。當他重新坐下，其他人神情嚴肅不發一語。沒有人再提及懇求一事。

儼然成為流亡者一員的科西莫也參與了這些會議。他秉持年輕人的純真熱情，闡述哲學家理念，指陳君王的錯誤，認為必須以理性和正義治國。但是願意聽他的只有伯爵，伯爵雖然年邁但依然努力不懈試圖理解並做出反應。還有看過幾本書的烏蘇拉，以及幾個頭腦比較清楚的女孩。其他人簡直食古不化。

總之，伯爵不再成天望著風景發呆，開始看書。他讀盧梭的書有點吃力，很喜歡孟德斯鳩[29]，至少他跨出了一步。其他貴族完全不讀書，有人會瞞著蘇比丘神父偷偷向科西莫借《奧爾良少女》[30]，只為了看導致該書被禁的那幾頁。所以，在伯爵消化新知的同時，樹上會議開始朝另一個方向發展：他們打算回西班牙發動革命。

蘇比丘神父剛開始並未察覺任何不對勁。他本來就不是一個細心的人，被教會高階體系排除在外之後，對不斷更新的有毒思想更缺乏警覺性。不過他一搞清楚怎麼回事（有人說是他收到了來自主教的密信）之後就開始說魔鬼已經混入他們之中，只等降下閃電雷擊就會把樹上所有人燒成灰燼。

一天晚上科西莫被呻吟聲吵醒。他舉燈查看，發現伯爵被綁在他住的那棵榆樹樹幹上，蘇比丘神父正在拉扯繩結。

「住手！神父，這是怎麼回事？」

「孩子，宗教裁判所出手了！等這個邪惡的老頭子招認自己是異端，驅除魔鬼之後，下一個就輪到你了！」

科西莫拔劍斬斷繩索。「神父，你才要當心！世界上還有其他權力主張的是理性和正義！」

那位耶穌會士拔出斗篷下的劍。「隆多男爵，你們家族與我的修會還有一筆帳沒算！」

「我去世的父親沒說錯！」科西莫與神父正面交鋒。「耶穌會果然記仇！」

他們在樹上搖搖晃晃廝殺。蘇比丘神父劍術精湛，我兄長多次落入險境。打到第三回合的時候，伯爵終於振作起來，放聲大喊，其他流亡者驚醒後紛紛趕來，想在決鬥二人中間調停。蘇比丘神父立刻收起他的劍，假裝沒事安撫眾人情緒。

若換做其他任何一個團體，要讓所有人對如此重大事件緘默不語絕無可能，但是這群流亡者不同，他們只想息事寧人將所有雜念趕出腦袋外。菲雷德里克王子出面斡旋，讓蘇比丘神父和伯爵達成和解，日子一切如常。

科西莫自然起了戒心，當他和烏蘇拉在樹上漫步時總是懷疑自己被神父監視，他也知道神父跟菲雷德里克王子嚼舌根讓王子禁止烏蘇拉跟他交往。其實那些貴族自小接受的教育十分封閉保守，但是被流放，又住在樹上，他們對很多事都已不在乎。他們覺得科西莫是個不錯的年輕人，有貴族頭銜，積極任事，無人要求自願陪著他們待在那裡，雖然知道科西莫和烏蘇拉之間互生情愫，也看見他們常常走遠去果園摘花採水果，都睜一隻眼閉一隻眼不多說。

但是蘇比丘神父不樂見，菲雷德里克王子便不能再視而不見。他讓科西莫來他的梧桐樹上談一談，一身黑衣削瘦的蘇比丘神父旁聽。

「男爵，聽說你常常跟我們烏蘇拉在一起。」

「她教我說你們的語言，殿下。」

「你今年幾歲？」

「快十九歲。」

「好年輕！太年輕了！我女兒已到適婚年齡，你為何跟她出雙入對？」

「她才十七歲……」

「你準備『卡薩特』了嗎？」

「什麼意思？」

「小子，我女兒沒教好你的西班牙語。我是說，你想不想找個新娘，有個自己的家？」

蘇比丘神父和科西莫不約而同把手舉起來像是要阻止他再說下去。這番話並非神父預期聽到的，我兄長也感意外。

「我家……」科西莫環顧四周，指著高處的枝椏，空中的雲。「我四海為家，只要我爬得上去的地方，就是我的家……」

「我說的不是這個，」菲雷德里克．阿隆索．桑切斯王子搖搖頭。「男爵，等我們回去後，你若來格拉納達，會看到內華達山脈最富裕的封地。比這裡好。」

蘇比丘神父忍不住開口道：「殿下，這個年輕人是伏爾泰信徒……不能讓他跟您女兒來往……」

「呵，他還年輕，年輕人嘛，想法變來變去，等他結婚，等他成家，一切都會過去。來格拉納達吧，來吧。」

「感謝邀請……我會考慮……」科西莫手中轉著那頂貓皮帽，彎腰行禮後離去。他再見到烏蘇拉時顯得心事重重。「你知道嗎，烏蘇拉，你父親跟我說……他跟我說了一些事情……」

烏蘇拉嚇一跳。「他該不會要我們不再見面吧？」

「不是……他希望你們結束流放之後，我能跟你們回格拉納達……」

「哇！太好了！」

「可是，那個，我很喜歡你，但我一直住在樹上，我也想留在樹上……」

「噢，科西莫，我們那裡也有很美的樹……」

「我知道，可是跟你們回格拉納達，旅途中我勢必得離開樹，我一旦離開樹……」

「別擔心，科西莫，反正我們現在被流放，說不定得在樹上待一輩子。」

我兄長不再焦慮。

豈料烏蘇拉猜錯了。不久後菲雷德里克王子收到一封蓋有西班牙皇室封印的信。經仁慈的西班牙國王特赦，撤回流放令，遭流放的貴族可以返回家園，收回領地。梧桐樹上一陣騷動。「馬德里！加的斯！塞維亞！可以回家了！我們可以回家了！」

消息立刻傳入城裡。歐利瓦巴薩居民帶著梯子過來。那些流亡貴族有的爬下樹與大家一起慶祝，有的則留在樹上收拾行李。

「還沒結束！」伯爵高喊道。「我們不能放過宮廷！不能放過國王！」但是沒有一個流亡貴族理會他，所有仕女們擔心的是自己的服裝已經過時，必須重新訂製華服。伯爵只能對著歐利瓦巴薩居民侃侃而談：「你們看著好了，等我們返回西班牙，就要跟他們算帳！我跟這位年輕人誓言伸張正義！」他指著科西莫，科西莫一臉茫然，搖頭表示不知情。

菲雷德里克殿下被人抬下樹，回到地面。「下來吧，你這個奇怪的年輕人！」他高聲對科西莫說。「能幹的年輕人，下來吧！跟我們去格拉納達！」

科西莫蹲在樹上避而不答。

菲雷德里克王子說：「為什麼不去？我會待你如子！」

「流亡結束了！」伯爵說。「我們終於可以把長久以來謀劃的付諸行動！男爵，你還留在樹上做什麼？沒有理由啊！」

科西莫張開雙臂大喊：「各位，我比你們更早就待在樹上了，我會繼續留在這裡！」

「你退縮了！」伯爵高聲說。

「不，我要繼續對抗。」科西莫回答道。

第一批下樹的烏蘇拉跟兩個妹妹忙著把行李塞進馬車。她衝向科西莫那棵樹：「我留下來陪你！我留下來陪你！」隨即爬上梯子。

四、五個人攔住她，把她拉下來之後撤掉梯子。

「再見，烏蘇拉，祝你幸福！」科西莫看著她被人架上馬車離開。

歡快的吠叫聲響起。臘腸狗了不起的馬西莫在牠主人移居歐利瓦巴薩這段時間常常咆哮表達不滿，或許跟牠常常和西班牙人養的貓吵架也有關。現在牠很快樂。牠開始追逐被遺忘在樹上的那幾隻貓，應該是為了好玩，卻害牠們毛髮豎立對著牠嘶哈吼叫。

貴族們出發了，有人騎馬，有人坐馬車，有人坐禮車。路上空無一人，只有我兄長留在歐利瓦巴薩的樹上。樹枝上還殘留幾片羽毛、幾條緞帶或飾帶隨風飄揚，還有一隻手套、一把流蘇陽傘、一把扇子和一隻有馬刺的靴子。

27 《保羅和維珍妮》(*Paul et Virginie*)是法國作家聖皮埃爾(Jacques-Henri Bernardin de Saint-Pierre, 1737-1814)於一七三七年發表的短篇小說，描述在法國殖民地模里西斯長大的一對情侶遭女方家長拆散，女主角被送回歐洲後伺機搭船意欲返回模里西斯，遇到船難而亡。

28 《新埃洛伊斯》(*Julie, ou la nouvelle Héloïse*)是盧梭於一七六一年出版的書信體小說。借鏡中世紀法國神學家阿伯拉爾(Pierre Abélard)與女學生、後為隱修院院長的埃洛伊斯(Héloïse)之間歷經苦難、多靠書信往來維繫的戀情，描述男爵之女茱莉亞和普通人家出身的家庭教師聖普勒的戀情備受阻撓，女主角嫁人生子後似乎找到內心平靜，卻在與男主角重逢時再掀波瀾。後來她為拯救落水兒子一病不起，將子女教育委託給聖普勒。

29 孟德斯鳩(Montesquieu, 1689-1755)，法國啟蒙時期思想家、法學家，是西方國家學說和法學理論的奠基者。主張行政、立法、司法三權分立，鼓吹自由主義。

30 《奧爾良少女》(*La Pucelle d'Orléans*)是法國啟蒙運動時期哲學家、思想家及文學家伏爾泰(Voltaire, 1694-1778)未完成的嘲諷詩歌作品，以聖女貞德為主角，但與其他從愛國—宗教角度歌頌英雄的文學創作不同，引發諸多爭議。

第十九章

在一個滿月的夏夜裡，蛙鳴鳥叫聲中，隆多男爵再次出現在歐布洛薩。他似乎變得跟鳥雀一樣靜不下來，在樹上跳來跳去，愛管閒事，易受驚嚇，猶豫不決。

很快有傳言說，山谷對面一個叫柯齊娜的女孩是他的情人。她跟耳背的姑姑住在荒郊一間小屋裡，有一根橄欖樹枝椏經過窗前。廣場上的人無所事事，討論起兩人的關係。

「我看過他們，柯齊娜倚在窗前，科西莫在樹上。他像蝙蝠那樣張開雙臂揮動，她開懷大笑！」

「後來他就跳下樹！」

「胡說，他發過誓這輩子都不會離開樹……」

「呵，規則是他訂的，當然也可以破例……」

「欸，一旦開始破例……」

「才不是，我跟你們說，是她從窗臺爬上橄欖樹！」

「他們怎麼有辦法？樹上一點都不舒服……」

「他們才沒有怎樣。是他在追求她，或她在勾引他。但他並沒有離開樹……」有或沒有，他或她，窗臺、爬樹、枝椏……說不完的蜚短流長。現在單身或已婚女子只要抬頭看向任何一棵樹，她們的未婚夫或丈夫就會面露不悅。而這些女子只要一碰面就交頭接耳竊竊私語，她們談論對象是誰呢？是科西莫。

不管是或不是柯齊娜，我兄長不需要離開樹一樣能成好事。有一次，我看見他扛著一張床墊在樹上奔跑，跟平時看他肩膀上掛著獵槍、繩子、斧頭、背包、水壺、火藥袋一樣輕鬆自若。

一個名叫朵洛特雅的熱情女子向我坦承主動去找過科西莫，不是為了獲得什麼好處，只是想要了解。

「你了解了什麼？」

「噢！我很滿意……」

另一個名叫佐貝達的女子跟我說她夢見過「樹上的男人」（大家這麼叫他），不過這個夢境鉅細靡遺，我想應該是她的親身體驗。

我當然不知道這些故事後續如何，但是科西莫對女性應該有一定的吸引力。自從他跟那些西班牙人相處過，開始注意自己的打扮，不再像熊一樣裹著毛皮四處遊蕩，開始穿長褲搭配講究的燕尾服，頭戴英式禮帽，剃掉鬍子，戴上假髮。現在你可以從他的穿著判斷他是去狩獵，或是去幽會。

在歐布洛薩有一位我不便指名道姓的成熟貴婦（她還住在這裡的子女和孫輩恐怕會覺得有失顏面，但在當年這段情史無人不曉），總是獨自一人坐馬車出門，由年邁的馬車夫駕車，行經路線一定會經過樹林。走到一半，她便對馬車夫說：「喬維塔，樹林裡長滿蘑菇。你去把這個籃子裝滿再回來。」然後塞給他一個大簍子。那個患有風濕的可憐人只好爬下馬車，將簍子揹上肩，離開車道，撥開沾滿露水的蕨類，深入山毛櫸林間，彎下腰在落葉間尋找牛肝菌或馬勃菌。同一時間，馬車裡的貴婦消失無蹤，彷彿被人從天而降帶走，帶去車道上方的茂密枝葉中。其他細節不得而知，只知道不止一次有人碰巧經過看見一輛空馬車停在林中。莫名失蹤的貴婦之後突然出現在馬車裡，看起來嬌弱無力。等喬維塔滿身泥濘，帶著只裝有寥寥幾顆蕈菇的簍子回來，便重新出發。

這些風流艷史廣為流傳，也傳入常常聚會款待富家子弟的熱內亞幾位仕女耳中（我未婚時也曾與她們往來），於是有五位仕女動念想去拜訪男爵。據說有一棵橡樹，至今仍被稱為「五隻麻雀的橡樹」，我們老一輩的都知道背後故事。說故事的傑，是做麝香葡萄生意的商人，他說話向來可信。那是一個艷陽天，傑去樹林裡狩獵，他走到那棵橡樹下看到了什麼？那五位仕女被科西莫帶到樹上，一個在這裡，一個在那裡，赤身裸體，享受溫暖陽光，撐著小洋傘以免被曬傷，男爵就坐在她們之間，朗讀拉丁詩句，不過傑聽不出來是出自奧維德或盧克萊修[31]的作品。

傳說紛紜，我也不知道真偽。當年他對這些事守口如瓶多有保留，老了之後反而侃侃而談，口無遮攔。不過有些故事實在太離奇，就連他自己也覺得莫名其妙。那個時候若有女子大了肚子，但不知道孩子父親是誰，習慣性都把錯推給他。有一次一個女孩說她在採橄欖的時候，有一雙長如猿猴的手臂將她抱起……後來她就生了一對雙胞胎。男爵的私生子遍布歐布洛薩，有真有假。有幾個長大後的確跟科西莫很像，但是也有可能那些懷孕女子看著科西莫在樹上跳來跳去心神蕩漾，多少受到些影響。

其實，我並不相信為替懷孕生子找理由的這些故事。我不知道科西莫是否像他們說的有很多女人，但我知道那些真正認識他的人都選擇保持沉默。

再說，他如果有許多女人，該如何解釋月夜裡他如野貓一般在民居周圍的無花果樹、李子樹和石榴樹上徘徊，在果園樹上俯瞰歐布洛薩最外圍的房舍，抱怨連連，唉聲嘆氣，或打呵欠，或無病呻吟，儘管他很想控制，讓自己的表現正常一點，卻忍不住發出嗽叫聲或喵叫聲。歐布洛薩居民都知道他這個德性，即便在睡夢中聽見也不害怕，在床上翻個身說：「男爵需要女人，希望他能找到，讓我們睡個好覺。」

有些夜晚，有些失眠的老頭聽到聲響就趴在窗口探頭探腦望向果園，看見科西莫在無花果樹上，月光把他的影子投射到地上。「男爵大人，您今晚睡不著嗎？」

「對，我翻來覆去半天，一直睡不著。」科西莫有氣無力的聲音彷彿他躺在床上，臉埋在枕頭裡，等待眼皮自動垂下來，其實他跟特技演員一樣懸掛在樹上。「不知道今晚怎麼回事，也許是因為熱，或緊張，或許天氣要變了，您有沒有感覺？」

「噢，有感覺，有感覺……不過我老了，男爵大人，跟您血氣方剛不一樣……」

「呃，我血氣方剛……」

「不過啊，您能不能找個遠一點的地方，男爵大人，反正這裡也沒有人能幫您紓解，只有黎明就得起床現在只想睡覺的一群倒楣鬼……」

科西莫沒有回答，轉身離開到其他果園去。他知道自己不能太過分，歐布洛薩居民能容忍他的怪異行為，一方面因為他畢竟是男爵，另一方面因為他是個與眾不同的男爵。

有幾次，他用丹田之力鬼吼鬼叫的聲音傳到其他好奇聆聽的人耳中，他們點亮蠟燭，悶聲竊笑低語，昏黃燈光下有女子說話聲聽不清楚但顯然是在取笑他，或模仿他，或假裝呼喚他，對科西莫這個樹上流浪者而言，這些反應代表他們認真以對，是愛的表現。

果不其然，有一名大膽女子走到窗前貌似好奇打探，她身上屬於被窩的餘溫猶在，酥胸半露，披散頭髮，半闔的豐滿的唇露出一抹微笑。他們二人開始對話。

「誰在外面？是貓咪嗎？」

科西莫說：「是人，一個男人。」

「會喵喵叫的男人？」

「我是在嘆氣。」

「為何嘆氣？你少了什麼東西嗎？」

「我少的東西你有。」

「那是什麼？」

「你來，我告訴你……」

他沒被其他男人找過麻煩，或遭到報復，我先前說過，我認為這意味著他並未造成太大威脅。只有一次，他莫名其妙受了傷。一天早晨有消息傳開，歐布洛薩的醫生爬上了科西莫所在的胡桃樹，因為他在呻吟。科西莫的一條腿中彈，密密麻麻的小鋼珠是打麻雀專用彈藥，得用鑷子一顆顆挖出來。很痛，但是他很快就痊癒了。沒有人知道究竟發生什麼事，他說是他爬樹的時候，不小心誤觸獵槍走火。

待在樹上養傷期間，科西莫靠孜孜不倦讀書重新振作。那段時間，他開始動筆撰寫《樹上理想國之憲法草案》，描述他想像中的樹上共和國，國民都是正人君子。他原本想寫一篇論述法律和政府的論文，但是寫著寫著，杜撰複雜糾結故事的志趣占了上風，最後他寫出集冒險、決鬥和情慾故事於一身的大雜燴，關於情慾的描寫穿插在探討婚姻法的篇章之中。全書最終章原本要寫：作者在樹上建立這個完美的理想國度，深信全人類都會在此定居，過著幸福快樂的日子後，便獨自下樹在荒蕪大地上度過餘生。結尾本該是這樣，但科西莫沒有寫完。他將摘要寄給狄德羅，署名：「科西莫．隆多，《百科全書》讀者」。狄德羅回以短箋致謝。

31 盧克萊修（Titus Lucretius Carus，西元前99-55），羅馬共和國時期詩人、哲學家。著有《物性論》（*De Rerum Natura*），以詩歌闡述古希臘哲學家伊比鳩魯（Epicurus）哲學思想。

第二十章

關於那段時期我可說的不多，因為我展開了第一次歐洲旅行。我年滿二十一歲，可以任意支配家庭資產，主要是我兄長花費不多，我可憐的母親那幾年蒼老許多，同樣沒有太多花費。科西莫打算簽署一份資產委託書，我只需每月給他一筆錢，幫他繳稅，並稍微打理一下生意，而我得做的就是接手農場管理和挑選結婚對象，我未來的人生會規律有序、風平浪靜，即便世紀之交時局動盪，但我還是能好好生活。

不過在此之前，我先去旅行了一段時間。我還去了巴黎，正好目睹伏爾泰因為他的一齣戲劇演出時隔多年返回巴黎受到熱烈歡迎。這些並不屬於我的人生記憶，不值得書寫。值得一提的是，在這趟旅行中得知歐布洛薩的樹上男人遠近馳名，就連國外也知道他，讓我備感意外。我還在一本年鑑上看到一張人物畫像，下面寫著「（熱內亞共和國）歐布洛薩野人，在樹上獨居」。畫中的他全身毛髮覆蓋，一把大鬍子，長髮束成馬尾，吃蝗蟲充飢。他的畫像收錄在怪物那一章，前後分別是陰陽人赫馬佛洛狄忒斯和人魚。

面對這一類天馬行空的幻想，我通常不會讓人知道那個野人是我兄長。但我在巴黎受邀出席為伏爾泰舉辦的歡迎會，這位年邁的哲學家坐在他的扶手椅上，身邊仕女環繞，樂開懷之餘時時語出譏諷。當他知道我來自歐布洛薩，便大聲問道：「親愛的騎士大人，聽說你家鄉有一位哲人像猴子一樣住在樹上？」

我備感榮幸，忍不住答說：「先生，他是我兄長，隆多男爵。」

伏爾泰很訝異，或許是因為沒想到那個奇人的弟弟看起來如此正常。他繼續追問：「你兄長是為了靠近天空才留在樹上嗎？」

「我兄長認為，」我回答道。「想要看清楚地面必須跟地面保持適當距離。」伏爾泰對此回應相當滿意。

「過去只有自然能創造生命現象，」他下結論道。「現在有理性。」這位年邁智者說完，便重新加入那群自然神論[32]擁護者的喋喋不休之中。

不久後我收到緊急來函，中斷旅行趕回歐布洛薩。我們母親的氣喘病突然惡化，臥床不起。

我穿過大門抬頭望向莊園時，知道他一定在那裡。科西莫在一棵高大桑樹的枝椏上，正好對著母親房間窗臺。「科西莫！」我壓低聲音叫他。他對我比了一個手勢，意思是媽媽的病情略有好轉，但依然不樂觀，讓我上樓動作輕一點。

房間內明暗交錯。母親躺在床上，一堆枕頭墊在背後撐起她的上半身，看起來比我們記憶中更壯碩。家中幾個女傭隨侍在側。芭蒂絲塔還沒趕回來，她的伯爵丈夫要陪她一起來，但是被葡萄採收工作耽擱了。房間陰暗處，那扇打開的窗格外顯眼，窗框外是在樹上動也不動的科西莫。

我彎腰親吻母親的手背。她立刻認出我來，將手放在我頭上。「噢，畢亞久，你回來了……」當她氣喘胸悶問題減緩時，雖然有氣無力，但說話流暢、條理分明。讓我詫異的是，她對我和對科西莫講話的語氣沒有任何差別，彷彿我兄長就站在她床邊。科西莫在樹上跟她一問一答。

「我多久前吃的藥，科西莫？」

「幾分鐘前，媽媽，你要等等才能再吃藥，否則對身體不好。」

過了一會兒，她說：「科西莫，給我一瓣橘子。」我有點茫然，但接下來的事更讓我訝異。我看到科西莫用一根類似魚叉的東西伸入窗內從一個小桌上戳起一瓣橘子遞到母親手上。

我發現所有這些小事，母親都喜歡找他。

「科西莫，拿圍巾給我。」

他用魚叉在扶手椅上的衣物中翻找，拎出圍巾，遞給她。「媽媽，你的圍巾。」

「謝謝你，兒子。」

母親跟科西莫說話時的語氣，彷彿他就在身旁，但我注意到她不會要求在樹上的他做不到的事。遇到那種情況，母親就會讓我或女傭去做。

入夜後母親無法入睡，科西莫在樹上守著她，還在樹上掛了一盞小燈，好讓她在夜色中看得見他。

早晨氣喘發作最難受，只能想辦法讓母親分心減緩不適，科西莫用六孔豎笛吹了一首又一首小詠嘆調，或模仿鳥叫。他抓蝴蝶放入房間飛舞，或摘下一朵朵紫藤花灑向空中。

一天天氣晴朗，科西莫拿一個碗在樹上做肥皂泡泡，然後往窗內吹，吹向母親床邊。她看到那些五彩泡泡滿房間亂飛，開口說：「你還玩遊戲啊！」記得她對我們小時候玩那些無聊幼稚的遊戲非常不以為然，但是現在，或許是她第一次，覺得我們的遊戲有趣。肥皂泡泡飛到她臉上，她吐氣把泡泡弄破，開心笑了。一個泡泡停在她唇上，沒有動靜。我們彎腰查看，科西莫手中的碗落地。她走了。

喪禮過後，喜事遲早會接續而來，這是人生法則。母親過世一年後我跟附近一個貴族家庭的女孩訂婚。我花了好一番功夫才說服我的未婚妻來歐布洛薩定居，因為她對科西莫心有畏懼。想到有一個人在樹上跑來跑去，盯著窗內一舉一動，在意想不到的時候突然出現，讓她覺得很可怕，加上她從未見過科西莫，總把他想成美洲土著。為了消除她心中恐懼，我在山毛櫸樹下安排了一場露天午餐，科西莫也受邀，但他在樹上用餐，餐盤都放在一個托盤上。老實說，雖然他已久不參加這種社交聚餐，但表現依然得體。我未婚妻這才比較安心，明白除了住在樹上，科西莫跟我們並無不同，只是她並未完全打消疑慮。

即便我們婚後一起住在歐布洛薩莊園，她還是盡可能避免見到科西莫，更不用說與他交談，儘管可憐的科西莫不時會送上花束或珍稀毛皮示好。等孩子出生並漸漸長大後，她認定有這樣一個伯父在身邊會對小孩的教育產生負面影響。她怏怏不樂，於是我們修復了隆多家族封地上廢棄已久的古堡，大多時間都住在那裡，以避免小孩學到壞榜樣。

韶光荏苒，科西莫注意到這一點，是因為了不起的馬西莫老了，不願再加入獵犬群追逐狐狸，也不再試圖向大丹犬或獒犬示愛。牠總是趴著，似乎覺得不值得花力氣維持牠站立時腹部和地面之間的短暫距離，從尾巴到鼻尖伸展開來長長一條，躺在科西莫所在的樹下，疲憊的眼神望向主人，輕晃尾巴。科西莫覺得很難過，時光流逝讓他對自已永遠在這片樹林裡爬上爬下的人生很不滿意，無論狩獵、獵豔或書本都再也無法滿足他，但是他也不知道自己要什麼。科西莫氣沖沖地兩三下攀爬到最脆弱最柔軟的樹梢上，彷彿想尋找有沒有其他樹生長在樹梢上以便他再往上爬。

一天了不起的馬西莫突然很躁動，似乎嗅到了春天的氣息。牠仰起頭，嗅聞，再趴下去。如此兩三回之後牠站起身，在附近轉兩圈，又重新躺回去。但突然間牠撒腿狂奔，其實也跑不快，而且不時會停下來喘氣。科西莫在樹上跟著牠。

了不起的馬西莫衝進樹林裡，似乎腦中有一個明確方向，所以雖然牠會半途停下來，撒幾滴尿，吐著舌頭休息看看主人，但很快就甩甩身體毫不猶豫繼續往前進。牠要去的地方，科西莫很少靠近，對他而言那一帶很陌生，因為是托勒麥伊科公爵的狩獵場。托勒麥伊科公爵年事已高，不知道多久沒去狩獵，但是沒有人敢闖入偷獵，因為看守人眾多且戒備森嚴，跟他們打過交道的科西莫寧願保持距離。現在已經深入獵場的了不起的馬西莫和科西莫心裡想的不是如何把珍奇野獸從巢穴裡趕出來，臘腸狗小跑步奔向呼喚牠的神祕聲音，男爵則是好奇急著想知道他的小狗要去哪裡。

臘腸狗來到樹林盡頭，前方是一片草地，兩頭石獅子蹲坐在石柱上頂著一塊家族紋章。這裡應該是托勒麥伊科公爵私人產業的一部分，是庭園，或花園，但是除了兩頭石獅什麼都沒有，在那片綠油油、從遠處望去才能看見盡頭的遼闊草地另一端，是黑黝黝的橡樹林，橡樹後方天空中有稀疏的雲。不聞鳥鳴唱。

科西莫覺得那片草地讓他心慌意亂。他一直住在歐布洛薩的茂密樹林裡，不管去哪裡都很清楚應該走哪棵樹。如今眼前空曠，彷彿難以跨越的鴻溝，藍天之下空無一物，他覺得一陣暈眩。

但了不起的馬西莫已經衝向草地，彷彿返老還童，疾馳如風。蹲坐在白蠟樹上的科西莫吹口哨叫牠：「我在這裡，快回來！了不起的馬西莫，你去哪裡？」那隻臘腸狗不理他，連頭都不回，在草地上狂奔，牠的尾巴遠遠看起來像個逗點，最後消失不見。

科西莫在白蠟樹上手足無措。了不起的馬西莫亂跑不陪在他身旁，科西莫已經習慣，但是現在這隻臘腸狗消失在他無法跨越的草地上，加劇了他原先的焦慮，同時讓他處於某種不確定的等待狀態，等待草地那端會有什麼東西出現。

科西莫在琢磨這些念頭的時候，聽見白蠟樹下傳來腳步聲。他看見一名獵場看守人經過，那人手插在口袋裡，邊走邊吹口哨，一副心不在焉恍神模樣，跟那些凶狠的獵場看守人很不一樣，但是他的制服上別著公爵衛隊的徽章。科西莫緊貼樹幹試圖躲藏，然而心中掛念他的狗，忍不住開口大聲詢問：「請問，您有沒有看到一隻臘腸狗？」

那個獵場看守人抬起頭：「啊，是您啊！您是帶著會匍匐前進獵犬的那個空中獵人！沒有，我沒看到臘腸狗！您今天早上獵到什麼厲害的？」

科西莫認出那個獵場看守人是最積極找他麻煩的其中一個，於是他說：「哪有啊，我的狗跑了，我追牠追到這裡……獵槍都已經上膛了……」

獵場看守人笑了。「您儘管上膛，愛朝哪裡開槍都請便！反正，沒差！」

「反正沒差是什麼意思？」

「反正公爵死了，還有誰在乎獵場？」

「啊，公爵死了，原來如此，我不知道。」

「他三個月前過世下葬後，爆發了第一、第二任夫人的子女和新寡的年輕夫人繼承權之爭。」

「他又娶了第三任？」

「他八十歲那年娶的，一年後就死了，她最多二十一歲，我跟你說真的很荒謬，他跟那個夫人都沒同床過一天。她現在才開始巡視所有領地，而且還看不上。」

「她看不上？」

「嗯，她都待在宮殿或封地裡，每次來帶著一堆侍從，因為老是有一群追求者尾隨在後，幾天後她覺得這裡一切都很醜，很淒涼，就離開了。然後其他繼承人跳出來搶領地，說自己有權繼承。她說：『呵，好啊，你們搶看看！』她現在住在獵場別莊裡，會停留多久呢？我看不會太久。」

「獵場別莊在哪裡？」

「草地另一端，橡樹林後面。」

「我的狗就是去了那裡……」

「大概是去找骨頭……您別介意，但我想這只能怪您沒給他吃飽！」他說完哈哈大笑。

科西莫沒有回應，他看著那無法跨越的草地，等待臘腸狗回來。

那一整天都不見臘腸狗蹤影。科西莫再爬上白蠟樹，望著草地發呆，似乎永遠無法擺脫它帶來的沮喪。

快要天黑時，臘腸狗出現了，唯有科西莫的銳利目光能分辨出草地上那個小黑點越來越靠近。「了不起的馬西莫！來這裡！你跑到哪裡去了？」臘腸狗停下來搖尾巴，看著主人汪汪叫，似乎在邀請他跟牠走，但又意識到那是科西莫無法跨越的距離，於是牠轉身，走了幾步，再度轉回來。「了不起的馬西莫！快過來！了不起的馬西莫！」結果臘腸狗跑走了，消失在草地盡頭。

稍晚有兩個獵場看守人經過樹下。「您還在這裡等狗啊！我在別莊看到牠，有人照顧……」

「什麼？」

「是女侯爵，也就是公爵夫人（我們稱她女侯爵是因為她從小就承襲了侯爵頭銜），跟牠玩得很開心，感覺像是他們原本就認識。大人，老實說，那是一隻嬌生慣養的狗，現在找到好地方自然就不肯走……」

那兩個傢伙嗤笑離開。

了不起的馬西莫沒有再回來。科西莫每天都去白蠟樹上看著那片草地，彷彿能從中讀出什麼一直以來困擾他的東西，像是遠方、無法跨越的距離，以及可能要耗上一輩子的等待。

32 自然神論（Deism），崛起於十七世紀英國及十八世紀法國的一個哲學觀點，認為上帝創造宇宙及宇宙規律後，便不再對世界有任何影響。自然神論者推崇理性原則，否定迷信及任何神蹟。代表人物有牛頓、伏爾泰、盧梭等。

第二十一章

一天科西莫在白蠟樹上眺望。艷陽高照，陽光灑落草地上，讓原本的豌豆綠瞬間變成祖母綠。那黑黝黝的橡樹林枝葉一陣晃動，一匹馬飛躍而出。馬背上的騎士一身黑衣，披著斗篷，不對，那是裙子，所以不是騎士，而是亞馬遜女戰士，一頭金髮的她放掉韁繩任意馳騁。

科西莫心跳加速，希望那名女戰士可以靠近，讓他看清楚她的臉，那肯定是一張美麗絕倫的臉。除了期待她靠近，期待她很美之外，科西莫還有第三個期待。第三個期待是前面兩個的延續，他希望這個面貌越來越清晰的美女能喚起他曾經銘刻在心但如今只剩下一條線或一個色彩、快要被遺忘的某個印象和記憶，他希望所有一切都能浮現出來，或能在當下的某個東西身上找回來。

帶著這個心情，科西莫焦急等待她朝著有兩根石獅柱矗立的草地這一端靠近，可惜期待恐怕落空，他發現女戰士並非直線前進，而是斜切過草地，即將重新隱入樹林中。

她在快要淡出科西莫視線之際，突然調轉馬頭，往另一個對角方向前進，雖然離科西莫稍微近一些，但依然會消失在草地另一端。

就在那時候科西莫看見另外兩名騎士各騎一匹棕馬從樹林奔向草地，讓他更加懊惱，他試著壓下這個情緒，告訴自己那兩個人無關緊要，光看他們狼狽追趕的模樣，就知道無須在意，但是他不得不承認，心裡就是不痛快。

女戰士在離開草地前再度調轉馬頭，但是這一次是向後轉，遠離科西莫……不對，那匹馬原地轉了一圈後往他這個方向奔來，剛才是假動作，故意混淆視聽，果然那兩個跟屁蟲越跑越遠，始終沒發現她朝反方向離去。

現在一切都符合科西莫的期待，女戰士在陽光下縱馬馳騁，越看越美麗，也與科西莫渴望的記憶中那人模樣越來越吻合，唯一需要擔心的是她的行進路線一直拐來拐去，無法預測她下一步做何打算。就連另外兩名騎士也不明白她究竟要往哪裡去，只能試著跟在捉摸不定的她身後，走了許多冤枉路，但始終勇氣十足沒有放棄。

在科西莫意想不到的時候，那名騎馬女子已經穿過草地上彷彿本來就是為了歡迎她而立的兩根石獅柱中間，然後轉身大幅度揮手，像是對那片草地和草地後面的一切道別。她隨即策馬往前，經過白蠟樹下，科西莫可以清楚看到她整個人和她的臉龐，她挺直腰桿坐在馬背上，臉上兼有女人的高傲和少女的稚氣，眼睛上的額頭長得恰到好處，臉上那雙眼睛也長得恰到好處，她的鼻子嘴巴下巴脖子一切都恰到好處，全部所有諸此種種都讓科西莫想起他十二歲住到樹上去的第一天看到的盪鞦韆小女孩，她是索芙妮絲芭[33]，是薇歐拉，是薇歐朗特．翁達麗瓦。

這個發現，或應該說終於可以坦然面對第一時間藏在心裡的這個發現，讓科西莫像發燒一樣全身燥熱。他想開口呼喚她，讓她抬頭望向白蠟樹看見他，然而他喉嚨裡只發出如丘鷸般的喑啞叫聲，她沒有回頭。

女戰士騎著白馬在栗樹林中奔跑，馬蹄踏過散落一地的栗子，毛刺外殼破裂後露出光滑閃亮的果實內皮。她一下往這裡走一下往那裡去，科西莫以為她已走遠追趕不及，卻在跳躍間又意外發現她重新出現在林間。她這般行進模式讓男爵心中記憶燃燒得更加炙熱。他想呼喊她，讓她知道他在此，但他張口吹出的口哨聲宛如灰山鶉鳴叫，她充耳不聞。

更加摸不清她的意圖和行進路線的那兩名騎士繼續往錯誤方向走，或被叢生荊棘絆住或陷入沼澤滿身泥濘，而她充滿自信瀟灑飛馳，不時高舉手中馬鞭或從角豆樹摘下豆莢再丟開，似乎在給騎士指令或鼓勵，引導他們該往那裡去。那兩個人立刻快馬加鞭奔向草地或懸崖，而她轉向另一邊，再也不看他們一眼。

「是她！是她！」科西莫燃起熊熊希望，想要呼喊她的名字，可是口中擠出的聲音有如斑鴿低迴的長鳴。

這些迂迴路徑和對那兩名騎士的所有欺騙與戲弄，都發生在一條線周圍，即便這條線呈不規則波浪狀，不能排除她背後可能有某種盤算。科西莫心中有了猜測，而且要跟上她實在太難，他對自己說：「我去一個地方等她，如果她是那個人就會去那裡。那個人除了那個地方，哪裡都不會去。」於是他在樹上另擇路徑前進，目的地是翁達麗瓦家族棄置不顧的那個舊花園。

那片綠蔭，空氣中充滿各種芬芳、樹葉和枝幹的顏色和質感都與眾不同的地方，讓他沉溺在少年時期的記憶裡，差點忘了女戰士，即便沒有忘記她，他也告訴自己有可能她不是那個人，因為他覺得是，才會對她抱有如此深切的期待和希望。

這時科西莫聽到一個聲響，是馬蹄踩在卵石上的聲音。那匹白馬緩步走在花園裡不再奔跑，或許是女戰士想要慢慢觀看辨識園中每一個角落。至於那兩個笨蛋騎士已不見蹤影，看來完全找不到她的去向。

科西莫看見她了。她繞著水池、涼亭和陶甕打轉。她看著那些長大的樹，懸掛的氣根，繁衍成林的木蘭樹。唯獨沒有看到他。他發出戴勝鳥的咕咕叫聲和草地鷚的囀鳴聲呼喚她，卻都淹沒在花園裡那些小鳥的吱吱喳喳聲中。

她下馬，牽著韁繩讓馬跟她徒步前行。走到宅第屋前，她放開馬，走上門廊，然後放聲大喊：「歐德西亞！蓋亞塔諾！塔奎尼歐！這裡需要塗白，百葉窗要重新粉刷，把壁毯掛起來！桌子放這裡，邊桌放那裡，小鍵琴放中間，所有的畫都要換位置。」

科西莫這才發現他茫然中誤以為封閉已久無人居住的宅第，現在已經門窗敞開，擠滿了人，僕傭忙著打掃清潔、除草、通風，把家具歸位，拍打地毯除塵。所以，是薇歐拉回來了，她搬回歐布洛薩，接手她小時候離開的這座莊園！科西莫心跳加速是因為擔憂或因為喜悅沒有太大區別，因為眼前那個她如此驕傲難以預料，他恐怕不會再擁有她，包括記憶中的她，包括在綠葉飄香、光影婆娑神祕角落裡的她，他也可能被迫離開她，同時離開對少女時期的她最初的記憶。

科西莫帶著或喜或悲的心跳加速看著她在僕傭間指揮若定，讓人搬動沙發、大鍵琴和角櫃，之後匆匆走進花園騎上馬背，身後跟著一群人等候指令。現在她開始指揮園丁，說該如何整理荒蕪的花壇，重新排列林蔭大道上被雨沖刷掉的卵石，擺出籐椅，架上鞦韆……。

她比手畫腳指著以前掛鞦韆的那根枝椏，要把鞦韆重新掛回去，繩索該多長、擺盪幅度要多大。她邊說邊比劃，眼睛看向以前科西莫突然現身的那棵木蘭樹。在那棵木蘭樹上，她再次看到了他。

她很驚訝，可以想見，非常驚訝。她隨即恢復神色故作鎮靜，她一貫如此，但是那個瞬間她太過驚訝，眼睛和嘴巴都笑了，還露出一顆牙齒，跟小時候一樣。

「是你！」然後她試著用自然的語氣說話，但無法掩飾她的開心和興味盎然：「你從那時候起就一直待在樹上沒有離開過？」

科西莫終於把他每次都像鳥叫的聲音成功轉成一句：「是我，薇歐拉，你記得我？」

「你真的再也沒有下樹雙腳著地過？」

「沒有。」

她一副忍耐許久的樣子。「你看你做到了吧？所以也不是太困難。」

「我一直在等你回來。」

「好極了。欸，你們幾個，要把窗簾拿去哪裡？把東西放下來我再做決定！」她回頭看他。科西莫那天穿著獵裝，全身毛茸茸的，頭戴貓皮帽，背著獵槍。「你看起來很像魯賓遜！」

「你也看過那本書？」科西莫連忙回應，以表示他跟得上潮流。

薇歐拉已經轉過身去：「蓋亞塔諾！安培里歐！枯葉！這裡全都是枯葉！」再回頭對科西莫說：「一個鐘頭後，花園盡頭那裡見，等我。」隨即騎馬離開繼續發號施令。

科西莫縱身跳入茂密樹叢中，他希望枝葉能再茂密千倍，厚厚的樹葉和樹枝和荊棘和忍冬和冬青讓人陷在其中緩緩下沉，等到整個人被埋進去才開始明白自己到底是開心或擔憂。

他坐在花園盡頭最高的那棵樹上，膝蓋緊緊夾著枝椏，看著外公馮・庫爾特維茲將軍送他的懷錶，對自己說：她不會來的。結果薇歐拉夫人騎著馬幾乎準時到達。她沒有抬頭看，便停在樹下。她既沒有戴帽子也沒有穿騎馬服裝，而是一件白色刺繡滾邊上衣搭配黑色長裙，跟修女打扮雷同。她踩著馬鐙站起來，向樹上的他伸出一隻手，他幫她從馬鞍爬上樹，她依然不看他，自己手腳俐落往上爬，找到一處舒適的樹杈便坐下。科西莫蹲坐在她腳邊，不知道說什麼只好開口問：「你回來啦？」

薇歐拉嘲弄地看了他一眼。她跟小時候一樣，一頭金髮閃閃發亮。問他：「你怎麼知道的？」

科西莫不知道她在逗他。「我在公爵的獵場上看到你……」

「那是我的獵場。長滿了蕁麻！你都知道？我是說我的事。」

「不……我只知道你現在是寡婦……」

「沒錯，我是寡婦。」她拍了拍裙子，撫平皺褶，然後如連珠炮般往下說：「你什麼都不知道。你整天待在樹上關心其他人的事，其實你什麼都不知道。我父母逼我嫁給托勒麥伊科那個老頭子，我是被他們逼的。他們說我賣弄風騷必須趕快嫁人。我當了一年托勒麥伊科公爵夫人，那是我人生中最無聊的一年，雖然我跟他相處不超過一個星期。我再也不會踏進那些城堡、廢墟和破房子，到處都是蛇！我以後就住這裡，這是我小時候的家。我愛住多久就多久，之後我會離開，我是寡婦，我終於可以想幹嘛就幹嘛。其實我一直都是想幹嘛就幹嘛，就連嫁給托勒麥伊科也是因為我願意，沒有人逼我嫁他，我父母拚命想把我嫁出去，所以我就在所有求婚者裡面選了一個最老的。『這樣我可以早點守寡』，我當初這麼告訴自己，而我現在做到了。」

科西莫聽到這麼多訊息和不容置喙的主張目瞪口呆，薇歐拉比以前更遙不可及：賣弄風騷、寡婦、公爵夫人，她屬於他難以觸及的另一個世界，他最後只擠出一句話：

「你對誰賣弄風騷？」

她說：「哈，你吃醋啊。你搞清楚，我永遠不容許你吃醋。」

兩人針鋒相對的確讓科西莫起了妒意，但他立刻轉念：「什麼？吃醋？她為什麼覺得我會為她吃醋？什麼叫做『我永遠不容許你吃醋』？難道她認為我們兩個……」

科西莫面紅耳赤，又覺得感動，他有話想對她說，想問她，想聽她說話，卻聽到她冷冰冰問他：「那你呢，你做了什麼？」

「噢，我做了許多事，」他回答道。「我狩獵，打野豬，但主要是狐狸、野兔和貂，當然還有鶇和烏鶇。然後打海盜，有土耳其海盜上岸，戰況激烈，害死了我叔叔。我還看了好多書，我跟我一個朋友都愛看書，他是大盜，被吊死了。我有一整套狄德羅的《百科全書》，我還寫信給他，他有回信，從巴黎寄來的。我做了好多工作，我修剪樹木，還挽救一片樹林免於祝融……」

「……你會永遠愛我，忠貞不二，凡事以我為優先，願意為我做任何事嗎？」

聽她這麼說，科西莫手足無措，回答道：「會……」

「你是為了我才住在樹上，為了學會愛我……」

「對……對……」

「吻我。」

科西莫把她壓在樹幹上，親吻她。他抬起頭來驚豔於她的美彷彿之前未曾見過。「你說，你怎麼這麼美……」

「都是你的。」薇歐拉解開白色上衣，露出青春的胸脯和粉色的乳頭。科西莫伸手輕觸，她轉身溜走彷彿在枝椏間飛舞，他尾隨在後，裙襬掃過他的臉龐。

「你要帶我去哪裡？」薇歐拉這麼說，明明是她帶著他走，他跟在後頭。

「這裡。」科西莫說完便換他帶路，每攀爬另一根枝椏他都牽著她的手，或摟著她的腰，教她如何移動步伐。

「走這裡。」他們爬到生長在陡峭懸崖上的幾棵橄欖樹，站上樹梢，原先透過枝葉間隙只能看見局部片段彷彿破碎的大海，突然完整出現在眼前，跟天空一樣平靜清澈且遼闊。展開的海平線高且寬，廣袤的藍色大海空無一物不見船帆，只有海浪微微起伏的波紋。海水沖刷岸邊石頭，形成一個極淺的漩渦，彷彿一聲嘆息。

科西莫和薇歐拉看得眼花撩亂，往下走回到樹蔭處。「這裡。」在一棵胡桃樹樹幹上有一個凹洞，是早年有人用斧頭砍鑿出來的，現在是科西莫的藏身處之一。裡面鋪了一張野豬皮，旁邊有一個陶壺、一些工具和一個碗。

薇歐拉躺在野豬皮上。「你帶過其他女人來這裡嗎？」

科西莫遲疑了一會兒。她說：「要是沒帶人來過，你這個男人也太沒用了吧。」

「有……帶過幾個……」

結果他挨了一個耳光。「你還說你在等我？」

科西莫伸手摀住自己泛紅的臉，不知道該說什麼。但是薇歐拉看起來已經沒事了。

「她們怎麼樣？你說說看，她們是什麼樣的人？」

「跟你不一樣，薇歐拉，跟你不一樣……」

「你知道我是什麼樣的人嗎？嗯，你知道什麼？」

薇歐拉又變得很溫柔。科西莫對這些出其不意的變化又驚又喜。他靠近她。薇歐拉是黃金，也是蜜糖。

「你說……」

「你說……」

他們互相探索。他探索她和自己，其實在這之前他一無所知。她也探索他和自己，雖然她早就知道，但從未深入到這個程度。

33 索芙妮絲芭（Sophonisba）是西元二世紀古迦太基貴族之女，原與和迦太基結盟的努彌底亞(Numedians)東方部落的首領麥西尼撒(Massanissa)訂親，在麥西尼撒轉與古羅馬結盟後，被父親改許配給西方部落首領。第二次布匿戰爭結束古羅馬獲勝，麥西尼撒重新迎娶索芙妮絲芭，遭羅馬人反對，為避免她淪為奴隸受辱，他送去毒藥，索芙妮絲芭在新婚夜喝下自盡。她的悲劇故事成為許多作家、劇作家和畫家如佩脫拉克、薄伽丘等人的創作靈感。

第二十二章

他們同遊的第一個地方是樹皮上刻了名字的那棵樹，多年前的字跡早已變形，看起來不像人力所為。那幾個大字是：「科西莫、薇歐拉」，下面是「了不起的馬西莫」。

「刻在那麼高的地方？誰刻的？什麼時候的事？」

「是我，當年刻的。」

薇歐拉很感動。

「這是什麼意思？」她指著「了不起的馬西莫」那幾個字問。

「我小狗的名字。就是你那隻臘腸狗。」

「圖卡雷？」

「我叫牠了不起的馬西莫。」

「圖卡雷！我離開後發現他們沒抱牠上車，我哭得好慘……噢，再也見不到你我不難過，但是弄丟臘腸狗我真的很絕望！」

「要是沒有牠，我還找不到你呢！牠嗅聞味道發現你在附近後就焦躁不安，非要找到你不可……」

「我看到牠氣喘吁吁出現在別莊，立刻就認出是牠……其他人說：『這隻狗是從哪裡冒出來的？』我彎腰看牠，看牠的毛色和花色。『牠是圖卡雷！是我小時候在歐布洛薩養的臘腸狗！』」

科西莫笑了。薇歐拉突然皺了皺鼻子：「了不起的馬西莫……好土的名字！你去哪裡找到一個名字這麼土？」科西莫臉色變得很難看。

了不起的馬西莫現在幸福得不得了。這隻老狗原先得分心照顧兩個主人，連續幾天努力吸引薇歐拉到獵場上科西莫待的那棵白蠟樹去，如今終於可以放心了。牠咬住她的裙擺，或咬著某樣東西跑，跑向草地希望她能追過來。她說：「你要幹嘛？你要帶我去哪裡？圖卡雷！別鬧了！我撿回來的狗怎麼這麼皮！」不過她看到這隻臘腸狗就喚醒了她的童年記憶，以及對歐布洛薩的鄉愁。她立刻決定從公爵的獵場別莊搬回種滿奇怪植物的老莊園。

薇歐拉回來了。對科西莫而言最美的季節開始了，對她而言亦然。薇歐拉騎著她的白馬在鄉間馳騁，只要在樹影和天空之間看到男爵的身影，就從馬鞍爬上歪斜的枝幹去找他。她的身手不輸科西莫，無論他去哪裡都能跟上。

「噢，薇歐拉，我不知道，我不知道我還能攀爬去哪裡……」

「來我這裡吧。」薇歐拉柔聲說，科西莫一聽就失去理智。

對薇歐拉來說愛情是勇氣的試煉，在歡愉之外，還對膽量、包容、奉獻和壓力等所有精神力進行種種測試。因為他們的世界是錯綜複雜、歪曲扭轉、困難重重的樹上世界。

「去那裡！」她指著高處一個樹杈，他們便一起衝出去等抵達目的地之後就開始他們的特技比賽，在各種新姿勢中達到高潮。他們在高空中相愛，在枝椏上緊摟對方、互為支撐，她每次撲向他都彷彿在飛。

薇歐拉對愛的執著跟科西莫對愛的執著一致，但有時候會產生矛盾。科西莫厭惡猶豫不決、奢華享受、裝腔作勢，只喜歡自然展現的愛意。共和政體已在醞釀中，即將迎來嚴厲又淫蕩的時代。科西莫是不知足的戀人，奉行斯多噶主義[34]，簡樸苦修，自律甚嚴。他持續追求充滿愛的幸福，堅決反對縱欲享樂。他對親吻、愛撫、言語挑逗，以及所有可能模糊或意圖取代自然健康愛情的一切都抱持懷疑態度。是薇歐拉讓他發現什麼是完滿，跟她在一起，從未感受到神學家宣揚做愛後的惆悵。科西莫就此議題從哲學角度寫了一封信給盧梭，對方或許覺得被打擾，並未回信。

但薇歐拉是一個十分講究的女子，她任性、被寵壞，骨子裡是天主教徒。科西莫的愛讓她感官得到滿足，卻無法滿足她的想像，因此產生意見分歧，怨恨易怒。但不會持續太久，因為他們的生活和周遭世界變化萬千。

如果累了，就到枝葉最茂密的樹上找一個隱密處，讓吊床如捲曲的樹葉將他們包裹在裡面，或待在懸空的帳篷裡，看布幔隨風飛揚，或躺在羽毛軟榻上休息。這些安排說明薇歐拉夫人巧思獨具，無論她在何處都有辦法將身邊環境布置得舒適、奢華、繁複但應有盡有，看起來繁複，對她卻是輕而易舉，因為她要的每樣東西都得立刻完成不惜代價。

知更鳥會停在他們這些空中愛巢上婉轉鳴唱，小紅蛺蝶會雙雙對對飛進帳篷內互相追逐。夏日的午後時分，當這對相依偎的戀人進入夢鄉，會有一隻松鼠跑進來，找東西啃咬，用牠毛茸茸的尾巴掃過他們的臉龐，或嚙咬他們的大腳趾。於是他們謹慎地拉下窗簾，換來睡鼠全家出動啃咬帳篷頂棚，然後掉落在戀人身上。

那時候他們正在互相探索，互訴人生，互相詢問。

「你那時覺得孤單嗎？」

「我很想你。」

「你之前的生活與世隔絕嗎？」

「沒有，為什麼這麼說？我一直有做事，也有跟其他人往來：我採水果、修剪樹木、跟神父讀哲學，我還擊退了海盜。大家的生活不都是這樣？」

「只有你這樣，所以我才會愛你。」

男爵還沒有完全明白薇歐拉接受他哪個部分，不接受他哪個部分。有時候為了一點小事，也許是一句話或一個語氣，都會讓這位女侯爵勃然大怒。

例如，他說：「我跟強・德伊・布魯格看小說，跟卡雷嘉騎士做水利工程……」

「那跟我呢？」

「跟你做愛。就跟我修剪樹木、採水果一樣……」

她默不作聲，動也不動。科西莫立刻知道自己惹她生氣了，因為她的雙眸突然間變得冰冷沒有溫度。

「怎麼了，薇歐拉，我說錯話了？」

她變得很冷漠，對他視而不見聽而不聞，板著一張臉，拒人於千里之外。

「不是，薇歐拉，到底怎麼了，為什麼，你聽我說……」

薇歐拉猛然起身，無需任何協助，動作敏捷爬下樹。

科西莫還沒搞清楚自己做錯了什麼，他沒辦法思考，或許是他不想思考，也不想搞清楚，才能更顯得無辜：「不是，薇歐拉，你是不是誤會了，你聽我說……」

他跟著她來到最低矮的那根枝椏：「薇歐拉，你別走，別這樣，薇歐拉……」

她終於開口說話，對象是她的馬，她解開馬的轠繩，坐上馬鞍，轉身離開。

科西莫絕望至極，在樹上跳躍追逐。「別這樣，薇歐拉，你跟我說話啊，薇歐拉！」

她飛馳而去，他在樹上緊追不捨：「求求你，薇歐拉，我愛你！」他已經看不到她的身影。科西莫不顧危險縱身一躍撲向狀況不明的枝椏。「薇歐拉！薇歐拉！」

當他確認自己已經失去薇歐拉，忍不住哭了起來，此時她卻再次騎馬快步經過樹下，沒有抬頭理會他。

「你看我，薇歐拉，你看我在做什麼！」他用腦袋撞擊樹幹（他腦袋瓜極硬）。

她看都不看一眼，策馬遠去。

科西莫在樹林裡晃過來晃過去，等待薇歐拉回來。「薇歐拉！我好難過！」他在樹上倒吊，雙腳夾著樹枝，頭朝下，握拳捶打自己的腦袋和臉；或怒氣沖沖用力拉扯枝葉，一棵茂密的榆樹轉眼間就被摧殘得稀稀疏疏，彷彿遭受冰雹襲擊。

但科西莫沒有以輕生要脅，應該說，他從未做過任何要脅，情感勒索不是他會做的事。他想做什麼就去做，他會一邊做一邊說，不會預告。

沒想到薇歐拉突如其來暴怒，也突如其來就氣消了。科西莫剛才那些瘋狂舉動似乎並未打動她，不知道哪一點讓她莫名感動重燃愛火。「不，科西莫，親愛的，等我！」她從馬背跳上樹，不顧一切往上爬，他早已伸長了手準備把她拉上來。

再次熊熊燃燒的愛火跟吵架時的怒火不相上下。其實兩者是同一件事，但是科西莫不懂。

「你為何折磨我？」

「因為我愛你。」

現在換他生氣：「不，你不愛我！愛一個人，追求的是快樂，不是痛苦。」

「愛一個人只渴望愛，即便代價是痛苦。」

「所以你是故意折磨我。」

「對，為了確認你是否愛我。」

科西莫的哲學思維無法接受這個說法。「痛苦讓心靈處於負面狀態。」

「愛是一切。」

「我們永遠必須戰勝痛苦。」

「愛會包容一切。」

「有些東西我永遠無法接受。」

「你要接受，因為你愛我所以你痛苦。」

科西莫心中難以壓抑的喜悅之情，跟先前的絕望感受同樣強烈。他快樂到無以復加，甚至離開戀人跑去又跳又叫昭告天下他的女人有多好。

「我擁有全世界最棒的女人！」

歐布洛薩那些每天坐在長凳上的閒人和老水手，早已經習慣科西莫會突然出現。果不其然他們又看到他在櫟樹上跳來跳去，慷慨激昂朗誦道：

是你，是你，女郎

尋尋覓覓我的愛

在牙買加島上

從黑夜到天亮！

或是：

我是那片草地，每株草都是黃金

帶我走，帶我走，不要讓我哭斷腸！

然後又消失無蹤。

雖然科西莫對古典和現代語言的研究並不深入，但足以讓他盡情歌頌他炙熱的戀情。每當他的靈魂受到強烈情緒的衝擊，他的言語就越加晦澀難懂。還記得有一次慶祝主保聖人節，歐布洛薩居民聚集在廣場上，那裡豎起掛滿彩帶和旗幟的一支長杆。科西莫站在梧桐樹梢上，以只有他才能做到的近乎特技演員的身手，跳到長杆上，爬到杆頂後大喊：「美麗的維納斯再世萬歲！」然後順著塗滿肥皂的長杆往下滑，快到地面時煞車，重新爬上杆頂，摘下節慶彩頭，也就是一塊粉紅色圓乳酪後，再度飛躍跳回梧桐樹上逃逸無蹤，留下瞠目結舌的歐布洛薩居民。

這些浮誇舉動讓薇歐拉很開心，她感動到以同樣張狂的方式向科西莫示愛。歐布洛薩居民只要看到她鬆開韁繩縱馬疾馳，臉幾乎完全埋在白色馬鬃裡，就知道她趕著去跟男爵幽會。她連騎馬赴約也能展現愛的力量，問題是科西莫跟不上。他雖然對她熱衷馬術感到欽佩，但這也導致他心生嫉妒和怨恨難以訴諸於口，因為薇歐拉掌管的世界比他的世界更遼闊，他知道自己永遠不可能獨佔她，把她禁錮在他的王國裡。至於薇歐拉女侯爵，或許也因為無法兼顧情人和女戰士兩個角色而感到痛苦。有時候她會突然興起模糊渴望，想在馬背上與科西莫談情說愛，在林間追逐已無法滿足她，她想與他一起策馬馳騁。

事實上，由於薇歐拉的馬常常在上坡和懸崖地形奔跑，變得像狍子一樣擅長登高。她甚至鼓勵牠助跑爬上某些樹，例如枝幹歪斜的老橄欖樹。有時候那匹白馬直接爬上最低層的枝椏，她不讓馬返回地面，直接將牠栓在橄欖樹上，等她下馬後，就放任馬嚼食嫩枝和樹葉。

有一個長舌的傢伙恰好經過橄欖樹下，好奇的他抬頭看見摟摟抱抱的男爵和女侯爵，後來他說起這件事，補了一句：「就連那匹白馬也在樹上！」大家都不相信，笑他異想天開，這對戀人因此得以繼續保守這個祕密。

---

34 斯多噶主義（Stoicism），盛行於西元前三世紀的古希臘哲學流派，主張德性高於一切，唯有實踐德性、遵循自然才能擁有幸福。

第二十三章

我此刻所言，證明之前熱衷於八卦我兄長風流韻事的歐布洛薩居民，現在面對可以說是在他們頭頂上方迸發的乾柴烈火，卻諱莫如深，彷彿那是不容他們置喙的大事。薇歐拉女侯爵的行徑的確引發爭議，但主要針對她的外在表現，例如縱馬飛馳（大家明知她要去跟科西莫幽會，還說：「不知道她騎這麼快是趕著去哪裡？」），或是把家具搬上樹。但是大家普遍認為那是貴族作風，特立獨行之舉（「現在男男女女全都到樹上去了，以後不知還會搞出什麼花樣？」）。總而言之，即將來臨的新時代多了寬容，但也更加偽善。

每當男爵時隔許久再次出現在廣場那棵櫟樹上，就表示女侯爵離開了。薇歐拉有時一走就好幾個月，因為她需要打理分布在歐洲各地的資產。不過通常她離開跟他們發生爭執，以及科西莫不理解薇歐拉希望他理解的愛情而惹惱她有關。但薇歐拉不是因為被惹惱而離開，他們總會在她離開前和好，可是他不免懷疑她決定出門旅行是否因為對他感到厭倦，因為他留不住她，或是她打算疏遠他，趁旅行機會或只要一轉念就有可能決定不再回來。因此我兄長時時感到焦慮。一方面他希望能恢復遇見她之前的正常生活，重新開始狩獵釣魚，繼續巡視農耕作業、閱讀、在廣場上自吹自擂，彷彿他從未改變過（他始終保有少年的傲氣固執，不願承認受到他人影響），同時享受愛情帶給他的喜悅，春風得意；但另一方面他發現自己對很多事情已經不在乎，少了薇歐拉，人生就少了滋味，他心裡隨時都惦記著她。科西莫越想在薇歐拉的旋風外，以理性秩序試著重新控制自己的情欲和快樂，就越清楚感受到她留下的空虛，越急切盼望她回來。總而言之，他談戀愛事事都照薇歐拉的心意走，跟他期待的截然不同，每次都是女方獲勝，即便她遠在他方，最後科西莫倒也甘之如飴。

女侯爵突然回來了。他們又開始在樹上談情說愛，自然也有吃醋拈酸。薇歐拉去了哪裡？她做了些什麼？科西莫想知道，但又害怕她回答問題的方式，閃爍其詞，每一次閃爍其詞都讓科西莫有理由起疑，他知道薇歐拉這麼做是為了折磨他，但也有可能他的所有猜測皆屬實。猶豫不決的他時而壓抑妒意時而勃然大怒，薇歐拉每次的反應都不同難以預測，一下讓科西莫覺得她比以往更依賴他，一下又覺得自己再也無法燃起她的熱情。

旅行中的女侯爵究竟過著怎樣的生活，我們在歐布洛薩不得而知，畢竟這裡距離各國首都太過遙遠，聽不到流言蜚語。不過那時許多貴族開始做生意，我屬於最早一批，因此我二度造訪巴黎，洽談檸檬供貨合約。

一天晚上，我在巴黎最著名的一間沙龍遇到薇歐拉。她的假髮極為浮誇，衣著光鮮華麗，但若非如此我差點認不出是她，老實說我第一眼看到她嚇了一跳，因為照理說她這樣的女子沒有人會誤認為他人。她冷冷地對我打招呼，隨即想辦法把我拉到一邊，一個問題接一個問我，完全不讓我作答：「你有你兄長的消息嗎？你很快就回歐布洛薩嗎？拿著，幫我交給他讓他別忘了我。」她從胸口抽出一條絲手絹塞進我手裡，就丟下我回到跟在她身後的那群仰慕者之中。

「您認識女侯爵？」一位巴黎友人低聲問我。

「見過面。」我此言不假，薇歐拉在歐布洛薩時，都跟著科西莫瘋，不與附近的貴族往來。

「少見如此美人內心那般躁動不安。」我朋友說。「傳言說她在巴黎情人一個換一個，因為換不停所以沒有人能說自己抱得美人歸，或得到美人偏愛。她不時會消失好幾個月，有人說她隱居修道院內苦修贖罪。」

我只能忍住笑意，女侯爵在歐布洛薩樹上逍遙，巴黎人卻以為她去苦修贖罪；但那些流言蜚語同時也令我忐忑，可以預見科西莫有多難過。

為避免科西莫受到打擊，我想事先提醒他。我一回歐布洛薩就去找他，他細細詢問我旅行的事，法國的最新消息，我發現他對法國的政治和文學瞭若指掌。

最後，我從口袋裡拿出薇歐拉的手絹：「我在巴黎一間沙龍遇到一位認識你的夫人，她要我轉交這個給你，向你問好。」

科西莫立刻用綁在繩子上的小籃子把絲手絹吊上去，拿起來彷彿在嗅聞上面的芳香。「呵，你見到她啦？她怎麼樣？快告訴我，她怎麼樣？」

「很美，明豔動人。」我慢慢說。「但他們說她的芳香被很多人嗅聞過……」

科西莫把手帕塞到胸口，好像深怕被人搶走，紅著臉對我說：「你沒有拔劍叫那個人把他說的謊言吞回去？」

我坦言我完全沒想到。

他沉默了一會兒，然後聳聳肩。「都是謊言。只有我知道她是我一個人的。」他沒有道別便匆匆離去。我知道他向來是用這個態度迴避強迫他走出他那個世界的一切。

自那天起每次看到他總是一副沮喪煩躁的樣子，在樹上跳來跳去，無所事事。我時不時聽見他吹口哨跟鳴唱的烏鶇比賽，但他的哨音越來越低沉陰鬱。

女侯爵回來了。一如既往，科西莫吃醋讓她很開心，她為此有點得意，也有點當笑話看。他們又回到之前的熱戀狀態，我兄長很幸福。

不過薇歐拉抓到機會就指責科西莫的愛情觀太狹隘。

「什麼意思？你是說我吃醋？」

「你吃醋是好的。但你老是想用理性壓制妒意。」

「當然啊，這樣吃醋才有效果。」

「你太理性思考，愛情為什麼需要講道理？」

「為了更愛你。不管做什麼事，透過理性思考，才會做得更好。」

「你住在樹上，可是想法跟得了痛風的公證人一樣。」

「越艱困的工作越需要簡單的心靈。」

科西莫繼續滔滔不絕，薇歐拉拂袖而去，他一邊追趕一邊絕望地拉扯自己的頭髮。

那段時間，一艘英國指揮艦停靠在歐布洛薩海岸。指揮官邀請所有歐布洛薩達官顯貴和其他過往船隻上的軍官赴宴，女侯爵也去了。自那天起，科西莫再次飽受妒意折磨。來自兩艘不同船隻的兩名軍官對薇歐拉迷戀不已，常常看見他們上岸追求她，爭風吃醋。其中一名軍官是英國指揮艦上的中尉，另一名軍官也是中尉，但來自拿坡里艦隊。他們各自租了一匹棕馬在女侯爵宅第的露臺下走來走去，兩人狹路相逢的時候，拿坡里軍官瞪著英國軍官恨不得用目光把對方燒成灰燼，而半瞇著眼的英國軍官眼神凶狠彷彿利劍。

薇歐拉女士呢？裝腔作勢的她不以為意，待在家中哪裡都不去，穿著晨褸站在窗前，彷彿剛剛服喪完畢的小寡婦。科西莫在樹上再也看不到她，也聽不到她騎著白馬奔向他的馬蹄聲，差點發瘋，於是他也守在露臺前的樹上，盯著她和那兩名中尉。

科西莫正在研究該如何惡整這兩個情敵，好讓他們儘快回到各自的船艦上，卻發現薇歐拉表現出對兩位追求者一視同仁的態度，讓科西莫重燃希望，或許薇歐拉只想戲弄他們，包括他在內。但他沒有因此放鬆警惕，只要她開始對那兩個人其中一個示好，他隨時可以介入。

一天早晨英國軍官來報到，薇歐拉倚在窗前，兩人相視而笑。她丟下一張紙條，那軍官在半空中抓住它，看完後紅著臉向她俯身致意，策馬離去。幽會！英國軍官獲得青睞！科西莫發誓在天黑前絕對要給他好看。

等到拿坡里軍官現身，薇歐拉也丟了一張紙條給他。那軍官看完後，將紙條放在唇上親吻。所以他認為自己雀屏中選？那麼，另一名軍官呢？科西莫到底該對付他們之中哪一個？顯然薇歐拉跟其中一人相約，對另一人只是開了個玩笑。或是她打算同時捉弄二人？

至於幽會地點，科西莫猜想應該是庭園底端一處涼亭。不久前薇歐拉才讓人重新整修布置。科西莫想起她以前讓人把窗簾和沙發都吊到樹上去的那段時光，心如刀割。現在薇歐拉關心的是他永遠去不了的地方。「我去盯著那裡好了，」科西莫自言自語。「她如果要跟其中一個中尉幽會，只可能選那裡。」他躲進一棵茂密的歐洲七葉樹叢裡。

日落前，他聽見馬蹄聲。拿坡里軍官來了。「看我怎麼整你！」科西莫用吹箭瞄準他的脖子發射一顆松鼠糞便。拿坡里軍官嚇一跳，環顧四周，科西莫從樹上探出身來，就在這個時候他看見英國軍官在圍籬外下了馬，把馬拴在木樁上。「原來他才是。另外那個應該是碰巧經過。」他瞄準英國軍官的鼻子發射一顆松鼠糞便。

「是誰？」英國軍官正準備穿過圍籬，跟同樣剛下馬的拿坡里軍官面面相覷。拿坡里軍官也在問：「是誰？」

「對不起，先生，」英國軍官說。「但我得請你立刻離開這個地方！」

「我有權留在這裡，」拿坡里軍官說。「我才要請你離開這裡！」

「你無權要求我離開。」英國軍官斷然拒絕。「抱歉，我不同意你留下來。」

「這是榮譽問題，」拿坡里軍官說。「請你搞清楚我是誰：薩瓦托雷・迪・聖卡達多・迪・聖瑪利亞—卡普阿韋泰雷，兩西西里王國皇家海軍軍官！」

「我是奧斯伯特・卡索費德爵士，家中排行第三！」英國軍官說。「為了我的榮譽，我必須請你立刻離開這裡。」

「等我用這把劍把你趕出去之後！」薩瓦托雷拔劍出鞘。

「廢話少說，出招吧。」奧斯伯特擺出防衛姿勢。

兩人打了起來。

「我早就想這麼做了，老兄，可不是臨時起意！」薩瓦托雷側身反攻。

奧斯伯特閃躲。「我注意你很久了，中尉，就等著這一天！」

兩人勢均力敵，各種進攻和假動作讓他們筋疲力竭。決鬥進行到最激烈的時候，在亭子裡的薇歐拉出現了：「我的老天啊，快住手！」

兩名中尉放下劍，指著對方異口同聲：「夫人，這個傢伙……」

薇歐拉說：「親愛的朋友，快把劍收起來，拜託！你們這樣嚇唬一個弱女子不好吧？我特別喜愛這個亭子，因為這裡是庭園裡最安靜隱密之處，結果我才打個盹，就被你們兵戎相見嚇醒了。」

「可是，夫人，」英國軍官說。「您不是邀請我來這裡？」

「夫人，您是來這裡等我的吧？」拿坡里軍官說。

薇歐拉發出輕盈笑聲，彷彿小鳥振翅。「噢，是的，我邀請了您……或是您……天啊，我的頭好暈……哎呀，你們還等什麼？進來坐吧，請進……」

「夫人，我以為受邀的只有我一人。是我誤會了，失敬，我先告辭。」

「這也是我的心聲，夫人，告辭。」

薇歐拉笑了：「我親愛的朋友……我親愛的好朋友……我真是太迷糊了……我以為我約了奧斯伯特爵士一個時間……薩瓦托雷先生另一個時間……不，不是，我說錯了，是同一個時間不同地點……欸，不對，怎麼可能這樣約？……哎呀，既然兩位都在這裡，我們不如一起坐下來好好聊聊天？」

兩名中尉互看一眼，再看向她。「夫人，我們懂了，您表現出接受我們的追求，其實只是為了捉弄我們？」

「親愛的朋友，怎麼會呢？正好相反，正好相反……你們真心相待我不可能無動於衷……我很珍惜兩位……這令我十分痛苦……我若選擇了優雅的奧斯伯特爵士，就會錯過熱情的薩瓦托雷先生……我若選擇來自聖卡達多的中尉，就得放棄您啊，爵士大人！噢，為何不能……為何不能……」

「為何不能什麼？」兩位軍官齊聲發問。

薇歐拉低下頭：「為何我不能同時鍾情於兩位呢……？」

歐洲七葉樹高處枝葉晃動。科西莫再也無法冷眼旁觀。

那兩名中尉聽到這句話十分錯愕，紛紛往後退了一步：「確實不能，夫人。」

薇歐拉揚起她美麗的臉龐綻放最燦爛的笑容：「那麼，你們兩位誰率先說出他願意和情敵分享我，藉此證明他愛我，願意不計一切取悅我，我就是他的人！」

「夫人……」

「夫人……」

這兩名中尉毫不猶豫向薇歐拉俯身屈膝告辭，隨即轉身面對面，向對方伸出手緊緊相握。

「我相信您是位有守有為的紳士，薩瓦托雷先生。」英國軍官說。

「我也從未懷疑過您的榮譽心，奧斯伯特先生。」拿坡里軍官說。

二人不再理睬薇歐拉，各自走向自己的駿馬。

「親愛的朋友……你們怎麼生氣了……真傻……」薇歐拉連忙說，但他們已經一隻腳踏上馬鐙。

這是科西莫等待已久的時刻，他早已準備好報復手段，要讓那兩個人又痛又驚。然而看到他們不卑不亢向毫無羞恥心的女侯爵告辭，科西莫突然覺得應該放過他們。但是來不及了！他為報復安排的祕密武器沒辦法移除！就在那一瞬間，科西莫決定展現氣度出聲警告他們，他在樹上大喊道：「別動！別坐馬鞍！」

兩名軍官立刻抬頭：「你在樹上幹什麼？竟敢偷窺！下來！」

他們身後傳來薇歐拉的笑聲，小鳥振翅那種輕笑聲。

兩名軍官一臉茫然。竟然有第三個人，而且他還目睹了整個過程。情況越來越複雜。

「無論如何，」他們說。「我們兩人同進退！」

「以我們的榮譽起誓！」

「我們絕對不會與任何人分享夫人！」

「這輩子絕無可能！」

「萬一你們其中一人反悔……」

「萬一如此，還是同進退！我們一起反悔！」

「我同意！我們走吧！」

聽到這番對話，科西莫氣到咬手指，懊惱自己竟然想放棄報復。「你們活該！」他重新躲進樹叢裡。那兩名軍官上馬。「叫吧！」科西莫心想，用手摀住耳朵。那兩人果然發出慘叫，他們坐在藏在馬鞍鞍布下的刺蝟身上。

「騙子！」他們跳下馬，原地打轉又跳又叫，看來打算遷怒薇歐拉。

豈料薇歐拉比他們更氣憤，她朝樹上大喊：「惡毒醜陋的猴子！」隨後爬上歐洲七葉樹，速度極快，轉眼消失在兩名軍官視線外，他們還以為她被大地吞噬。

薇歐拉在樹上與科西莫對峙，他們怒目相視，但這團怒火反而讓他們回到某種純真狀態，彷彿天使。他們看上去一觸即發，卻聽到薇歐拉高喊：「我親愛的！就是這樣，我要的就是這樣的你，妒火中燒，絕不罷休！」她撲向前摟住科西莫的脖子，相互擁抱，科西莫頓時忘記一切。

她掙脫他的懷抱，看著他的臉彷彿在思索，然後說：「他們也很愛我，你看到了嗎？他們甚至準備分享我……」

科西莫原本想要撲倒她，這時站直了身子，一邊嘶咬枝葉，一邊用頭撞擊樹幹：「那兩個混蛋……！」

薇歐拉板著臉走開。「你應該多跟他們學學。」她轉身快速回到地面。那兩個追求者盡棄前嫌，唯一的競賽是他們得無比耐心地幫對方拔刺。薇歐拉打斷他們：「快！上我的馬車！」他們全都消失在亭子外。馬車離去，在歐洲七葉樹上的科西莫雙手摀著臉。

接下來那段時間科西莫飽受折磨，那兩個前情敵也一樣。難道薇歐拉的日子就好過嗎？我認為她之所以折磨別人其實是因為想折磨自己。兩名軍官結伴同行，常常一起出現在薇歐拉的窗前，或受邀進入她的客廳，或投宿旅店漫長等待。她同時對兩人示好，要求他們重新比賽證明自己的愛，他們每次都說已經準備好，願意只擁有一半的她，甚至還可以跟更多人分享她，因為他們走上退讓這條不歸路再也無法回頭，兩個人都渴望最終能以這種方式感動她並得到她的承諾，他們既要努力遵守跟情敵達成的共進退協議，又在妒意驅使下希望取代對方，在闇黑墮落的召喚下他們逐漸沉沒。

每當那兩名軍官做出新的讓步，薇歐拉就騎馬去告訴科西莫。

「我跟你說，那個英國人答應了這個和那個……拿坡里人也是……」她一看到科西莫鬱鬱寡歡趴在樹上，就對他大喊。

科西莫默不作聲。

「這才是真愛！」她不放過他。

「真噁心，你們全都一樣！」科西莫嘶吼完，轉身消失。

他們以如此殘酷方式相愛，找不到退路。

英國指揮艦即將啟航。「您會留下來吧？」薇歐拉問奧斯伯特爵士。奧斯伯特爵士沒有回船艦報到，被宣告為逃兵。為了義氣，加上競爭心理，薩瓦托雷同樣成為逃兵。

「他們變成逃兵，」薇歐拉得意洋洋告訴科西莫。「都是為了我！你呢……」

「我⁉」科西莫眼露凶光大吼，薇歐拉不敢再往下說。

奧斯伯特爵士和薩瓦托雷這兩名擅離皇家海軍職守的逃兵，如今神情憔悴，惶惶不安，整天待在旅店裡玩骰子，試圖贏對方的錢。薇歐拉對她自己和周遭所有一切的不滿都達到了最高點。

她騎上馬往樹林去。科西莫在橡樹上，她在樹下的草地上。

「我累了。」

「對他們？」

「對你們三個。」

「呵。」

「他們給了我各種愛的證明……」

科西莫嗤之以鼻。

「……但我依然覺得不夠。」

科西莫抬眼看著她。

薇歐拉說：「你不相信愛是全心付出，放棄自我……」

她站在草地上，美艷更勝以往，其實什麼都不用做就可以化解讓她臉龐略顯僵硬的冷漠表情和高傲姿態，重新擁她入懷……科西莫只要說幾句話，隨便說點什麼迎合她，例如：「你說你要我怎麼做，我都願意……」他就能重新擁有幸福，一起重溫幸福不再愁容滿面。結果他說出口的是：「如果你不能全心全意做自己就不可能有愛。」

薇歐拉本來想反駁，但又覺得疲憊。其實她可以理解他，一直以來她都理解他，她差點說出口的是：「你就喜歡你現在的樣子……」，然後她就能立刻回到他身邊……。

可是她咬咬嘴唇，開口說：「那你就做自己吧。」

「可是沒有你，我做自己有何意義……」科西莫心裡這麼想，卻說：「反正你喜歡那兩個寄生蟲……」

「你不可以鄙視我的朋友！」她對他大吼，心裡想的卻是：「我只在乎你，我做這一切都只是為了你！」

「只有我可以被鄙視……」

「那是你的想法！」

「我跟我的想法是一體的。」

「我今晚離開，你以後再也看不到我了。再見。」

薇歐拉跑回莊園，收拾行李就出發，沒給那兩個軍官留下隻字片語。她信守承諾，再也沒回歐布洛薩。她去了法國，當她一心只想返回家鄉時，發生了諸多歷史事件讓她難以如願。法國大革命爆發，之後戰爭開打[35]。薇歐拉原本對這段歷史進程的發展很感興趣（她當時追隨拉法葉侯爵[36]），後來移居比利時，再去了英國。在對抗拿破崙的長年戰事期間，薇歐拉在倫敦濃霧中常夢見歐布洛薩的樹林。後來她再嫁給一位任職英國東印度公司的貴族老爺，定居加爾各答。薇歐拉在露臺上看著樹林，這些樹木比她兒時那座花園裡的樹木更奇特，她每每以為自己看到科西莫在枝葉間穿梭，結果不是猴子就是美洲虎的身影閃過。

奧斯伯特·卡索費德爵士和薩瓦托雷·迪·聖卡達多終其一生形影不離，四處探險尋奇。有人看見他們現身威尼斯賭場、哥廷根大學神學院、俄羅斯女皇凱撒琳女王二世在位時的聖彼得堡，之後就不知去向。

科西莫在樹林裡徘徊了很長一段時間，衣衫襤褸，以淚洗面，拒絕進食。他跟新生兒一樣嚎啕大哭，以前只要這位神槍手靠近就四散飛走的禽鳥，現在卻停駐在鄰近樹梢上，或在他頭頂盤旋陪伴他，麻雀啾啾叫，金翅雀嘰嘰喳喳，歐斑鳩咕咕咕，鶇聲音清脆，蒼頭燕雀和柳鶯婉轉鳴唱。松鼠、睡鼠和田鼠離開牠們的窩，加入這場大合唱，我兄長就在這片哭聲中走來走去。

接下來是洩憤暴力期。他從每棵樹的樹梢開始，將樹葉一片接一片拔掉，沒過多久那棵樹就跟過冬一樣禿了，即便它並不是落葉樹。之後他重新爬上樹梢，折斷所有細枝只留下粗幹，當他第三度爬上去，便掏出小刀開始剝樹皮，被剝了皮的樹露出白色木質和令人不寒而慄的傷口。

科西莫這些憤怒行為不再是因為怨恨薇歐拉，而是懊惱，為失去她，未能將她綁在身邊，用無聊愚蠢的驕傲傷害她而感到懊惱。現在他明白了，薇歐拉對他始終情有獨鍾，之所以跟那兩名男子周旋是為了凸顯只有科西莫才有資格做她唯一的戀人，她所有不滿和任性不過是執著於為他們不願承認停滯不前的戀情增溫，而他，他……他不但完全沒發現還激化問題到最後終於失去她。

科西莫在樹林裡閉關好幾個星期，無比孤單，就連了不起的馬西莫也不在，因為牠被薇歐拉帶走了。當我兄長重新在歐布洛薩出現時，他整個人都變了，我再也無法自欺欺人，這一次科西莫真的瘋了。

---

35 法國大革命戰爭（Guerres de la Révolution française）。一七九二年法蘭西共和國建國至一八〇二年間，與反法同盟之間的一系列戰爭。一七九一年六月，法國國王路易十六於法國大革命期間出逃失敗被捕，引起歐洲其他君主制國家不安，也加速了法國廢除君主制、邁向共和制的腳步。一七九二年九月，普魯士、奧地利成立反法聯軍攻打法國失利，一七九三年法國國民公會以叛國罪處死路易十六後，英國、西班牙、葡萄牙等國都加入反法同盟，展開將近十年的法國大革命戰爭。此外，一七九三至一七九六年間還有被稱為旺代戰爭（Guerre de Vendée）的法國內戰，主因

為佃農並未因廢除封建制度而受惠，同時對法律及宗教制度被破壞產生反抗及仇恨心態。

36 拉法葉侯爵（Marquis de La Fayette, 1757-1834），法國軍事將領、政治家。曾參加美國獨立戰爭，法國大革命期間傾向溫和改革，支持君主立憲制。一七九一年七月十七日，群眾為路易十六獲判無罪走上街頭抗議，在巴黎戰神廣場發生騷動，國民衛隊指揮官拉法葉侯爵下令槍口朝向群眾造成死傷。

第二十四章

在歐布洛薩，從科西莫十二歲爬上樹拒絕下來之後，大家一直都說他瘋了。但是後來，所有人都接受了他瘋瘋癲癲的狀態，我說的不只是他住在樹上那件事，還有他的古怪性格，大家只覺得他特立獨行。在跟薇歐拉熱戀那段期間，科西莫開始說一些別人聽不懂的語言，尤其是主保聖人節那天，許多人認為他褻瀆神明，說他的鬼吼鬼叫是異端言論，或許是迦太基語，那是伯拉糾[37]信徒的語言，或是用波蘭語宣揚蘇西尼主義[38]教義。從那天起謠言四起，都說：「男爵瘋了！」也有頭腦清醒的人說：「他本來就是瘋子要怎麼發瘋？」

眾說紛紜中，科西莫真的瘋了。他之前是從頭到腳全身都穿著毛皮，現在則在頭上插羽毛，活像美洲土著，他用戴勝鳥或歐金翅雀的羽毛，色彩鮮豔，除了頭上還往衣服上插，最後看起來像是穿著一件羽毛大禮服。他還開始模仿禽鳥的習慣動作，例如啄木鳥，從樹幹抓出蚯蚓和毛毛蟲後到處炫耀，彷彿不得了的寶物。

他對聚集在樹下聽他說話嘲笑他的人大加讚美禽鳥，身為獵人的他替牠們辯護，自稱是北長尾山雀或西倉鴞或知更鳥，只是做了一點恰到好處的偽裝，他長篇大論指責人類不懂得把鳥兒視為真正的朋友，隨後用各種比喻轉而指責整個人類社會。就連那些禽鳥也意識到他的想法改變，願意靠近他，即便樹下有許多人聽講。因此科西莫在演說的時候只要往周圍樹上隨便一指，就有活生生的範例。

因為禽鳥聚集在科西莫身邊，謠傳說歐布洛薩很多獵人拿他當誘餌，其實沒有人敢朝棲息在附近樹上的小鳥開槍。因為男爵現在神智不清，大家心生畏懼。有人嘲笑他，沒錯，他待的樹下常常有一群頑童和遊手好閒的傢伙嘲笑他，但是另一方面也有人十分尊重他，全神貫注聽他說話。

他的樹上掛滿了字條、寫著塞內卡[39]和沙夫茨伯里[40]的名言，以及各種小物，包括成簇的羽毛、教堂蠟燭、割草刀、皇冠、女子半身塑像、手槍和秤，依照某種順序綁在一起。歐布洛薩居民花許多時間試圖猜出那些貴族、教宗、美德和戰爭畫謎背後的意涵，我認為其中有一些沒有任何意義可言，只是為了訓練腦力，讓他們知道即便是最叛經離道的想法也有可能是正確的。

科西莫也著手創作，他寫了《烏鶇之詩》、《敲打的啄木鳥》和《長耳鴞對話錄》，公開分送給大家。科西莫正好在心智錯亂這段期間學會了印刷術，他開始自行印製某種手冊或公報（其中有一份名為《喜鵲公報》），所有這些印刷品的共同標題是《雙足觀測》。他搬了一些東西到胡桃樹上，包括一張大長桌、排字架、印刷機、一盒活字和一罈油墨，先花幾天排版然後開始印刷。有時排字架和紙張上會有蜘蛛和蝴蝶，印刷品的頁面上便會留下牠們的足跡；有時睡鼠會跳到油墨未乾的紙張上，尾巴掃來掃去弄得髒兮兮；有時松鼠會拿走一顆字母帶回窩裡，以為是食物，例如字母Q，因為形狀圓滾滾的還有梗，被誤認為是果實，導致科西莫某些文章開頭的Q只能用發音相似的C取而代之。

做這些事很好，但我覺得那段時間我兄長不只是瘋狂，還有一點變蠢，這個問題更嚴重，更覺人心痛。因為瘋狂的本質是力量，姑且不論好或壞，但糊塗的本質則是軟弱，無法挽救。

入冬後科西莫似乎進入一種冬眠狀態，他窩在他那個掛在樹上的睡袋裡，像一隻雛鳥，只露出腦袋。最多會在一天之中最暖和的時候，走幾棵樹到梅爾丹佐溪畔那棵赤楊樹上，解決他的內急問題。他待在睡袋裡的時候會翻翻書（在黑暗中點一盞小油燈），或自言自語，或哼哼歌，但大多數時間都在睡覺。

飲食方面，他有一些不明的存糧，但如果有好心人架梯子把濃湯和義大利餃送到樹上，他也不拒絕。坊間迷信說，若進貢食物給男爵會帶來好運氣，至於這個說法代表他令人心生畏懼或好感，我相信應該是後者。只是頂著隆多男爵繼承人的頭銜卻仰賴眾人施捨維生，我覺得不妥當，過世的父親若地下有知該作何感想。我個人倒是沒有什麼好抱怨的，因為科西莫對家族提供的各種便利向來看不上眼，還簽了一份委託書，只要我將一小筆遺產轉交給他（他幾乎全拿去買書），就無須再對他負任何責任。可是看他現在連覓食能力都沒有，我讓家中穿制服戴白色假髮的僕人用托盤帶著四分之一隻火雞和一瓶勃根地葡萄酒爬梯子送到樹上去。我以為他會以某些說不清的原則問題為由拒絕，豈料他二話不說就接受了。從那時候起，只要我記得，都會送一些主菜到樹上給他。

總之，那段時間科西莫一蹶不振。幸好後來狼群入侵，讓他得以再顯所長。那年冬天嚴寒，連歐布洛薩樹林都下雪。阿爾卑斯山上的狼群飢腸轆轆，被迫下山到海岸一帶獵食。有樵夫遇見狼，驚慌地把消息傳回來。歐布洛薩居民之前為預防樹林火災成立巡邏隊，深知在危險時刻必須團結一致，於是他們又開始在城外山徑輪流站崗，以阻止那些飢餓的猛獸靠近。大家都不敢出門，更不用說入夜之後。

「可惜男爵現在大不如前！」歐布洛薩居民惋惜道。

那年寒冬對科西莫的健康造成一定傷害。他像蠶繭裡的蛹那樣窩在晃來晃去的睡袋裡，流著鼻水，看起來抑鬱低落。狼群出現的警報響起，人群經過科西莫的樹下時對他大喊道：「男爵，以前是你在樹上保護我們，現在換我們保護你。」

科西莫瞇著眼，一副沒有聽懂或不在乎的樣子。隨即突然抬起頭，吸了吸鼻子，聲音沙啞地說：「羊。要驅趕狼群，得把羊綁在樹上。」

大家聚集在樹下聽科西莫胡言亂語，紛紛嘲笑他。他一邊吸鼻子一邊咳痰，從睡袋裡站起來說：「我帶你們去。」便邁步往前進。

科西莫在樹林和農地之間的幾棵胡桃樹或橡樹上，仔細研究後選定了幾個位置，讓人把活的、咩咩哭喊的綿羊或小羔羊帶到樹上綁起來，以免牠們從樹上掉下去。他在這幾棵樹上各藏了一把上了膛的獵槍，他自己也偽裝成羊，從兜帽、外套到馬褲，都是捲捲的羊毛。他靜悄悄地在樹上徹夜守候，大家都覺得他完全瘋了。

結果那天晚上狼群真的來了。牠們聞到羊的氣味，聽到羊咩咩叫，再看到樹上的羊，整群餓狼都奔到樹下嗷叫，張開血盆大口，伸出爪子扒著樹幹。就在這個時候，科西莫在枝椏上縱身跳躍，朝狼群飛奔而來，狼群看著那個介於羊和人之間的奇怪生物像鳥一樣逼近，全都目瞪口呆。直到砰！砰！兩聲槍響正中咽喉，才反應過來。之所以有兩聲槍響，是因為科西莫自己隨身帶一把獵槍（每次射擊完畢重新填裝火藥），每棵樹上還有另一把已經上了膛的槍。總之，每次都有兩頭狼被擊斃倒臥冰冷地上。狼群大多數都被科西莫殲滅，他每次開槍，狼群就慌慌張張轉向，其他獵人聽著狼嚎尾隨在後，開槍射殺其餘狼隻。

關於這次獵狼行動，科西莫後來說了好多不同版本，我不知道哪個才是真的。其中一個是這樣的：「獵殺進行得很順利，我走向綁著最後一隻羊的那棵樹，發現有三頭狼已經爬上樹正在大快朵頤。我因為感冒視線模糊聽力不佳，完全沒有察覺我就快要跟狼臉貼臉。那三頭狼看到樹上出現另一隻直立走路的羊，轉身向牠張開血淋淋的大口。我的槍沒有上膛，因為先前火藥已經用罄，藏在那棵樹上的槍我拿不到，因為有狼擋路。我當時站的那根枝椏太過細嫩，頭頂上方的枝椏比較粗壯。我倒退走，漸漸遠離樹幹，有一頭狼緩緩跟過來。我伸手拉住上方枝椏，雙腳假裝繼續踩在那細嫩枝椏上，其實我全靠上方枝椏支撐。那頭狼上當，繼續向前進，當我一跳攀上頭頂那根枝椏時，細嫩枝椏應聲折斷，那頭狼發出一聲慘叫摔落地面，骨頭斷裂當場斃命。」

「那另外兩頭狼呢？」

「……另外兩頭狼以靜制動打量我。我趁其不備脫下羊毛外套和兜帽朝牠們丟過去。其中一頭狼看到羔羊的白色身影飛過去，張口想要咬住，原本準備承接一定重量，沒料到只是一張羊皮，所以牠重心不穩失去平衡，也同樣摔落地面，跌斷了四肢和脖子。」

「還剩最後一頭狼……」

「……最後那頭狼，我因為突然把外套丟出去只剩下輕薄衣裳，打了一個超大噴嚏連天空都抖了一下。那頭狼被突如其來、前所未聞的巨響嚇一跳，從樹上摔下去，跟前面兩頭狼一樣跌斷了脖子。」

我兄長是這樣描述他的獵狼之夜。唯一如假包換的是他著涼了，原本他就病懨懨的，這回病情一發不可收拾。有好幾天他半死不活，為表達感激之意，歐布洛薩地方政府出錢為他醫治。他躺在吊床上，一群醫生靠著梯子上上下下圍繞在他身旁。附近所有好醫生都被請來會診，有人提供治療，有人放血，有人塗抹芥末藥膏，有人熱敷。再也沒有人說隆多男爵像瘋子，大家都說他是本世紀最了不起的天才和英雄人物。

至少在他生病期間是如此。等他痊癒後，又跟以前一樣眾說紛紜，有人說他恢復正常，有人說他早就瘋狂。他倒是沒有再做太奇怪的事，繼續印刷一週出版一次，刊物標題不再是《雙足觀測》，而是《理性的脊椎動物》。

---

37 伯拉糾（或譯白拉奇，Pelagius, 360-420），羅馬帝國不列顛行省神學家，主張人性本惡，但並非原罪，人得救不是靠主的恩典，憑個人自由意志可自我改造獲得重生。被視為異端。

38 蘇西尼主義（Sozzinismo）是十六世紀義大利改革派神學家雷立歐・蘇西尼（Lelio Sozzini, 1525-1562）和姪子浮士托・蘇西尼（Fausto Sozzini, 1539-1604）將宗教改革期間主張反三位一體論（Antitrinitarismus）者集結起來，形成有影響力的宗教運動，其觀點為聖子耶穌基督是具有奇能的先知，聖靈出於聖父，二者都不是神，唯有聖父是神。

39 塞內卡（Lucius Annaeus Seneca minor, 西元前 4-65），古羅馬哲學家、政治家，斯多噶學派代表人物。

40 沙夫茨伯里（Anthony Ashley Cooper, 3rd Earl of Shaftesbury, 1671-1713），英國哲學家，對道德感的論述，對十八世紀歐洲影響深遠。認為道德的美與自然秩序有內在關聯，相較於理性，他更重視建立在良好品味和情感上的和諧。著有《論美德之探究》（*An Inquiry Concerning Virtue*）《人、風俗、意見與時代之特徵》（*Characteristics of Men, Manners, Opinions, Times*）等。

第二十五章

我不知道當年在歐布洛薩是否已有共濟會[41]會所成立。我是在許久之後，在第一次反法同盟戰爭[42]中拿破崙獲勝後，才跟當地富裕的資產階級和比較旁支的貴族加入共濟會，所以科西莫與共濟會之間最初是什麼關係，我並不清楚。但我可以說一個插曲，發生在我說的故事同一時期，有不同目擊者可以作證。

一天，有兩名西班牙旅人路過歐布洛薩，要去拜訪一位名叫巴特羅密歐・卡瓦涅亞的糕點師傅，他是共濟會會員。據說那兩個人自稱是馬德里分會的兄弟，於是卡瓦涅亞帶他們去參加當晚的歐布洛薩共濟會會議，大家通常帶著火把和蠟燭在林中空地集會。這一切只有傳言和臆測，可以確定的是，那兩名西班牙旅人第二天一離開旅店，就被行蹤隱密的科西莫盯上，居高臨下尾隨在後。

西班牙旅人走進城門外一家小酒館的庭院，科西莫倚靠在一棵紫藤樹上。店裡有一個客人坐在桌前等他們，此人頭戴寬邊黑帽，看不見他的臉。只見一方白色桌布上有三顆腦袋，應該說三頂帽子，湊在一起，一陣交頭接耳後，那個陌生人在一張細長紙條上將另外兩個人口述的內容寫下來，每寫完幾個字就換一行，應該是在羅列人名。

「各位先生，早安！」科西莫開口道，三頂帽子抬起來露出三張臉，瞪大眼睛看著紫藤樹上的男人。三人其中一個，戴寬邊黑帽的那個，立刻低下頭去，鼻尖都碰到了桌面。我兄長只來得及瞄到一眼，覺得似曾相識。

「您好！」另外兩個人說。「如鴿子一般從天而降向外地人自我介紹是這裡的習俗嗎？麻煩您下來跟我們解釋一下。」

「有人在高處人人可見光明磊落，」隆多男爵說。「有人在低處躲躲藏藏不敢露臉。」

「我們沒有義務露臉給您看，先生，就像您也沒有義務露臀部給我們看。」

「我知道對某些人而言，露不露臉茲事體大。」

「請問是哪些人？」

「比方說，間諜！」

那兩名男子嚇一跳。低著頭的男子依然動也不動，但終於開口說話：「或者，再打個比方，某些祕密會社成員……」他一字一字慢慢說。

這句話可以從不同角度詮釋。科西莫思考片刻後大聲說：「先生，這句話有多重含意。您說『某些祕密會社成員』，可以影射我，也可以影射你們自己，或我們雙方都是，或我不是你們也不是，或不管是哪一種，可以先看我如何回答，再決定這句話是什麼意思？」

「什麼？什麼？你說什麼？」戴寬邊黑帽的男人頭暈腦脹之際，忘記自己應該隱匿身分，抬頭望向科西莫。科西莫認出來了，那個人是蘇比丘神父，在歐利瓦巴薩跟他針鋒相對的那個耶穌會士！

「哈！我沒有上當！摘下你的假面具吧，神父！」科西莫大吼。

「是你！我就知道！」蘇比丘神父脫下帽子，俯身致意，露出行剪髮禮[43]後的光禿頭頂。「蘇比丘・德・瓜達雷特神父，耶穌會長老。」

「科西莫・迪・隆多，共濟會會員。」

另外兩個西班牙人點頭致意，自我介紹。

「我是卡利斯托神父。」

「我是富哲丘神父。」

「你們兩位也是耶穌會士？」

「我們也是。」

「但你們修會不是已經被教宗下令解散[44]了嗎？」

「我們才不會放過像你們這樣的浪子和異端分子！」蘇比丘神父拔劍出鞘。

耶穌會解散後，這些西班牙耶穌會士加入戰場，試圖在各地成立民兵組織，以對抗宗教改革和有神論[45]勢力。

科西莫作勢拔劍。許多人擁上前圍觀。「您最好下來打，才符合騎士精神。」蘇比丘神父說。

不遠處有一片胡桃林，正逢採收時節，農民在樹下掛著床單好收集他們敲打下來的胡桃。科西莫跑向其中一顆胡桃樹，跳下床單，挺直腰桿，努力踏穩腳步以免在宛如大型吊床的織布上滑倒。

「蘇比丘神父，您往高處走幾步吧，我往下的幅度遠大於您往上！」科西莫也拔劍出鞘。

蘇比丘神父跳上低空懸掛的床單。床單會不斷捲成睡袋狀將人包裹起來，很難維持站姿，但決鬥的兩人怒火中燒，刀鋒成功相接。

「為主的榮耀而戰！」

「為偉大的宇宙建築師而戰！」

雙方發動攻擊。

「在我的劍捅破你的腸子之前，」科西莫說。「告訴我烏蘇拉小姐在哪裡？」

「她死在修道院裡了！」

這個消息（我覺得是蘇比丘神父捏造的）讓科西莫心神大亂，耶穌會士趁機偷襲，他向前一個弓步揮劍斬斷綁在離科西莫最近的枝椏上床單一角。科西莫差點跌落地面，幸好他及時撲向蘇比丘神父，牢牢抓住另一側床單，同時突破神父的防守，一劍刺入敵人腹部。蘇比丘神父摔倒，順著床單滑向他先前斬斷的那一角，跌落在地，科西莫則爬上胡桃樹。另外兩個耶穌會士抬起或受傷或斷氣（我無從得知）的弟兄，匆匆逃逸從此未再出現。

人群聚集在被血跡斑斑的床單旁。自那天起，我兄長是共濟會會員一事無人不曉。

這個組織的祕密我所知不多。如我先前所說，我初入會時得知科西莫是資深兄弟，但不清楚他與共濟會的關係，有人說他雖入會但未積極參與，有人說他是脫離正統的異端，還有人甚至說他叛教，不過說起他的過往經歷都十分尊重。我也不排除科西莫就是傳說中「啄木鳥共濟會」的導師，據說「歐布洛薩共濟會東方社」便是由這位導師一手創建，就入會儀式的描述來看，顯然受到科西莫的影響：入會會員必須蒙住眼睛爬上樹梢，再用繩子垂降下來。

歐布洛薩共濟會最初幾次集會，的確都是入夜後在樹林中舉行，所以科西莫在場合情合理。有可能他與國外友人通信時，信中夾帶共濟會憲章和手冊，於是他在此地建立分會，或是其他人在法國或英國入會後，決定將共濟會禮儀帶入歐布洛薩。也可能歐布洛薩早有共濟會組織，科西莫不知情，某天晚上他在樹林裡無意中發現有人在林中空地聚集，現場有奇怪的布置和道具，他靠著枝狀大燭臺的燭光，在樹上駐足聆聽，然後插嘴說了幾句莫名其妙的話引發騷動，例如「你若築起一道牆，想想你會失去什麼！」（我常聽他重複說這句話）或他掛在嘴邊的其他句子，那些共濟會會員意識到他學問高深，便邀請他入會，擔任特殊職務，隨後引進大量新禮儀和符號。

我兄長投入歐布洛薩共濟會會所事務那段期間，這個露天共濟會（我這麼說，是為了跟在密閉空間內集會的其他共濟會有所區隔）的禮儀額外繁複，要準備貓頭鷹、望遠鏡、松果、液壓泵、蘑菇、沉浮子[46]、蜘蛛網和乘法表。還要展示頭骨，不只是人類頭骨，還有牛、狼跟老鷹的頭骨。除此之外，還要準備共濟會正規禮儀需要的抹刀、尺和圓規。當時所有這些東西都以奇怪的排列方式掛在樹枝上，被歸因為男爵一貫的瘋狂行為。只有少數人才知道這些特殊物品有其重要象徵意義，不過本來就不可能將它們先前和後來具有的象徵意義做清楚切割，也無法排除這些物品原本就是某個祕密會社神祕符號的可能性。

科西莫早在加入共濟會之前，就已加入各種工藝協會或兄弟會，例如鞋匠行會、酒桶匠兄弟會、武器甲冑工匠行會或製帽協會。因為他需要的東西幾乎都自己動手做，熟悉各種手工技藝，才能要求加入這些組織，而這些組織也樂見有一位出身貴族的成員，不但才華洋溢，而且無私無我。

我一直不明白，科西莫對社交生活始終展現高度熱情，卻又不斷逃離文明社會，兩者之間如何達到平衡，但這也是他性格中獨特之處。或許可以說他待在樹上的心意越堅定，就越覺得需要跟人類建立新的關係。只不過，儘管他不時全心全意投入組織一個新的行會，訂定鉅細靡遺的章程和目標，為不同職位選擇最適合的人才，他的夥伴永遠不知道可以依賴他到什麼程度，何時何地能夠遇見他，他會不會有一天突然回歸鳥兒崇尚自由的本性，再也抓不住他。如果要為科西莫這些自相矛盾的態度找到一個理由，或許可以說他抗拒那個時代當下所有類型的人類社會，所以他逃走，卻又亟待實驗新的可能不願輕言放棄。然而他覺得沒有任何一種類型的人類社會是對的，而且全部大同小異，所以他只能繼續過著某種孤僻生活。

他心中所想的，是一個普世社會。每次他號召人手，不管是為了特定目的，例如預防火災或對抗狼群，或是為了成立磨刀、鞣皮等手工藝匠行會，總是讓大家午夜時分在林中空地的某棵樹下集合，聽他在樹上號令群眾，給人一種陰謀、邪教和異端的感覺，在那種氛圍中，他的演說內容很容易從特定目的變得空泛，從簡單的手工藝執業規則變成把全世界打造成平等、自由、公正的共和國建國計畫。

所以科西莫在共濟會裡不過是重複他參加其他祕密會社或半祕密會社時做過的事。只是有一天，倫敦的英格蘭總會派了一位利夫浦克勳爵到歐洲拜訪各地分會，他到歐布洛薩時，我兄長正好擔任導師，這位勳爵對於科西莫各種不符合正統的行徑大驚失色，寫信回倫敦，說歐布洛薩這個新共濟會遵循的應該是蘇格蘭禮儀，背後由斯圖亞特王朝出資，煽動民心反對漢諾威王室，尋求讓詹姆二世復辟的機會。[47]

之後發生的事我已經說過，兩名西班牙旅人自稱共濟會會員去見巴特羅密歐・卡瓦涅亞，他們受邀參加會所集會，覺得一切都很正常，還說此地會所與馬德里的大東方社無異。這點讓科西莫起了疑心，他很清楚歐布洛薩會所有多少禮儀是他發明的，所以他才會跟蹤那兩個間諜，拆穿他們，還打敗了宿敵蘇比丘神父。

總而言之，我認為歐布洛薩共濟會改變禮儀只是為了科西莫因地制宜，因為科西莫有可能為任何手工藝匠行會選擇象徵符號，唯獨不會介入前身是石匠行會的共濟會，畢竟住在樹上的他無意建造房屋，也無意住在其他石匠建造的房屋裡。

41 共濟會（Freemasonry）是由中世紀末歐洲的石匠行會演變而來，masonry指石工技藝，free指自由意志，代表石匠並非奴隸。早年的共濟會跟後文提到的所有組織一樣，都是一種工藝職人行會。中文通用譯名「共濟」，取自組織精神之一。現代共濟會的最早紀錄是一七一七年，崛起於英格蘭，之後有愛爾蘭總會和蘇格蘭總會陸續成立。這三個總會是全世界所有共濟會的起源。雖然今天會員等級制度仍帶有濃厚中世紀色彩，但其影響力已擴及政界、商界和藝術界。

42 第一次反法同盟戰爭（Guerre de la première coalition, 1792-1797）是法國大革命戰爭中的其中一場戰爭。背景請參看頁二五七譯注三十五。

43 剪髮禮（tonsura），中世紀某些天主教修會的僧侶會剃光頭頂，僅留下額頭上方環狀頭髮，代表拋棄世俗欲望。另一說法是，這是古羅馬時期奴隸的髮型，僧侶以此表示自己是「主的僕人」。一九七二年教宗保祿六世公告天主教會廢除此禮。

44 耶穌會（Societas Iesu）由西班牙貴族羅耀拉（Ignatius de Loyola, 1491-1556）於一五三四年在巴黎成立，是天主教會重要修會之一，注重神學教育，效忠天主教會與教宗，對抗異端，反對宗教改革中新教勢力擴張，幾乎主導宗教裁判所的判決。耶穌會因壟斷知識傳授，採用極端手段處理異端爭議，一七五九年遭葡萄牙驅逐，一七六七年遭西班牙驅逐，一七七三年七月二十一日教宗克勉十四世發布敕令《吾主救世主》（*Dominus ac Redemptor*），宣布解散耶穌會。一八一四年教宗庇護七世予以恢復。

45 有神論（teismo），相信有至高無上的神或神靈的存在，包括基督教、伊斯蘭教、佛教及道教等在內的一神論、多神論和泛神論，都屬於有神論。

46 沉浮子（cartesius），一六四八年義大利科學家馬久提（Raffaello Magiotti）發明的液壓測量工具。

47 支持天主教會和君主專制的斯圖亞特王朝（The House of Stuart）自一六〇三年起統治全英國。十七世紀下半葉，英國國內政局動盪，以信奉新教為主的英格蘭質疑聲浪漸強，一六八八年光榮革命（Glorious Revolution）推翻詹姆士二世，將他流放海外。蘇格蘭共濟會擁護斯圖亞特王朝流亡者（詹姆士黨）復辟，起義事件不斷，直到十八世紀後期確認國會權力高於王室，才結束近一個世紀的政治紛爭。

第二十六章

歐布洛薩也以葡萄園聞名。我之前沒有強調這點，因為跟著科西莫四處跑，我總是繞著高大樹木打轉。其實這裡的綿延坡地上多有葡萄園，到了八月，一排排葡萄葉下逐漸結成串串粉色果實，汁液飽滿，已可預見瓊漿顏色。也有些葡萄園使用藤架，我特別提這件事，是因為科西莫年紀大了，個子縮水又變輕，知道如何在葡萄藤架上行走，讓藤架不致於過度承重。如此他就能在葡萄園來去自如，還可以借助周圍果樹和木樁做很多工作，例如冬天修剪纏繞在鐵絲上的光禿禿藤蔓，夏天摘掉過於茂密的葉片，或除蟲，靜候九月採收葡萄。

到了葡萄採收時節，全歐布洛薩居民都出動，在葡萄園裡待上一天又一天，只見色彩鮮艷的裙襬和綴有流蘇的帽子與一排排綠油油的藤蔓交錯。騾夫把裝滿葡萄的簍子掛在鞍架上，之後再倒進大木桶裡。其他簍子則被有警察護衛的稅務官帶走，他們來徵收當地貴族的稅金，有的上繳給熱內亞共和國政府，有的上繳給神職人員，有的則是什一捐[48]。每年都會發生一些糾紛。

法國大革命爆發時，關於收成的多少應該繳稅，成為各地「訴怨簿」裡的主要抗議內容。歐布洛薩也有人開始寫訴怨簿，雖然在這個地方沒有任何用處，但聊勝於無。這個點子是科西莫想出來的，當時他已經不需要跟那幾個半吊子的共濟會會員開會討論事務，成天待在廣場的樹上，來自海濱和田野的居民圍著他，等他跟大家解說新聞，因為他會收到郵寄的公報，還有朋友也會寫信給他，包括天文學家巴伊[49]，以及幾位俱樂部友人。每天都有來自法國的新鮮話題：賈克．尼克[50]、網球廳宣言[51]、巴士底監獄事件[52]，還有騎白馬的拉法葉侯爵和偽裝成侍從逃命的法國國王路易十六。科西莫一邊解釋一邊朗讀，在枝椏間跳來跳去，在這根枝椏上模仿米拉波[53]在國民議會上說了什麼，在另一根枝椏上模仿馬拉對雅各賓黨人說了什麼，[54]再換一根枝椏模仿路易十六戴上小紅帽安撫從巴黎徒步走到凡爾賽宮的遊行婦女。[55]

為了解釋何謂「訴怨簿」，科西莫說：「我們來做一本吧。」他拿了一本學校作業簿用繩子掛在樹上，讓每個人都能寫下心中不滿。結果內容五花八門，漁夫抱怨魚的售價，葡萄果農抱怨什一捐，牧人抱怨放牧地邊界問題，樵夫抱怨公有林地問題，還有抱怨家裡親戚坐牢的、抱怨自己犯罪遭到繩刑刑求的、抱怨為了女人問題跟貴族鬧得不愉快的，總之是怨聲載道。科西莫心想即便那是一本「訴怨簿」，但如此怨氣沖天也不好，於是他又生出新點子，要每個人寫下心裡最想要的。大家再次表達自己的意見，這回寫的都是好事：有人想要一個佛卡夏橄欖麵包，有人想要一碗湯；有人想要一名金髮女郎，有人想要兩名褐髮女郎；有人希望能整天睡覺，有人希望全年都有蘑菇採；有人想要一輛四頭馬車，有人只要一頭山羊就好；有人希望能再見到過世的母親，有人希望能遇見奧林匹斯山諸神。總之，簿子裡寫滿了世界上所有美好的事物，許多人不會寫字就用畫的，甚至還著色。科西莫也寫下他想要的，一個名字，薇歐拉。多年來他在每個地方都寫下這個名字。

這麼棒的一本簿子，科西莫給它下了一個標題「訴怨暨許願簿」。只不過寫滿之後，不知道能送去哪個單位，只能留在那裡，繼續用繩子掛在樹上，被雨水沖刷後字跡消失紙張軟爛，看在歐布洛薩居民眼裡，不禁為自己的困頓感到心酸，也更激發反抗的欲望。

其實，導致法國大革命爆發的所有問題，我們都有。但我們不是法國，所以不會有革命。我們這裡永遠光說不練。

然而在歐布洛薩一樣能感受風起雲湧時刻到來。法國共和國軍對抗奧地利和薩丁尼亞王國聯軍的戰爭近在咫尺。當時馬塞納指揮官[56]強渡科拉登特隘口，拉阿爾普將軍[57]在內維亞河一帶作戰，穆雷將軍[58]駐守科尼切村，拿破崙只是一個砲兵司令。所以隨風傳到歐布洛薩若隱若現的隆隆砲聲，都是他搞出來的。

九月準備採收葡萄，感覺卻像是在籌畫什麼駭人的祕密行動。

家家戶戶好像都在打暗號。

「葡萄成熟了！」

「是成熟了！時候到了！」

「熟透了！該採收了！」

「該榨葡萄了！」

「我們都準備好了！你會去哪裡？」

「我去橋另一端的葡萄園。你呢？還有你呢？」

「我去皮尼亞伯爵的葡萄園。」

「我去磨坊那邊的葡萄園。」

「你看來了多少警察？跟偷吃我們葡萄的烏鶇一樣多。」

「今年牠們休想偷吃！」

「不怕烏鶇多，我們全都是獵人！」

「可是有人躲了起來，有人跑了。」

「今年好像很多人不想採收葡萄？」

「我們想把時間往後延，可是葡萄已經成熟了！」

「已經成熟了！」

結果第二天葡萄園裡靜悄悄的。一排排藤蔓間站著一排排人，沒有人唱歌。偶爾傳出零星呼喊聲：「你們也在這裡嗎？成熟了！」人心有些浮動，有些壓抑，或許天空也是，不算烏雲密布但是有些悶，如果有人開口唱歌聲音傳不大出去，無法帶動大家齊聲合唱。騾夫將簍子裡滿滿的葡萄倒進大木桶裡。以往會分出部分葡萄上繳給貴族、主教和共和國政府，今年沒有，似乎大家都忘了。

來徵收什一捐的稅務官很緊張，不知如何是好。時間一分一秒過去，明明什麼事都沒發生，卻讓人覺得一定會發生什麼事；那些警察都知道該動手，卻不知道該做什麼。

科西莫踏著輕盈步伐走在葡萄藤架上。他手上拿著一把剪刀，十分隨意地這裡剪一串葡萄，那裡剪一串葡萄，交給下面來採收葡萄的男男女女，對每個人低聲說一句話。

警察頭子忍不住開口說：「好，所以，那麼，我們來收一下什一捐吧？」他話一說出口就後悔了。葡萄園裡響起一個雄渾聲音，介在轟隆聲和呼嘯聲之間，是一名葡萄採收工人吹響海螺，讓警示聲傳遍整個山谷。每一座小山丘上都以同樣的海螺聲回應，他們舉起手中的海螺彷彿舉起號角，站在葡萄藤架上的科西莫也不例外。

這時候藤蔓間傳出歌聲，剛開始斷斷續續、五音不全，聽不出唱什麼。之後歌聲漸漸趨於一致，音調和諧，大家揚聲吟唱，彷彿在奔跑，在飛翔，那些在藤蔓間半掩著身子動也不動的男男女女，以及那些木樁和藤蔓和串串葡萄，全部都在奔跑，葡萄自行採收投入木桶裡榨汁，空氣和雲朵和太陽全都變成了葡萄漿汁，現在能聽懂那首歌了，開頭幾個音符結束後歌詞才出現：「放寬心！放寬心！放寬心！」[59]少年用赤裸染紅的雙腳踩踏葡萄。「放寬心！」少女伸出鋒利剪刀當作匕首一揮便從茂密綠葉捲曲藤蔓中摘下一串葡萄。「放寬心！」成群果蠅在準備榨汁的成堆葡萄上空盤旋。「放寬心！」就在這個時候警察受不了了：「夠了！安靜！不准吵！誰再唱歌就斃了他！」然後他們開始對空鳴槍。

回應他們的是一波接一波的槍聲，彷彿有一整個軍團列隊站在山丘上。歐布洛薩所有獵槍全部上膛，科西莫矗立在高高的無花果樹上用海螺吹響衝鋒號。所有葡萄園裡的人全都動了起來，難以分辨是在採收葡萄或是在打混戰：男人葡萄女人藤蔓修枝刀葡萄葉鐮刀獵槍繩子馬匹鐵絲拳頭騾蹄小腿胸脯全部一起大合唱：「放寬心！」

「這是給你們的什一捐！」警察和稅務官全都被頭下腳上塞進裝滿葡萄的大木桶裡，雙腳伸出桶外又踢又踹。他們兩手空空離開，從頭到腳都是葡萄汁、葡萄渣、葡萄皮和葡萄梗，卡在他們的長槍、火藥袋跟鬍子裡。

接下來的葡萄採收工作充滿歡樂，大家都以為廢除了封建特權制度。歐布洛薩的大小貴族把自己關在宅第裡，全副武裝，準備決一死戰。（我知道最好別出門，但更重要的是別讓其他貴族說我跟我兄長那個敵基督[60]關係融洽，他可是惡名昭彰的煽動家、雅各賓黨人和各種革命俱樂部成員。）那一天成功趕走稅務官和警察，大家毫髮無傷。

每個人都忙著準備慶祝，甚至打算跟隨法國流行，豎立一根自由之竿[61]。但是沒人知道自由之竿的樣子，而且歐布洛薩這裡有太多樹，不值得花力氣立一棵假樹。於是他們用鮮花、葡萄串和彩帶裝飾一棵真樹，一棵榆樹，還掛上布條：「偉大的國家萬歲！」我兄長坐在高高的樹梢上，貓皮帽上別了一朵藍白紅三色緞帶花，發表了一場演說，談盧梭和伏爾泰，但是沒有人聽見他說話，因為樹下的人忙著繞圈唱歌：「放寬心！」

歡樂的時光很短暫。轉眼間大軍壓境：熱內亞軍隊出動，是為了要收繳什一捐，並確保領土中立；奧地利和薩丁尼亞聯軍出動，則是因為流言四起，說歐布洛薩的雅各賓黨人打算宣告加入「偉大的世界之國[62]」，也就是法蘭西共和國。起義人士試圖抵抗，築起多重屏障，關閉城門……都是自不量力！軍隊從四面八方殺進城內，在鄉間每個路口設下路障，所有被冠上煽動者罪名的人都被關進監獄，除了科西莫，畢竟要抓住他太難，還有少數幾個漏網之魚。

審判革命分子刻不容緩，然而被告成功證明一切與他們無關，真正的首領是那些逃亡之人。於是大家都被釋放，反正軍隊駐紮在歐布洛薩，應可杜絕再起動亂。還有一支奧地利和薩丁尼亞聯軍也留防，以確保不會有敵人滲透，這支軍隊的指揮官是姊姊芭蒂絲塔的丈夫，也就是姊夫艾斯托馬克，他們跟隨普羅旺斯伯爵從法國移居來此。

所以我姊姊芭蒂斯塔重新陰魂不散，不難想像我的心情如何。她跟她的軍官丈夫、馬匹和傳令兵在家裡住下來，每晚都要跟我們描述巴黎最新的死刑執行場景。她還有一個斷頭臺小模型，附有真的刀刃，為了說明她那些親戚和朋友的下場，用蜥蜴、蛇蜥、蚯蚓和老鼠示範斬首。這是我們晚上的消遣活動。我真羨慕科西莫，他躲在不知道哪個樹林裡，日夜逍遙。

48 什一捐（decima），歐洲封建時期，教會向成年教徒徵收所得的十分之一，是為宗教稅。

49 巴伊（Jean Sylvain Bailly, 1736-1793），法國大革命早期領袖人物之一，共濟會成員。國民議會（Assemblée nationale, 1789-1791）第一任主席，也是巴黎第一任市長。擔任市長期間，因拉法葉侯爵在戰神廣場不聽指揮，向抗議路易十六獲判無罪的群眾開槍，而遭到免職。

50 賈克・尼克（Jacques Necker, 1732-1804），法國國王路易十六的財政大臣，為解決國庫空虛問題推動許多政策，並發表《財政報告書》，教育大眾要關注政府財政收支。

51 網球廳宣言（Serment du Jeu de paume），是法國大革命的關鍵事件。一七八九年五月，路易十六為解決長年戰爭衍生的財政問題，召開三級會議討論稅金徵收制度。三級成員分別為神職人員、貴族和平民。平民階級對投票結果不滿，開始自行集會，成立公社，自稱為國民議會，並邀請另外兩個等級的代表參與。一七八九年六月二十日，國民議會在主席巴伊帶領下於室內網球場集會，起草並共同簽署宣言，主張在制定及通過法蘭西王國憲法之前，國民議會絕不解散。此一行動表明政治權利屬於人民，挑戰當時的君主制。

52 巴士底監獄，專門關押政治犯的監獄。一七八九年七月十四日，巴黎市民攻佔象徵法國封建專制統治的巴士底監獄，猶如為法國大革命吹響第一聲號角。因此訂定七月十四日為法國國慶日。

53 米拉波伯爵（comte de Mirabeau, 1732-1804），法國大革命時期的政治家，國民議會中的溫和派代表人物，反對廢除封建制度，主張君主立憲制。

54 馬拉（Jean-Paul Marat, 1743-1793），法國大革命時期的政治家，曾任國民公會（Convention nationale, 1792-1795）代表，政治團體雅各賓黨激進派領袖，指控溫和的吉倫特派（girondins）背叛革命，遭吉倫特派支持者刺殺身亡。畫家賈克・路易・大衛（Jacques Louis David）的《馬拉之死》（*La Mort de Marat*）將他刻劃成一位革命殉道者。

55 凡爾賽遊行（或譯為十月事件）。一七八九年十月五日，巴黎婦女面對物價持續哄抬及民生物資短缺問題，在鼓吹革命者的鼓勵下，從最初的市場集會抗議活動演變成爭取政治改革的大規模遊行事件，數以萬計的市民從巴黎走到凡爾賽，包圍並進攻王宮，迫使國王及國民議會代表一起返回巴黎。這次大遊行讓原先主張維持君主制的人士漸漸離開國民議會，改變了席次結構，同時象徵群眾革命力量崛起，壓制君主制的光環。小紅帽一說則有另一版本，遊行群眾衝進王宮後，路易十六站在露臺上宣布願意返回巴黎，一直努力居中調解的拉法葉侯爵將法國大革命初期革命軍佩戴的紅白藍三色帽章戴到國王身旁侍衛的帽子上，化解了群眾怒氣。

56 馬塞納（André Masséna, 1758-1817），法國大革命戰爭及拿破崙戰爭期間的軍事將領，在反法同盟戰爭中多次展現軍事天賦，扭轉局勢而獲勝。

57 拉阿爾普（Amédée Emmanuel François Laharpe, 1754-1796），法國大革命戰爭期間，加入義大利戰線的軍事將領。

58 穆雷（André Mouret, 1745-1818），法國大革命時期軍事將領。

59 《放寬心》（*Ah! ça ira*），是法國大革命時期坊間流傳甚廣的歌曲。傳說當時定居巴黎的美國政治家富蘭克林在聽到有人詢問他美國獨立戰爭時，一律回答：「啊！放寬心！」，法國大革命期間，一名士兵加上簡單旋律後，大家朗朗上口，之後再度改編，成為明確仇視貴族的革命歌曲。

60 敵基督（antichrist），一是指假冒基督之名宣揚假教義之人，一是指迫害信徒或違背道德、破壞世界和平之人。

61 自由之竿（poteau de la liberté），法國大革命時期象徵自由與解放的標誌，將木竿立在廣場上，在頂端懸掛旗幟或被稱為「自由帽」的紅色尖頂軟帽，群眾可在竿下集會發表演說。

62 世界之國（Nazione Universale），法國大革命初期歡迎全世界的自由之友前來法國，國民議會提出法國境內外國人歸化為公民的計畫，主張應認同所有革命者，不該以國籍區分。

第二十七章

關於科西莫於戰爭期間在樹林裡完成的豐功偉業，他說了很多令人難以置信的故事，我不想去查核不同版本的真偽，把發言權留給他，僅如實記載他陳述的一些事件如下：

敵對的兩支軍隊都會派偵察巡邏隊到林中探路。我在高處枝椏間，只要聽見灌木叢中傳來腳步聲，就豎起耳朵試圖分辨來者是奧地利和薩丁尼亞聯軍，或是法軍。

一名個子矮小、一頭金髮的奧地利中尉，是偵查巡邏隊的指揮官，他們制服英挺，頭髮梳成馬尾用蝴蝶結固定，三角帽搭配護腿套，胸前有交叉的白色斜肩帶，槍上有刺刀。他讓士兵排成兩列前進，盡可能在陡峭小徑上維持隊形。他對樹林林相一無所知，但很有自信能完美執行收到的指令。這位軍官根據地圖上的路線前進，卻不斷撞到樹，讓穿著釘靴的士兵在光滑石頭上頻頻滑倒，或被荊棘刺傷眼睛，依然相信帝國軍隊無懈可擊。

他們是優秀士兵。我躲在陡坡一棵松樹上，手中是一顆半公斤重的松果，手一鬆就砸在押隊的士兵腦袋瓜上。他攤開雙臂，膝蓋一軟就滾落灌木叢蕨葉中，無人察覺。巡邏隊繼續向前。

我跟在他們後面。這次我把一隻縮成球的刺蝟丟向一名下士的後腦勺，下士頭一低就昏倒在地。這次中尉發現了，派兩名士兵抬來擔架，便重新出發。

彷彿冥冥中注定，這支巡邏隊朝林中最茂密的那片刺柏走去。有新的埋伏在那裡等著他們。我收集了一個紙包的藍色毛毛蟲，碰到之後皮膚紅腫比蕁麻疹還嚴重。我趁巡邏隊經過時，往他們身上撒下上百隻毛毛蟲，整支小隊暫時消失在密林中，等再次出現的時候滿臉滿手都是紅色膿包，依然往前進。

優秀的部隊，了不起的指揮官。樹林中的一切對他而言都很陌生，他無法判別是否有異狀，卻有如敢死隊絕不後退，始終信念堅定不屈不撓。於是我決定借助野貓家族之力：我抓住牠們的尾巴，在空中轉幾圈將牠們徹底惹怒後，再拋向那些士兵。只聽一陣喧鬧，主要是野貓吼叫，然後就再沒有任何聲音和動靜。巡邏小隊在醫治傷兵，為他們裹上白色繃帶，隨後再度出發。

「看來除了讓他們當階下囚外別無他法！」我對自己說。於是我加快腳步，希望能趕在他們前面找到法軍巡邏隊，通知他們敵軍正在逼近。不過法軍似乎有好一陣子沒在這附近出沒。

我經過長滿青苔的一處地方，看到有東西在動。我停下腳步，豎起耳朵，聽見原本像是流水潺潺聲變成了嘟嘟囔囔的說話聲，漸漸清晰可辨：「再說……你的名字……靠……我很不爽……什麼……」我在昏暗光線中瞇起眼睛，發現那看似柔軟的植被其實是毛帽加上濃密鬍鬚。原來是法國的驃騎兵團，因為冬天戰場濕氣重，到了春天他們的服裝全都發霉生苔。

在前頭領軍的指揮官是阿格里帕．巴皮雍中尉，他來自盧昂，是詩人，自願加入法蘭西共和軍。巴皮雍中尉堅信天地萬物性本良善，要求他的士兵不得抖落掉在身上的松針、栗子毛刺、枯枝、樹葉，以及在樹林行進間黏上身的蝸牛。所以這群人已經完全融入周遭的自然環境，唯有我訓練有素的眼睛才能發現。

士兵們忙著紮營，而這位頭戴羽飾禮帽、長捲髮襯托他削瘦臉龐的詩人軍官對著樹林詩興大發：「噢，森林！噢，黑夜！我在此臣服於你！柔軟的鐵線蕨纏上士兵腳踝，可會是法國命運的阻礙？噢，瓦爾密[63]！你竟如此遙不可及！」

我現身道：「打擾了，公民[64]。」

「什麼？來者何人？」

「我是這片樹林的愛國者，公民軍官。」

「啊！您在何方？」

「就在您的鼻子上方，公民軍官。」

「我看到了！您為何在樹上？您是鳥人，神話人物鷹身女妖哈耳庇俄之子吧？」

「我是公民隆多，吾乃人子，我向您保證，公民軍官，家父和家母也都是人類。而且家母在王位繼承戰爭期間，是一位英勇軍人。」

「我明白了。噢，往日榮光！我相信您，公民，我迫不及待想知道您前來準備告訴我的消息。」

「有一支奧地利巡邏隊打算突破您的防線！」

「真的？戰鬥吧！時候已到！噢，小溪啊，溫柔的小溪，你很快將被鮮血染紅！大家準備！拿起你們的武器！」

所有士兵在詩人中尉的指揮下開始收拾武器和物資，但是他們的行動毫無章法、有氣無力，一邊伸懶腰，一邊咳痰，一邊抱怨，讓我對他們的作戰能力十分憂心。

「公民軍官，您可有作戰計畫？」

「作戰計畫？就是正面迎擊啊！」

「好，如何正面迎擊？」

「啊？要團結一致！」

「那麼，請容許我提出建言。我會讓士兵分散，按兵不動，等敵軍巡邏隊自投羅網。」

巴皮雍中尉個性隨和，未對我的計畫提出任何異議。分散在樹林中的驃騎兵跟周圍植物合而為一，奧地利指揮官很難區辨。他帶領皇家巡邏隊沿著地圖上描繪的路線前進，偶爾突然下令「右轉！」或「左轉！」，就這樣經過法國驃騎兵團眼前，渾然不覺。驃騎兵們保持靜默，周圍只有大自然的聲音，例如樹葉沙沙作響和翅膀拍打聲，實際上他們已就包圍位置待命。我在高處用雉雞或貓頭鷹叫聲告訴他們敵軍的移動方向，指揮他們該如何抄捷徑。不知情的奧地利士兵已踏入陷阱。

「站住！以自由、平等、博愛之名，我宣布你們全數被俘虜！」奧地利士兵突然聽到有人在樹上大喊，然後看到一個人影出現在枝椏間揮動手中的長管獵槍。

「萬歲！法國萬歲！」巴皮雍中尉領頭，所有法國驃騎兵都從周圍灌木叢中站起來。

奧地利士兵低聲咒罵，還沒來得及反應已經被繳械。中尉指揮官把劍交到敵軍手中，他雖然臉色發白依然抬頭挺胸。

我成為法軍很重要的盟友，但我寧願借助林中動物的幫忙獨自狩獵，就像那次我把整個虎頭蜂巢丟到一支奧地利縱隊身上，把他們趕跑。

我的名聲傳遍奧地利和薩丁尼亞聯軍軍營，後來被誇大成樹林裡有許多武裝的雅各賓黨人躲在樹上。從此無論是奧地利皇家軍隊或薩丁尼亞王國軍隊經過樹林都會豎起耳朵，即便是栗子脫去毛刺外殼的輕微爆裂聲，或松鼠輕輕吱一聲，他們都以為自己被雅各賓黨人包圍，倉皇變更路徑。也就是說，我只要製造一點聲響，就能讓敵軍轉向，把他們引導至我希望他們去的地方。

有天我將一支敵軍引導到一片茂密的荊棘叢裡，他們徹底迷路。荊棘叢裡有一群野豬，牠們因為山上砲聲隆隆，成群結隊下山來躲在樹林裡避難。迷路的奧地利士兵摸索前進看不清眼前有什麼，突然在他們腳下出現一群野豬，鬃毛豎立發出淒厲叫聲，奮力衝向前用鼻子朝每位士兵的胯下用力一頂把人撞飛，用尖銳的蹄子踩踏跌倒的士兵，用獠牙刺穿他們的腹部。全營潰不成軍。我跟我的同伴們埋伏在樹上，用獵槍繼續追殺。

僥倖逃回軍營的，有人說是突如其來一場地震讓他們腳下荊棘遍布的大地搖晃不已，有人說他們跟從地下竄出來的雅各賓黨人交戰，反正雅各賓黨人就是惡魔，是半人半獸，不是住在樹上就是住在灌木叢深處。

我說過我喜歡獨自出擊，或跟少數幾個歐布洛薩同伴集體行動，他們在葡萄園起義後跟我一起躲進樹林裡。我盡量避免跟法軍打交道，因為我們都知道軍隊的問題，他們每次出動都會惹麻煩。但是我很樂意當巴皮雍中尉的哨兵，因為我實在很為他的命運擔憂。這位詩人軍官指揮的那個排，在前線行動遲緩笨拙是致命威脅。他的士兵制服上爬滿苔蘚和地衣，有的還長出石楠和蕨類；帽子頂端有鷦鷯築巢，或長出鈴蘭花；長靴跟土壤連成一片彷彿柱礎，整個排都快要在土裡生根。巴皮雍中尉對自然萬物逆來順受，讓原本英勇的士兵淪為動物和植物的綜合體。

得將他們喚醒。用什麼方法喚醒呢？我想到一個點子，去找巴皮雍中尉商談，這位詩人正對著月亮吟詩。

「噢，月亮！渾圓如槍口，如砲彈，如今火藥耗盡不再推進，慢慢沿著軌道前進無聲劃過天際！當你爆炸時，月亮，會揚起高高的塵埃與火花，將敵軍和王座都淹沒，並在我的同胞摒棄我而築起的那道堅固高牆上為我打開屬於榮耀的缺口，噢，盧昂！噢，月亮！噢，命運！噢，習俗！噢，青蛙！噢，少女！噢，我的人生！」

我開口道：「公民……」

巴皮雍很討厭吟詩被人打斷，語氣冷冰冰地說：「有何貴幹？」

「公民軍官，我是想說，有一種方法可以喚醒您手下的士兵，昏睡不醒實在太危險。」

「上天保佑，公民。如您所見，我有多渴望上戰場。您說要用什麼方法？」

「跳蚤，公民軍官。」

「很抱歉要讓您失望了，公民。法蘭西共和國軍隊沒有跳蚤。因為封鎖和生活成本節節上升，跳蚤都死了。」

「我可以提供給您，公民軍官。」

「我不知道您是認真或是說笑。但我還是會呈報給上級長官，看他是否批准。公民，謝謝您為法蘭西共和軍做的一切！噢，榮耀！噢，盧昂！噢，跳蚤！噢，月亮！」

他不知所云漸行漸遠。

我意識到我必須採取主動。我從樹上收集了大量跳蚤，每看到一名驃騎兵，就用吹箭把一隻跳蚤吹到他身上，而且盡可能瞄準衣領讓跳蚤落腳。之後我將跳蚤一把把撒向所有支隊，那其實是危險任務，萬一被當場抓到，我的愛國者名聲將毀於一旦，還有可能被逮捕入獄，把我當作英國首相皮特[65]派來的間諜，帶去法國送上斷頭臺。但我的行動受到上天眷顧，跳蚤引起的搔癢立刻讓那些驃騎兵重新變回有抓撓、捉蟲和除蟲需求的人和文明人。他們脫下長滿青苔的衣服，丟掉生出蘑菇且蜘蛛網密布的背包，去洗澡、刮鬍子、梳頭髮，換言之他們重新意識到自己身而為人的個體性，重新體認文明的意義，掙脫野蠻自然的禁錮。而且我還激發了他們遺忘許久的行動力、積極性和戰鬥力。在進攻的那一刻，他們充滿動力，法蘭西共和國軍隊擊退敵軍，突破防線，勢如破竹，迎來代戈戰役[66]和米萊西莫戰役[67]的勝利……

63 瓦爾密（Valmy），位於法國北部的市鎮。此處應指一七九二年九月的瓦爾密戰役，法國軍團成功阻止第一次反法同盟中的普魯士軍隊向巴黎推進。

64 公民（citoyen），源自 civitas。在法國大革命期間，公民一詞象徵社會實踐了平等價值，打破政治的等級差別，是西方近代史上思辨自由和個體性的重要關鍵之一。

65 小威廉・皮特（William Pitt the Younger, 1759-1806），法國大革命時期出任英國首相兼財政大臣，領導英國對抗法國，同時打壓國內改革激進派。

66 應指第二次代戈戰役（La deuxième bataille de Dego），一七九六年四月，由拿破崙率領的法軍在熱內亞附近代戈鎮與奧地利和薩丁尼亞聯軍交戰，法軍獲勝。

67 米萊西莫戰役（Bataille de Millesimo），一七九六年四月，由拿破崙指揮法國的「義大利軍團」在熱內亞附近米萊西莫鎮與奧地利和薩丁尼亞聯軍交戰，法軍獲勝。

第二十八章

我姊姊和移居來此的姊夫及時逃離歐布洛薩，沒有被共和國軍隊逮捕。歐布洛薩居民似乎又回到葡萄園起義那段時光。他們立起了自由之竿，這次比較接近法國版本，像是攻頂比賽用的那種抹了油的長竿。可想而知科西莫也往上爬，頭上還戴著象徵自由的無邊軟帽。但是他很快就覺得無趣，轉身離開。

貴族們的宅第周圍不得安寧，老有人嚷嚷道：「老爺，老爺，來吊街燈[68]嘍，放寬心！」至於我呢，一是因為我是科西莫的弟弟，再者我們是無足輕重的小貴族，所以沒有人找我麻煩，後來甚至還稱我為愛國者（但是等局勢丕變後，我反而倒大楣！）。

歐布洛薩成立了「市政府」，選出了「市長」，全都依循法國制度。我兄長被任命為臨時委員會成員，雖然很多人不同意，認為他不正常。老一輩的權貴譏笑說他們是一群瘋子。

委員會在熱內亞行政長官的舊官邸舉行會議。科西莫待在與窗戶同高的一棵長角豆樹上跟大家一起開會。他有時會發表意見，會爭吵，也會投票。大家都知道革命人士比保守人士更講究形式，有人對這個開會模式百般挑剔，說那樣運作不佳，讓與會人士臉上無光，諸如此類，等利古里亞共和國取代原本寡頭政治的熱內亞共和國後，我兄長就未再入選新的委員會。

科西莫在那段時間撰寫並發布了《共和城邦憲法暨男女老幼（含家畜暨野生動物如鳥、魚、蟲以及花草樹木植物）人權宣言》，這部曠世巨作堪為所有在位者的施政方針，可惜沒有人把它當一回事，形同一紙空文。

科西莫大多數時間依然待在樹林裡。法軍工兵部隊在樹林裡開路以便運送大炮。這些工兵的鬍子很長，從帽緣開始，直到被皮革圍裙掩蓋都沒看到結束。他們跟其他士兵不同。或許不同之處在於他們不像其他部隊恣意妄為帶來災難，不但對留下來的一切心懷感恩，還期許自己做得更好。而且他們有好多故事。這些工兵走過許多國家，經歷過圍城和戰役，有些人還親眼目睹了在巴黎發生的幾件大事，例如攻佔巴士底監獄，以及斷頭臺。這些工兵放下鋤頭和木樁，圍著篝火坐一圈，一邊抽短菸斗一邊回憶往事，科西莫聽他們說故事可以聽一整晚。

科西莫在白天會幫助他們繪製路線圖。沒有人比他更能勝任這個工作：他知道所有可讓大型車輛以最小坡度通行、把砍伐樹木數量降到最低的路徑。而且他才不在乎法國炮兵，他在乎的是這片土地上所有居民對道路的需求。至少，這條路比起法國士兵偷溜開小差時走的那條路多一個好處：這條路是花法國人的錢建的。

也算好事一樁。因為法國佔領軍從共和國軍隊變成皇家軍隊之後，大家心裡都不舒服，紛紛跑去罵愛國者：「你看看你那些法國朋友在搞什麼！」愛國者只能雙手一攤，抬頭看著天空回答道：「呵！那些兵啊！看他們能撐多久！」

拿破崙軍隊從民眾家中搶走豬隻、母牛，連山羊也不放過。至於徵稅和什一捐比之前更嚴苛。而且還啟動了徵兵制。我們歐布洛薩無人理解當兵這件事，被徵召的年輕人都躲進樹林裡。

科西莫盡其所能減輕傷害：畜牧主害怕牲畜被搶，趕進樹林的灌木叢裡，他幫忙看管；有人偷偷運送小麥去磨坊或橄欖去榨油廠，以免被拿破崙軍隊發現分一杯羹，科西莫負責站崗；他還會告訴逃避徵兵的年輕人，樹林裡哪裡有洞穴可以躲藏。總而言之，他努力保護居民免受強權欺侮，但是他從未攻擊法國佔領軍，即便當時樹林裡開始有武裝民兵伺機給法軍製造麻煩。科西莫很固執，他不想否定自己，既然曾經是法國人的朋友，他就覺得自己應該忠於友人，儘管人事全非，所有發展都跟他期待的不同。更何況他已經上了年紀，無法再像以前那樣忙碌奔波，不管是為了那一邊。

拿破崙去米蘭接受加冕後，在義大利四處遊覽。他每到一個城市都受到熱烈歡迎，安排他去參觀名勝古蹟。在歐布洛薩的參訪行程中，有一個活動是跟「樹上的愛國者」會面，這是因為，科西莫在我們這裡無人理會，但是在外地，特別是在國外，倒是赫赫有名。

所以選中科西莫不是濫竽充數，而是市府慶典委員會的精心安排，希望能藉此機會出出風頭。他們選了一棵很美的樹，原本想選橡樹，但是胡桃樹看起來更體面，於是他們用橡樹的枝葉去妝點胡桃樹，再繫上代表法國的藍白紅三色彩帶和代表倫巴底的綠白紅三色彩帶，還有徽章和旗幟。他們讓我兄長待在樹上，穿著一身大禮服，搭配他別具一格的貓皮帽，肩膀上有一隻松鼠。

會面時間訂在十點，樹下圍觀群眾很多，但是等到十一點半拿破崙才出現。我兄長很惱火，因為隨著年齡增長，他開始膀胱無力，時不時得躲在樹後面解決。

皇帝終於來了，前後簇擁的官員人人頭戴雙角帽。已經接近正午時分，拿破崙抬頭看向樹上的科西莫，陽光便直射他的眼睛。他開口先對科西莫說了幾句場面話：「我知道你，公民……」他用手遮擋陽光，「……你在樹林裡……」他往這邊挪了一步避開直射他眼睛的光。「住在鬱鬱蔥蔥的枝葉間……」他改朝那邊挪了一步，因為科西莫俯身致意，導致拿破崙完全暴露在陽光下。

眼見拿破崙侷促不安，科西莫殷切詢問：「皇帝陛下，在下有可為您效勞之處嗎？」

「有，有，」拿破崙說。「麻煩你站過來一點，拜託，幫我擋一下陽光，對，就是這樣，別動……」然後他沉默片刻，好像想到了什麼，轉頭對義大利親王歐仁[69]說：「這個場景讓我想起……我覺得似曾相識……」

科西莫幫忙解惑：「陛下，不是您，是亞歷山大大帝。」

「啊，對！」拿破崙說。「亞歷山大大帝跟狄奧根尼[70]會面那次！」

「陛下，您對普魯塔克[71]的著作真是過目不忘啊。」歐仁親王說。

「只不過那時候，」科西莫接著說。「是亞歷山大大帝問狄奧根尼是否有他可效勞之處，而狄奧根尼麻煩他站遠一點別擋住太陽……」

拿破崙指頭一彈，彷彿終於想起他原本要說的話。拿破崙瞄了一眼簇擁在身邊的官員，確定他們專心聆聽後，才開口用標準義大利語說：「我若不是拿破崙皇帝，願做公民科西莫．隆多！」

拿破崙說完便轉身離去。隨行人員紛紛跟上，鞋跟上的馬刺在地上滾動發出巨大聲響。

那次會面就這樣結束了。原以為一週內會頒發榮譽軍團十字勳章給科西莫，結果什麼都沒有。我兄長或許毫不在乎，但我們家族倒是引頸企盼。

---

68 吊街燈（à la lanterne!），法國大革命初期鼓勵老百姓把所有疑似貴族的市民吊死在街燈上示眾，完整句子是「把貴族吊死街燈上」（Les aristocrates à la lanterne）。

69 歐仁（Eugène de Beauharnais, 1781-1824），法國軍事將領，拿破崙繼子。拿破崙稱帝後獲封為義大利親王。

70 狄奧根尼（Dioghénēs, 西元前 412-323），古希臘哲學家，犬儒學派代表人物。

71 普魯塔克（Plutarchus, 46-125），古羅馬時期的希臘作家，著有《希臘羅馬名人傳》（*Vitae parallelae*），書中記載凱撒、安東尼等古希臘、羅馬著名軍事及政治人物事蹟，兼具古代史和人物傳記特色。

第二十九章

韶華易逝，在地上是如此，在樹上也不例外，因為樹上的一切，無論樹葉或果實，都注定會掉落。科西莫漸漸老去。這麼多年來，他夜復一夜在冰霜、寒風和雨水中渡過，或有些許遮蔽，或周遭空無一物只能暴露在空中，沒有家，沒有火，沒有熱食⋯⋯。如今科西莫是個老態龍鍾的小老頭，雙腿弓曲合不攏，長臂如猿猴，駝背，整個人裹著一襲毛皮兜帽長斗篷，好似全身長了毛的修士。長年曝曬的臉黝黑，皺紋如栗子皺褶密布，炯炯有神的一雙杏眼也被皺紋包圍。

拿破崙軍隊在別列津納河戰役[72]中潰敗，英軍在熱內亞登陸，我們日日等待局勢逆轉的消息。科西莫不在歐布洛薩，他待在樹林裡一棵松樹上，在炮兵車道旁，之前運往馬倫戈[73]的大炮就從是這裡經過。他向東方眺望，望向如今只有放牧的牧羊人或載滿柴薪的騾子出沒的那片荒蕪大地。他在等什麼？他見過拿破崙，知道法國大革命是如何結束的，每況愈下，什麼都不值得期待。但他依然守在那裡，眼睛盯著東方看，彷彿法國皇家軍隊隨時可能帶著俄羅斯的冰雪寒霜出現在轉彎處，拿破崙高坐在馬背上，滿是鬍碴的下巴低垂在胸口，發著高燒，臉色蒼白……停在科西莫的松樹下（他身後，是有氣無力的凌亂腳步聲，是把背包和槍枝往地上扔的碰撞聲，是筋疲力竭的士兵坐在路邊脫掉鞋襪、讓隱隱作痛的雙腳解放的聲音）。拿破崙開口道：「科西莫公民，你是對的，請你再次將你起草的那份憲法給我，再次將先前執政內閣、執政官員、全帝國都沒有人願意聆聽的你的建言告訴我，讓我們重新立起自由之竿，拯救我們的世界之國！」這自然是科西莫的夢想，也是他的期望。

有一天，東方出現三個人影，走在炮兵車道上步履蹣跚。第一個人跛腳，拄著拐杖，第二個人頭上纏著繃帶，第三個人最健康，只有一隻眼睛戴著黑眼罩。他們身上褪色的衣服破爛不堪，胸章只剩下幾縷碎布，軍帽的帽冠已經不見，但其中一人的帽子上還有羽飾，裹住小腿的長靴嚴重龜裂。就他們身上的軍服來看，應該屬於法蘭西帝國衛隊，但是手上沒有武器，一個人揮舞著空劍鞘，另一人把槍架在肩膀上彷彿那是挑包袱用的木棍。他們邊走邊唱「我的國家……我的國家……我的國家……」一副酩酊大醉的模樣。

「喂，外地人，」我兄長高聲詢問。「你們是什麼人？」

「是鳥人欸！你在上面幹嘛？吃松子嗎？」

另一人說：「誰要給我們松子吃？我們快餓死了，你要我們吃松子？」

「也快渴死了！我們吃雪解渴越吃越渴！」

「我們是驃騎兵第三軍團！」

「第三軍團到齊！」

「第三軍團只剩下我們！」

「三百人剩三個人，不算太糟！」

「反正我活下來了，其他都不重要！」

「呵，話別說太早，能不能平安到家誰知道！」

「烏鴉嘴！」

「我們是奧斯特利茨戰役[74]的勝利者！」

「還有該死的維爾紐斯戰役[75]！哈哈！」

「喂，會說話的鳥人，你說說看這附近哪裡有酒館！」

「我們把半個歐洲的酒都喝光了，還是很口渴！」

「因為我們身上都是彈孔，酒都流光了。」

「你那個地方才都是彈孔咧！」

「一個可以讓我們賒帳的酒館！」

「我們下次再來付錢！」

「叫拿破崙出錢！」

「噓……」

「叫沙皇出錢啦！他在後面追我們，把帳單給他！」

科西莫說：「這附近沒有酒喝，往前走有條小溪，你們可以解渴。」

「把你這隻長耳鴞淹死！」

「要是我的槍沒丟在維斯瓦河[76]，我就把你射下來烤小鳥吃！」

「別吵，我要去小溪泡腳，我的腳好痛……」

「隨便，你要去洗屁股也行……」

他們三個走向小溪，脫下鞋襪，把腳泡進水裡，順便洗臉洗衣服。肥皂是科西莫提供的，他是那種越老越愛乾淨的人，因為他有一點自我嫌棄，年輕時邋遢反而沒有這個問題，但現在總是隨身攜帶肥皂。冰涼溪水讓那三個倖存歸來的戰士從宿醉中稍稍清醒。但是趕走宿醉也就趕走了歡樂，又開始對自己的處境自怨自艾，一邊唉聲嘆氣一邊痛苦呻吟。清澈水流慢慢將憂傷化為喜悅，他們三個人開始戲水歌唱：「我的國家……我的國家……」

科西莫回到路邊眺望遠方的那棵松樹上，聽見一陣馬蹄聲。一小隊輕騎兵疾馳而來，塵土飛揚。科西莫沒見過他們穿的軍服，厚重軍帽下是金髮碧眼，留著鬍子，略顯扁平的臉。科西莫脫帽問好：「各位騎士從何處來？」

他們勒馬停下腳步。「您好！請問還要多久才到？」

「士兵們好，」科西莫學過各種語言，俄語也會一點。「你們要去哪裡？」

「看這條路通向何處……」

「這條路通向許多地方……你們想去哪裡？」

「巴黎。」

「去巴黎有許多更好走的路……」

「不，不去巴黎。要去法國，打拿破崙。這條路通向哪裡？」

「嗯，許多地方。歐利瓦巴薩、撒索蔻托、特拉帕……」

「阿利維亞巴薩？不去，不去。」

「想去馬賽的話也可以……」

「馬賽……好，好，馬賽……法蘭西……」

「你們去法國做什麼？」

「拿破崙之前去俄羅斯對沙皇發動戰爭，現在我們沙皇在追趕拿破崙。」

「你們從哪裡來？」

「我來自哈爾科夫。我來自基輔。我來自羅斯托夫。」

「所以你們看過很多地方！你們喜歡這裡，還是俄羅斯？」

「看過美麗的地方，也看過醜陋的地方，我們還是喜歡俄羅斯。」

馬蹄聲響，塵土飛揚，一匹馬停下來，馬背上的軍官怒斥那隊騎兵：「你們！快走！誰讓你們停下來的？」

「再見了，老先生！」那群士兵向科西莫道別。「我們得走了……」他們策馬離開。

那名軍官留在樹下，他身材高瘦，有一種高貴憂鬱的氣質，沒有戴軍帽的他抬頭看著雲層密布的天空。

「您好，先生，」他用法語對科西莫說。「您聽得懂俄語？」

「是的，軍官大人，」我兄長回答道。「但我的法語說得沒有您好。」

「您是這裡的居民嗎？拿破崙在這裡的時候，您也在嗎？」

「是的，軍官大人。」

「當時情況如何？」

「您知道的，軍隊只會帶來災難，不管他們鼓吹的理念是什麼……」

「是，我們也帶來災難……但我們不鼓吹任何理念……」

他是戰爭勝利的一方，卻如此憂鬱又不安。科西莫覺得他人不錯，試圖安慰他：

「但是你們打了勝仗啊！」

「沒錯，我們打得很好。好吧。或許……」

突然傳來喊叫聲，水花四濺，武器撞擊聲。「怎麼回事？」軍官說。俄羅斯輕騎兵拖著三具半裸的屍體回來，他們左手拿的東西（右手握著出鞘的彎刀，刀刃還在滴血）是先前那三名醉醺醺驃騎兵的大鬍子腦袋。「法蘭西人！拿破崙！都該死！」

年輕軍官冷靜下達指令，讓他們把屍體拖走。轉過頭對科西莫說：

「您看到了……戰爭……這些年我都在做這件恐怖的事：戰爭……為了理念做這些事，我真的無法理解……」

「我也是，」科西莫回答道。「多少年來我為某些我自己都說不清楚的理念而活。但我做對了一件事：住在樹上。」

那名軍官的神情從憂鬱轉為緊張。「那麼，」他說。「我該走了。」他對科西莫行軍禮。「再見了，先生……請問大名？」

「隆多．科西莫男爵。」科西莫對著已經離開的軍官背影大喊。「請問……您的大名呢？」

「我是王子安德烈……」他的完整姓名消失在馬蹄聲中。

---

72 別列津納河戰役（Bataille de la Bérézina），一八一二年十一月拿破崙軍隊從莫斯科撤退，強渡別列津納河時遭俄軍圍攻，損失慘重。

73 馬倫戈戰役（Bataille de Marengo），一八〇〇年六月，法國共和軍與奧地利軍隊於北義馬倫戈鎮交鋒，奧地利軍隊戰敗。

74 奧斯特利茨戰役（Bataille d'Austerlitz），一八〇五年十二月，拿破崙在今捷克奧斯特利茨村與俄羅斯及奧地利聯軍交鋒，法軍取得勝利，第三次反法同盟隨之瓦解。

75 維爾紐斯戰役（Bataille de Vilnius），一八一二年拿破崙對俄羅斯展開軍事攻擊。六月下旬，法軍在維爾紐斯（今立陶宛首都）與俄軍第一交鋒，雖成功攻下維爾紐斯，但軍力和後勤補給皆匱乏。同年十二月二度交鋒，俄軍獲勝。

76 維斯瓦河（Wisla），波蘭境內最長的河流。

第三十章

我不知道這個十九世紀會給我們帶來什麼，起頭很糟糕，後續更不妙。法國波旁王朝復辟[77]的陰影籠罩全歐洲，所有推動改革的人，無論是雅各賓黨人或拿破崙追隨者，都深感挫敗。專制主義和耶穌會重新抬頭。那些年少時的理想、啟迪、我們十八世紀曾經有過的期許，全都化為灰燼。

我將心中想法寫在這個筆記本裡，否則我不知道可以向誰傾吐。我向來中規中矩，不大會衝動行事或過於執著，我出身貴族，為人父，受不同理念啟迪，奉公守法。政治紛擾很少讓我有所動搖，希望我能堅持下去。但我心中感慨萬千！

以前我兄長在的時候，很不一樣。我都說「讓他去傷腦筋」，我只要過我的日子就好。對我而言，奧地利與俄羅斯聯軍入侵、皮耶蒙特被吞併、實施新的稅制等等都不算什麼，讓我感覺跟以往不同的是，打開窗戶，往樹上看，再也看不到他的身影。如今他不在，我覺得我必須思考好多事，哲學、政治和歷史，我看公報，我讀書，我想破腦袋，然而他想說的，或他所想的，都不在這些文字裡。他的思想包羅萬象，無法訴諸言語，只有像他那樣生活過才能體會。只有像他那樣對自己冷酷無情直到死亡，才可能遺愛人間。

我記得有一次他生病，我們會發現是因為他把他的睡袋帶去廣場中央那棵高大胡桃樹上。在此之前，他睡覺的地方總是很隱密，那是野性本能。但是生病的他覺得有需要待在大家的視線範圍內。想到這裡我的心都揪起來。我始終認為他不希望自己孤獨死去，那件事就是一個信號。我們找了一個醫生爬梯子上去看病，他下來的時候做了一個怪表情，雙手一攤。

換我爬上樹去。「科西莫，」我告訴他說。「你已經六十五歲了，怎麼能繼續待在樹上？你想表達的都表達了，我們也都懂了，你的意志力很強大，你做到了，現在你可以下樹了。那些一輩子在海上討生活的人，年紀到了也得下船。」

結果呢，科西莫搖搖手拒絕。他幾乎不再說話，偶爾裹著蓋住頭的毯子站起來，走去某根枝椏坐著曬一會兒太陽。不會走遠。有一個老太太，一個好女人（或許是他以前的情人），會去幫他盥洗，帶熱食給他吃。我們留一把梯子架在樹幹上，因為隨時需要上去照顧他，也是因為大家希望有一天他決定離開樹（其他人這麼希望，我知道他那個臭脾氣不可能）。廣場上，總有一群人圍在胡桃樹下陪伴科西莫，他們閒話家常，有時候會吐槽他一下，雖然大家都知道他已經不願意說話。

科西莫的病情加重。我們吊了一張床到樹上，設法維持平衡，他倒是挺樂意睡在床上。這讓我們很懊惱沒有早點想到，老實說他並不排斥舒適的生活，儘管他住在樹上，仍不斷想辦法讓自己過得更好。於是我們趕忙把樹上布置得更舒適：裝竹簾擋風，架起頂棚和炭火盆。他的病情略微好轉。我們搬了一張扶手椅上樹，固定在兩根枝椏間。他裹著毯子，每天都坐在上面。

一天早晨我們找不到人，科西莫不在床上，也不在扶手椅上。我們驚惶失措，抬頭一看，他竟然爬上樹梢跨坐在一根極高的枝椏上，只穿著一件襯衫。

「你在上面幹嘛？」

他不回答。他快凍僵了，還能待在樹梢上簡直是奇蹟。我們準備了採收橄欖用的那種大床單，找來二十個人把它張開，以防他掉下來。

醫生爬上樹去看他。過程很不容易，得把兩個梯子上下接起來。醫生下來後說：「請神父來吧。」

我們原先就講好要請一位裴利克雷神父來試試看，神父是科西莫的朋友，法軍佔領期間官方認可的神父，在教會還未明令禁止前加入了共濟會，歷經波折，不久前才重新被他所屬的主教轄區接納。他穿著法衣，帶著聖體盒往上爬，後面跟著輔祭。裴利克雷神父在樹上待了一會兒，應該跟我兄長交談了幾句，隨後爬下樹來。「神父，他領受聖事了嗎？」

「沒有，他說沒關係，他不在意。」除此之外，神父不願多說。

在樹下拉床單的人都累了。科西莫還在樹梢上，動也不動。起風了，是西南風，樹梢隨風搖曳，我們不敢鬆懈。這時候空中出現了一個熱氣球。

幾個英國飛行員在海岸邊做熱氣球實驗。很美的一顆熱氣球，用流蘇、花邊和蝴蝶結裝飾，下方掛著一艘柳條編的小船，船上坐著兩名軍官，他們軍服上有金色肩章，頭戴雙角帽，用望遠鏡看著下方風景。他們看向廣場，看見那個在樹上的男人、張開的床單和人群，世界奇景。科西莫也抬起頭，專注地看著熱氣球。

熱氣球在西南風吹拂下開始打轉，如陀螺般在風中原地旋轉，漸漸朝大海方向飛去。飛行員不慌不忙進行各種操作，我想，是為了減壓，他們同時把錨拋下希望能抓到某個支撐點。銀色的錨掛在長索上在空中飛，尾隨在此刻飛越廣場上空的熱氣球軌跡後面，高度和胡桃樹梢差不多，大家都擔心會打到科西莫。我們完全沒料到下一秒在我們眼前發生的事。

奄奄一息的科西莫，在錨靠近他的那個瞬間往上一跳抓住長索，那是他年輕時常做的事，他雙腳踩在錨上，蹲下來整個人縮成一團，我們就這樣眼睜睜看著他飛走，隨風而去。那熱氣球偶爾放慢速度，但最終消失在海面上……。

熱氣球飛越海灣，成功降落在彼岸，但掛在長索上的只剩下錨。飛行員忙著控制飛行路線，無暇顧及其他。只能假設那位垂死的老人在飛越海灣途中失蹤。

科西莫就這樣消失了，我們以為至少能看到他死後返回地面，但他連這點都不讓我們稱心如意。在家族墓園裡為他立的石碑上是這麼寫的：「科西莫・皮歐瓦斯克・迪・隆多，長居林間，永懷大地，消失在天際」。

有時我會中斷書寫走到窗前。天空空無一物，我們這些老一輩的歐布洛薩居民，習慣生活在綠蔭中，看著這樣的天空，眼睛很不舒服。有人說我兄長過世後，那些樹就撐不住了，也或許是人類抵擋不住拿斧頭砍樹的衝動。而且植物種類也變了，不再是冬青櫟、榆樹和橡樹，那些來自非洲、澳洲、美洲和印度的植物枝椏和根都伸到我們這裡來。原生植物退居高山上。山丘上是橄欖樹，山林裡是松樹和栗樹。沿著海岸是一片紅色的澳洲尤加利樹、體積龐大的榕樹，以及東一株西一株觀賞用的大型花園植栽，除此之外全是棕櫚樹，簇葉凌亂，是來自沙漠的野生樹種。

昔日的歐布洛薩不再。看著被清空的天空，我懷疑歐布洛薩是否真的存在過。那些參差的枝椏和樹葉，有複葉，有圓葉，有羽葉，還有數不盡的小葉，那個被切割成不規則狀的天空，或許是因為科西莫踏著長尾山雀的輕盈步伐穿梭其間才存在，那是一個鏤空的刺繡作品，就像我書寫的這一縷墨水，滑過一頁又一頁，有塗抹，有注解，有鬼畫符，有墨漬，有留白，有時像一顆顆散落的碩大青葡萄，有時像一粒粒種子的密密麻麻諸多小符號，有時扭轉，有時分岔，有時是用綠葉和雲朵勾勒的幾個短句，突然卡住，然後重新開始纏繞，跑啊跑把那線團解開然後纏裹出另外一串無意義的言語理念夢想後結束。

（一九五七年）

77 波旁王朝復辟（Restauration），指稱帝的拿破崙於一八一四年四月六日遜位後，到一八三〇年七月二十九日七月革命爆發這段期間，法國重新由波旁王朝統治，繼任者是被處死的路易十六弟弟。

跋[78]

伽薩雷・卡瑟斯[79]

大家都知道卡爾維諾十分認同尼采「距離的激情」（Pathos der Distanz）概念。在《蛛巢小徑》結尾，賓說螢火蟲「近看有點噁心」，但表弟回答：「對，不過這樣看也挺美的。」這個距離的「激情」如果意味選擇，那便是不快樂的理由，無法接受眼前現實，無法接受不潔的獸（對賓而言不潔的獸是他的姊姊，是長巷裡的黑妞），也無法接受對流連芒通妓院的那些少年先鋒隊嫖客的推崇。這個作品就是在保持距離的孤單與不得不依附、親近不可靠且令人生厭的群體之間拉扯。無論選擇哪一種，人都是不完滿的，需要重新拼湊，而這種事只能發生在寓言故事裡頭。那就是《分成兩半的子爵》的故事。然而這個故事把殘缺經驗從真實背景中抽離，做善與惡的抽象分割，美麗的文字和風格獨具的奇蹟無法挽救史蒂文生[80]式的陳腔濫調。但卡爾維諾在《樹上的男爵》找到了解答：他讓他的英雄住在樹上，那個距離可以跟人維持互動，讓大家獲益，也讓自己不會因為民眾有點市儈但真情流露的本性和貴族家庭成員的冷漠無情受到傷害。這是卡爾維諾至今篇幅最長、最有說服力的一部作品，有人批評說是「有跡可循的想像」，但讓人佩服的是這個想像力幾乎撐住了所有支線故事，可見主線故事更精彩。

不過有場景單調的問題需要克服。眾所周知，卡爾維諾很喜歡模仿尼耶沃，歐布洛薩莊園是另一個弗拉塔城堡，薇歐拉是另一個皮薩娜，愛做土耳其人裝扮的卡雷嘉騎士律師是另一個父親阿拓維提。可千萬不要被這些雷同之處欺騙，類比其實是為了凸顯兩者之間的差異。尼耶沃的《一個義大利人的自述》，特別是第一卷，是義大利文學唯一真正的「成長小說」[81]。就《樹上的男爵》的某些母題和人物來看，顯見與成長小說無關。哪裡有成長？從一七六七年六月十五日到科西莫・皮歐瓦斯克・迪・隆多過世為止，他的本質始終不變，堅持住在樹上。成長的意思是被教育，「成長小說」即「教育小說」（Erziehungsroman）。科西莫接受教育有限，反而是他教育了他的家庭教師傅歇拉夫勒神父。像魯賓遜那樣解決適應環境問題後，永遠是科西莫在部署安排、組織規劃、監督控管。他才是發號施令的人，一是因為天性，一是因為他的位置。所以沒有讓他徹底改頭換面的教育或經歷。究其實，薇歐拉是憤怒版的女科西莫。樹上的女人配樹上的男人。

如果《樹上的男爵》不是成長小說，能不能簡單且單純把它歸類為小說也是問題，因為沒有故事情節、事件或一系列關鍵事件考驗書中人物個性。反而讓人想起伏爾泰的短篇小說，雖然伏爾泰書中的時代氛圍是十八世紀，但是跟卡爾維諾這部作品一樣，都結合了幻想與道德論述。同樣一目了然的還有，伏爾泰的想像嚴謹地兼顧了敘事性和功能性，卡爾維諾的想像則是自然主義風格，悠遊在動物和植物世界裡，低調參與，博學渾然天成。此外，帕維瑟[82]談及《蛛巢小徑》時，還提到另外一個更重要的名字：阿里奧斯托。這個參照也成立，當然不是指科西莫為愛瘋狂這件事，為愛瘋狂無妨，不過因為距離的「激情」，無法改變主角。如果阿里奧斯托是用克羅齊[83]所說的「上帝之眼」觀看這個世界，克服世界上的不和諧，那麼卡爾維諾就是以樹上男人之眼，用更現代、謙遜的方式觀看這個世界。小說家往往接受個人與社會、人類與社會之間的不和諧是確實存在且無法排除的問題，但是作為迷失在反對史詩時代中的史詩詩人，卡爾維諾不肯屈服，渴望先驗的全面整合（而不是漫長過程的結果）。荷馬史詩的不食人間煙火或許是卡爾維諾處理筆下人物遇到問題時的另一個選項，例如那條蛛巢小徑，以及剛經歷過恐懼和興奮情緒的少年突然發現的那個遠離塵囂的山谷。是真的不食人間煙火，不矯揉做作，宛如田園牧歌，像艾米妮雅與牧羊人共處的那個場景[84]。卡爾維諾處理「小說危機」的方式，不是退回到「新寫實主義的」語無倫次，而是透過一種扎實的史詩抒情書寫讓他得以展現個人和宇宙間錯綜複雜的一體性。《樹上的男爵》結尾描述歐布洛薩植物高聳的、隨意的、生氣勃勃的樣態，就是卡爾維諾式書寫的最佳示範。卡爾維諾筆下的風景，是不安之人居於危邦，不是阿里奧斯托「田連阡陌，小山如畫」的那種靜謐風光，也不是在靜態的田園牧歌背景下實踐的天人合一，而是在動態節奏達到深層和諧、心跳聲和樹梢搖曳沙沙作響和動物竄逃腳步聲合拍的背景下實踐的天人合一。當卡爾維諾為了有所對照，塑造出像奧勃洛莫夫[85]之類的人物時，反而不那麼有說服力，例如《蛛巢小徑》中在德軍和游擊隊作戰時看《超級偵探小說》週刊的高個兒澤納，還有《樹上的男爵》書中為了看《克萊麗莎》什麼都不顧、因此被逮捕被處死的大盜強‧德伊‧布魯格，他可以說是卡爾維諾筆下放棄努力的無政府主義者下場淒慘的代表人物。

這麼做彌補了靜滯背景的缺點，讓「有跡可循的想像」不再有跡可循，讓人更能接受。科西莫永遠不變，他的本質維持原狀，但由於他的本質就是「動」（在半空中移動），以不同方式重申並驗證這個獨特本質，吸收這個本質以外的所有一切，擁抱陸地世界，但把那些被迫而非自願待在歐利瓦巴薩樹上的西班牙人拋諸腦後，便能成就作品的多樣性。在樹的世界裡，主體和客體的史詩性結合必須不斷主張其自主性，但由於此一自主性最終是不可能的，因此在可能破壞自主性和可能重申自主性之間會產生一個持續的張力。至於表現在文化和語言上的躁動，包括科西莫異想天開學鳥說話，展現外語能力，與啟蒙運動代表人物通信，既寫作又當記者，所有這些要先從自我建構的角度來檢視：他是學舌的鳥人，是《雙足觀測》的編輯，也是彙整出他對「城邦」所有觀察的無國籍人士。

這麼說不代表書中一切與十八世紀歷史無關，讀者能從卡爾維諾在自己和科西莫的讀物所擷取出來的包羅萬象五花八門暗示中得到許多樂趣。這是同一個根本直觀的兩個面向。住在樹上可能特別有助於啟蒙時代的世界主義文化壯大，也有助於自然狀態、野生世界、拉洪坦男爵[86]和布干維爾島發現之旅[87]的神話蓬勃發展。狄德羅在《懷疑論者的漫步》（*Promenade du sceptique*）序中寫道：「宗教和政府是兩個不可觸碰的神聖議題……最安全的作法是服從並保持緘默，除非能在空中捕捉到它們運行軌跡之外的某些不動點，由此出發向它們吐真言。」狄德羅比卡爾維諾早看見成為卡爾維諾故事背景的十八世紀啟蒙運動時代裡那個在空中跳來跳去的「歐布洛薩野人」。然而曾為理念坐過牢的狄德羅，去了宗教界和政界重要人士出沒的上流社會沙龍裡找「不動點」，或許這就是他沒有寫出《樹上的男爵》的原因。面對尷尬的局勢變化，薩沃依王朝[88]貴族比帕瑟拉諾伯爵[89]相對適應良好，這些貴族背後沒有資產階級可以倚靠或支援，直接投奔新穎的平等主義理想。我們列舉了年輕的狄德羅和拉瑟帕諾伯爵，如果再加上結尾追趕拿破崙軍隊、與托爾斯泰書中主角同名的俄國王子，不難想像百年之後應該會有幾篇畢業論文的標題是這樣的：《伊塔羅．卡爾維諾與法蘭克．文圖利[90]：從文學談無政府社會主義的歷史》。

我想提早跟大家分享這類論文的結語，作者應該會這樣寫：「由前述可知，卡爾維諾這部『嬉遊曲』作品就某個程度而言是義大利傳統，尤其是阿爾卑斯山麓傳統的停泊處，所以貴族這個主體以阿爾菲耶里[91]悲劇中超越階級的英雄狂熱心態，將戰火燒向發動戰爭的專制君主。卡爾維諾成功地從字面上詮釋『超越』，讓他的利古里亞—皮耶蒙特戰士爬上樹，拉開必要的距離以盡可能凸顯小說中的史詩精神。將社會納入主體確實並不足以消除（康德的）超驗[92]特徵。即便不斷重複說科西莫在樹上比在地面上與人更接近，但事實就是在地面上的人必須抬頭仰望才能找到自己最真實的意象，而科西莫對他們命運的介入，最多只有水利工程規劃和建立自成一格的共濟會：但無論是工程規劃或成立組織，都跟男爵在節慶活動中從塗滿油（與自由之竿差別不大）的長竿上滑下來一樣充滿歡樂。

「但這並不代表或許觀察敏銳的某些馬克思派人士，例如帕帕法瓦（參見〈論上個世紀我國文學中的反寫實主義傾向：關於約瑟夫．里薩利奧諾維奇．別林斯基同志談寫實主義觀的那篇文章〉，《新生》，第一〇六期，第二冊，羅馬，二〇四九年）以任何方式將卡爾維諾歸為『反寫實主義』作家。如果非要支持帕帕法瓦的論述（頁七三），說「科西莫的概念本質上是民粹主義的概念，拿以抽象角度理解的『人民』去跟革命的個體性做對比，而沒有考慮到人民本身階級的真實結構和革命能力」，不代表卡爾維諾『脫離了他所在的那個時代的現實，逃到偽造的十八世紀，因為在那裡他的無政府主義鄉愁更容易讓人信服。』帕帕拉瓦點出寫到法國大革命的段落，並引述《樹上的男爵》結尾名句：『其實，導致法國大革命爆發的所有問題，我們都有。但我們不是法國，所以不會有革命。我們這裡永遠光說不練。』他隨即不以為然評論道：『卡爾維諾想將那些問題造成的影響永遠侷限在（訴怨暨許願簿）裡，面對社會不公不義，他用滿足個人微不足道的願望來交換，例如佛卡夏麵包、濃湯、金髮及褐髮女郎。當然，還有爬樹。簡而言之，這是以阿奇勒·勞烏洛[93]為代表的那一套社會政治學。』帕帕法瓦只是單純忘記作品觀點不是人物觀點，（通常）也不是作者觀點。為了讓事情簡化，我們姑且承認科西莫的意識形態就是卡爾維諾的意識形態（這個說法顯然有誤，參見奈特，《I. C.的生活與思想》，普林斯頓出版社，二〇一五年，頁二三七）。卡爾維諾的『寫實主義』在於他將男爵的奇幻故事（根據先前假設，並非蓄意）轉化成以他為代表的無政府—貴族傳統的歷史批判。我們先前說過，《樹上的男爵》是這個傳統的停泊處，現在還可以說，也是自我消解。因為卡爾維諾抹去了英雄身上的悲劇色彩讓他走下神壇，嘲笑他擺出來的護民官姿態，用幽默為布魯圖斯[94]和創作布魯圖斯半身雕像的米開朗基羅施放煙火。別忘記說故事的人是主角的弟弟，他個性隨和，但不輕信，因此我們始終對科西莫男爵吹噓的那些愛情故事和英勇事蹟的真偽半信半疑，因為人至暮年的他跟吹牛男爵越來越像。那些天花亂墜的陳述讓科西莫這位無政府主義英雄獲得新生，也同樣讓他消亡，因為我們無法在將一個歷史人物轉變為神話人物時忘記他是歷史人物，已不在現世，即使科西莫跟阿里奧斯托筆下的古代騎士是類似的奇想典範。無論帕帕法瓦喜歡或不喜歡，卡爾維諾這部作品都是『無政府主義鄉愁』的最佳示範，撇開作者的意圖不談，滿足了神話和嘲諷範疇，但與任何惱人的意識形態無關。卡爾維諾非但沒有逃避他所處時代的現實，在他跳上歐布洛薩那棵高聳冬青櫟樹時雙腳也穩穩落下。

「另一方面，我們無法認同克萊因沃格在他的《二十世紀奇幻文學史》（司徒加特，二〇三八年，第二冊，頁六九五）中提出的權威意見，他認為卡爾維諾『貴族系列』中較晚完成的《漂浮的小公爵》和《充氣的侯爵》才是顛峰之作。在我們看來，卡爾維諾在《樹上的男爵》書中將他與生俱來的想像力發揮得淋漓盡致，而且我們都知道他膾炙人口的那些創作成熟期和晚期所結的甜美果實，都是從他年輕時期的作品如《蛛巢小徑》、《最後來的是烏鴉》、《參戰》出發，持續解決問題，努力深化且多元化的結果，也就是說他試圖留在現實層面上化解孤獨靈魂與錯誤或不完美群體之間的衝突。我們無意否定《漂浮的小公爵》及其他短篇奇幻故事也有許多有趣的部分（但克萊因沃格忽略了刊登在二〇二四年《歷史期刊》上一篇頗受矚目的文章〈色盲的助理法官〉），否則無法解釋為何能獲得這位馬爾堡大師如此青睞。」

若從旁徵博引賣弄學問和拐彎抹角言不及義的角度來看，二〇五七年的畢業論文比起今天的畢業論文毫不遜色。

78 （原注）原標題為〈卡爾維諾與距離的「激情」〉（Calvino e il «pathos» della distanza），刊登於《開放的城市》（*Città aperta*），一九五八年七、八月第七—八期，頁三三—三五。後收錄在散文集《祖國書簡》（*Patrie lettere*），莉薇安娜出版社（Liviana），帕多瓦，一九七四年；新版，艾伊瑙迪出版社，都靈，一九八七年，頁一六〇—一六六。

79 伽薩雷·卡瑟斯（Cesare Cases, 1920-2005），義大利日耳曼文學學者、翻譯家及文學評論家。

80 史蒂文生（Robert Louis Stevenson, 1850-1894），蘇格蘭小說家、詩人及旅遊作家，也是英國新浪漫主義的代表人物之一。

81 成長小說（Entwicklungsroman），十七至十九世紀，以描述時代環境變遷下，主角由年少到成熟的人格發展演化過程為主題的長篇小說。

82 帕維瑟（Cesare Pavese, 1908-1950），義大利作家、詩人及翻譯家。幼年喪父，母親管教嚴格，因經濟壓力之故時常遷居，造成其悲觀被動個性。才華洋溢，擔任艾伊瑙迪出版社系列叢書主編，發掘卡爾維諾的文學創作潛力。感情路上多遇挫折，亦常為自己未參與對德游擊戰而自責。自殺身亡。著有《月亮與篝火》(*La luna e i falò*)、《活著這件事》(*Il mestiere di vivere*)等。

83 克羅齊（Benedetto Croce, 1866-1952），義大利文藝評論家、歷史學家及哲學家。著有《作為表現科學與一般語言學的美學的理論》（*Estetica come scienza dell'espressione e linguistica generale*）、《歷史編纂學的理論與歷史》（*Teoria e storia della storiografia*）等。

84 艾米妮雅（Erminia）是十六世紀托爾夸托・塔索（Torquato Tasso, 1544-1595）史詩作品《回歸自由的耶路撒冷》（*Gerusalemme liberata*）女主角。艾米妮雅是安提阿國王的女兒，被十字軍滅國後愛上敵人譚克雷迪王子，不斷在榮譽和愛情間糾結掙扎。描述她在十字軍與回教徒開戰後，逃亡途中躲藏在約旦河畔牧羊人之中的場景，是諸多畫家鍾愛的主題。

85 奧勃洛莫夫（Oblomov）是十九世紀俄國同名小說主人翁，這位貴族子弟對現實不滿，嚮往田園生活，但沒有任何作為試圖改變現狀。

86 拉洪坦男爵（baron de Lahontan, 1666-1716），法國軍人、旅行家。曾駐軍新法蘭西（今北美）十年，常在威斯康辛州和明尼蘇達州密西西比河流域一帶旅行，返回歐洲後以拉洪坦男爵與虛擬的美國原住民阿達利歐之間的對話完成一本遊記，呈現野生世界和歐洲文明之間的批判性比較。

87 布干維爾島（Bougainville Island）為巴布亞紐幾內亞東端島嶼，一七六八年由法國航海家布干維爾發現（Louis Antoine de Bougainville），因此得名。

88 薩伏依王朝（Casa Savoia），一八六一年起統治義大利，一九四六年公投通過廢黜王室，義大利改制共和國。

89 帕瑟拉諾伯爵（Alberto Radicati, conte di Passerano, 1698-1737），義大利第一位啟蒙哲學家，反對教權主義。

90 法蘭克・文圖利（Franco Venturi, 1914-1994），義大利歷史學者，專攻義大利及歐洲啟蒙運動研究。

91 阿爾菲耶里（Vittorio Alfieri, 1749-1803），義大利貴族，悲劇作家、詩人。受伏爾泰、孟德斯鳩等啟蒙運動代表人物影響，反對君主專制，崇尚個人自由。

92 超驗（transzendent），康德哲學中，超驗是指一種特殊的先驗認知，一般人無法因共同體驗而形成普遍共同的經驗，所以康德要找的是先於經驗而使經驗得以可能的條件。超驗研究的對象是可規定經驗世界以什麼方式出現的條件，也就是我們對於對象的認知方式。

93 阿奇勒・勞烏洛（Achille Lauro, 1887-1982），義大利政治家、報業聞人。曾任拿坡里市長、多屆國會議員。走民粹路線，擅長媒體行銷，政治立場模糊，有人將這類從政風格稱為「勞烏洛主義」（laurismo）。

94 布魯圖斯（Marcus Junius Brutus Caepio, 西元前 85-42），羅馬共和國元老院議員，反對凱撒專制獨裁，謀劃並參與刺殺凱撒行動。

大師名作坊 931

樹上的男爵

作　者—伊塔羅・卡爾維諾
譯　者—倪安宇
編　輯—張瑋庭
美術設計—廖韡
內頁排版—芯澤有限公司

總 編 輯—嘉世強
發 行 人—趙政岷
出 版 者—時報文化出版企業股份有限公司
108019臺北市和平西路三段二四〇號三樓
發行專線—（〇二）二三〇六—六八四二
讀者服務專線—〇八〇〇—二三一—七〇五
（〇二）二三〇四—七一〇三
讀者服務傳真—（〇二）二三〇四—六八五八
郵撥—一九三四四七二四時報文化出版公司
信箱—10899臺北華江橋郵局第九九信箱
時報悅讀網—http://www.readingtimes.com.tw
電子郵件信箱—liter@ readingtimes.com.tw
法律顧問—理律法律事務所　陳長文律師、李念祖律師
印　刷—勁達印刷有限公司
二版一刷—二〇二五年一月二十四日
定　價—新臺幣四五〇元
（缺頁或破損的書，請寄回更換）

時報文化出版公司成立於一九七五年，
並於一九九九年股票上櫃公開發行，於二〇〇八年脫離中時集團非屬旺中，
以「尊重智慧與創意的文化事業」為信念。

樹上的男爵 / 伊塔羅・卡爾維諾(Italo Calvino)著 ; 倪安宇譯 . – 二版
. – 臺北市 : 時報文化, 2025.2
面; 公分 . – (大師名作坊;931)
譯自：Il barone rampante
ISBN 978-626-419-200-2

877.57　　113020844

ISBN 978-626-419-200-2
Printed in Taiwan